INDIA
인도여행

INDIA
인도여행

7일간의 여정

전세중 지음

꿈틀거리는 인도

"인도는 아직 멀었다."

"인도는 사라져가는 영혼이다."

몇 년 전까지만 해도 인도를 다녀온 사람들이 흔히 하던 말이다. 19세기 말 인도를 두루 여행한 미국의 작가 마크 트웨인은 인도를 가난하고 더러운 구제불능한 나라라고 몹시 실망해 했다. 먼 나라, 미지의 인도, 과연 지금은 어떻게 발전하고 있을까?

나는 인도에 대한 관심이 무척 많았으나 여행할 기회를 좀처럼 갖지 못했다. 간절히 원하면 얻게 된다는 말처럼 우연한 기회가 찾아왔다. 2008년 8월 서울시 아시아지역 전문가 과정 정책연수팀에 합류 할 수 있었다. 20여 명이 5일간 아시아 지역에 대한 사전 교육을 받고 탐방여행을 떠났는데 우리 팀 10명은 7박 9일간 인도여행 명령을 받았다.

처음 해외여행이라 새로운 문화에 대한 호기심이 나를 유혹하였다. 인도 문화는 또 다른 세계였고 새로운 삶의 발견이었다. 인도에 매료된 나는 그들의 문화와 전통이 담긴 기행문집을 발간하고 싶었다. 언젠가 책을 읽다가 이런 글귀를 본 적이 있다. 인도에 일주일 갔다 온 사람은 책 한권을 쓰는데, 10년 이상 거주한 사람은 책 한권도 못쓴다는 말이 있다.

그것은 인도라는 나라는 문화가 다양하여 이해하기가 어렵다는 이야기일 수도 있고, 인도를 일주일 정도 여행하고 나면 책을 쓸 수 있다는 말일 수도 있다. 막상 7박 9일의 여행이야기를 기행문으로 묶어 내려고 하니 망설여지는 것들이 많았다. 보고 느낀 것도 한정되어 있고 너무나 짧은 일정이었기 때문이다.

그러나 여행 목적이 단순히 보고 듣는 것이 아니라 아시아 전문가과정 연수이었기 때문에 기록을 남기기로 하였다. 어쩌면 여행 후기를 쓴다는 것은 당연한 일인지도 모른다.

인도는 4대문명의 발상지로 고유한 종교 문화를 지니고 있는 나라다. 약 200년 동안 영국의 지배를 받았으면서도 그들만의 전통적인 힌두문화를 간직하고 있었다. 카스트제도는 법적으로 폐지되었지만 뿌리 깊은 관습에서 벗어나려면 더 시간이 필요할 것 같았다.

인도의 IT발전상과 힌두교 종교의식은 나에게 모순의 공존을 확인시켜 주었다. 나는 인도여행을 떠나기 전에 인도역사 문화 서적과 간디의 자서전을 읽었다. 그 속에서 끈적이는 인도의 아픈 과거와 현재를 느낄 수 있었으며 우리 기업들의 활약상도 볼 수 있었다. 인도여행은 책 속에서 답습한 문화를 확인하는 것이어서 더욱 감동이었다.

이 글은 여행을 하고 난 후 119매거진과 119안전뉴스에 2008년 9월부터 2010년 2월까지 15개월간 매월 연재된 글이다. 연재된 글을 그대로 재록한 것이 아니라 미흡했던 부분과 빠진 설명을 보완하였다. 앞으로 인도여행을 계획하는 사람들과 인도문화를 알고 싶은 이들에게 조금이라도 보탬이 되었으면 하는 바람이다.

다양한 문화, 천의 얼굴을 가진 인도, 절반의 가정이 전기가 들어오지 않으나 그들은 가난을 탓하지 않는다. 인도 속에 나를 발견한 것이 이번 여행의 선물이었다. 인도는 사라지지 않는 영혼의 불빛이다.

2012년 9월 1일
— 전세중

추천사(推薦辭)

먼저, 바쁜 시간을 쪼개어 나들이 하시던 과정 중에 누구도 해내기 어려운 기행문(紀行文)을 펴내시게 된 서울소방재난본부 광나루안전체험관 전세중(田世重) 관장님께 선배의 한 사람으로서 감사한 마음과 함께 축하의 메시지를 전하는 바입니다.

오늘날 우리는 '빠른 통신, 교통수단 등'의 급속한 발달로 지구 전체의 인구 약 69.7억 명(미국 연방통계국: 2011.10)이 마치 한 마을처럼 여겨지는 지구촌에서 멀지만 서로 가깝게 살고 있습니다. 세계화의 물결 속에서 다른 시대들과 특별히 구별되는 프로 · 정보화시대, 디지털 · 스마트폰시대 등을 형성 · 창조해가면서 치열하고 숨 가쁜 경쟁 생활을 거듭하고 있습니다. 여기에는 편리하고 좋은 일들도 많지만, 불편하고 불행한 일들도 상당합니다.

지금 우리가 사는 지구촌에는 처처에 기근과 전쟁, 지진과 홍수 등과 같은 굵직한 재난이 끊임없이 발생하여 우리를 안타깝게 하고 있습니다. 2004.12.26일에는 인도네시아(수마트라)에서 규모 9.3의 해저지진(지진해일)이, 2008.05.12일에는 중국 쓰촨성[四川省]에서 규모 8.0의 지진이 발생하여 수십만 명에 달하는 사상자와 이재민을 냈습니다. 2010.07월부터 시작된 최악의 홍수피해를 겪고 있는 파키스탄에서는 수천 명의 사람들이 고립되어 있고 대부분의 지역이 침수되었으며 이는 아이티 강진 때보다 그 피해규모가 커서 전 세계적인 구호와 지원이 절실한 상황이었습니다. 한편, 2011.03.11일 일본 후쿠시마에서는 규모 9.0의 강진이 발생하여 그로 인한 해일로 수만 명을 수몰시킨 후 연이어 후쿠시마 원전사고(3월 13일)를 몰고 와서 '방사성 물질누출'이라는 엄청난 사태를 초래한 바가 있습니다.

인위적인 재난은 최선을 다하면 대부분 예방할 수 있으나 자연적인 재난은 예방이 거의 불가능하지만, 평상시 재난에 대하여 대비 · 대응 · 복구를 잘 한다면 그 피해를 상당히 경감할 수도 있을 것이라고 생각합니다. 요즈음 우리가 직접 경험하고 있는 '지구촌 전역의 기후변화와 자연재난상황'만 보더라도 지구촌 미래의 재난상황 예측이 들어맞을 확률은 상당히 높다고 봅니다. 그렇다면, 오늘날 지구촌의 또 다른 주요한 이슈 중의 하나는 당연히 거대하게 밀려올 인위적 · 자연적 재난사고에 대한 예방 · 대비 · 대응 · 복구에 관한 과제일 것입니다.

기후변화에 관한 정부간 협의체(IPCC; Intergovernmental Panel on Climate Change)는 제4차 평가보고서(2007년)를 통해 21세기 기후변화의 가속화 전망을 제시하고 있습니다. 현재와 같이 화석연료에 의존하는 대량소비형의 사회가 계속된다면 1980~1999년에 비하여 금세기말(2090~2099년)의 지구평균기온은 최대 6.4℃상승하고, 해수면은 59cm 상승할 것으로 전망하고 있습니다. 특히, 고온, 열파, 호우의 발생빈도가 증가하고, 태풍과 허리케인 등 열대폭풍은 열대 해수면 온도 상승과 더불어 강도도 강화되는 것으로 전망하였습니다.

유엔의 미래연구 싱크탱크이자 15년 역사를 자랑하는 글로벌 미래연구단체 '밀레니엄 프로젝트'가 발표한 2025년 지구촌 미래의 모습은 "(1) 지구온난화, IPCC 예측보다 더 빠르게 진행 중 (2) 2025년 세계인구 절반 물 부족 상황 직면 (3) 미래에는 '피크오일'에 이어 '피크워터' 등장 (4) 신종 슈퍼박테리아의 출현과 과거 전염병의 재등장 (5) 2011년 이산화탄소 농도는 과거 2백만 년 중 가장 높은 수치

(6) 2050년 치매환자 1억 5천만 명"으로 요약해 볼 수 있는데, 이는 우리 인류에게 '무엇을 어떻게 해야 한다'는 경고로 생각하십니까?

위와 같은 '지구촌에서 일어나는 큰 흐름'과 '인도를 여행하는 동안에 보고, 듣고, 느끼고, 겪은 것을 적은 본 기행문의 줄거리'를 놓고 평가해본다면, 전세중 관장님의 기행문은 매우 시의적절한 글이며, 그동안 직업전선에서 겪고 쌓아온 전문가적인 시각으로 표현한 형식지(explicit knowledge)이고, 그곳에 가보지 못하신 분들에게도 큰 도움이 되지만, 동일한 코스에 동일한 목적으로 여행하실 분들에게는 더 많은 참고가 될 것으로 확신確信하기에 본 기행문을 감敢히 추천推薦합니다. 끝으로 이 글을 읽으시는 모든 분들의 개인, 가정, 직장 그리고 삶터 위에 하나님의 은혜와 평강이 넘쳐나시기를 간절히 축원합니다. 대단히 감사합니다.

2012년 3월 3일
대불대학교 연구실에서

인도기행문 발간을 축하드리며

서울적십자사 회장 제타룡

갑자기 닥칠 수 있는 재난에 대비하여 서울시민의 안전교육을 담당하고 있는 막중하고 바쁜 자리에 재직하면서도 인도를 여행한 경험을 한권의 책으로 발간하신 전세중 관장께 우선 박수를 보냅니다.

처음에는 기행문이라고 해서 여행 일정에 따라 보고 들은 이야기들을 나열하여 독자들에게 인도여행에 관한 간단한 정보를 제공하는 책이라 생각하고 읽어보았는데 행간마다 느껴지는 해박한 지식에 감탄하지 않을 수 없었습니다.

책장마다 담겨 있는 섬세한 표현과 답사 현장에 얽힌 역사적 지식들은 9일간의 길지 않은 여행 일정으로는 도저히 담아낼 수 없는 역작이라고 할 수밖에 없으며, 중간 중간 인용한 시詩와 자작시自作詩는 독자들로 하여금 사진과 말로 표현하지 못한 여행의 묘미를 느끼게 해주고 있습니다.

인도는 인구 10억이 넘는 시장으로 세계 최고의 우수한 두뇌들이 IT 소프트웨어 산업에서 미국을 바짝 추격하는 동시에 강한 조국애와 교육열로 세계 경제를 이끌어갈 기술과 자본을 축적한 국가입니다. 물론 그 내면에는 계급사회가 가진 여러 가지 극복해야 할 사회적인 문제도 안고 있지만 우리나라가 배워야 할 분야는 분명히 있을 것입니다.

저자처럼 공직자들이 본인의 전문 분야에서 외국의 선진 사례를 둘러보고 배울 점은 배우고 정책에 반영하여 각 분야에서 세계 최고의 정책을 만들어 나가는 것이 무엇보다도 중요하다고 할 수 있습니다. 이러한 견문보고서에서 보고 느낀 점들을 우리나라 실정에 맞게 적용 개발하여 서울시민들의 안전을 견고히

지키는 훌륭한 시민안전 교육 정책들이 많이 쏟아져 나오기를 기대해 봅니다.

제가 몸담고 있는 대한적십자사도 여러 가지 많은 인도적 사업을 전개하고 있습니다만 그 중에서도 재난 재해 대비 안전교육과 청소년들에 대한 자원봉사 교육 사업 및 시민들을 대상으로 한 안전교육 분야가 큰 축을 이루고 있습니다.

앞으로 시민안전체험관과 서울적십자사가 함께 시민 안전교육과 청소년들의 재난 체험 교육 등 안전한 시민생활을 보장하기 위한 다양한 프로그램을 공동으로 추진해 나갈 기회가 확대되기를 바라며 전세중 관장의 인도기행문 출판을 다시 한번 축하드립니다.

2012년 3월 2일

전세중의 인도 기행문 출간에 즈음하여

전 서울시기획조정실장 최항도

예부터 전해져 오는 서양속담에 "여행으로 현명한 사람은 더 현명해지고 어리석은 사람은 더 어리석어진다"라는 말이 있다. 이 말은 동양에 전해져 오는 삼인행 필유아사三人行 必有我師라는 말과 통하는 말이다. 이 말은 현명한 사람은 여행을 통해 만나는 사람, 그곳에 사는 사람들의 삶의 지혜, 그리고 사는 곳마다 각각 다른 자연환경에 적응하면서 자연과 함께 더불어 살아가는 원리들을 이해하고 습득할 수 있다는 의미이고, 어리석은 사람은 여행하면서 접하는 사람과 자연 그리고 물건을 통해 더욱 교만함과 간사함 그리고 우월의식이나 배타적인 사고방식과 같은 것들이 더 공고해져서 결국은 그의 삶이 더 황폐화될 수 있다는 말이라고 나는 해석한다. 그러므로 한사람이 여행을 통해 느끼고 배운 바를 풀어낸 여행기는 곧 그 사람이 여행을 통해 얼마나 현명해 졌는가를 보여주는 자기 성찰의 보고서이기도 하다.

간혹 세상에 나와 있는 여행기라는 것들 중에는 여행기라기보다는 여러 사람이 겪고 써낸 여행기들을 참고하거나 자신의 지식과 상상력을 재구성해 낸 창작품인 경우가 간혹 있다.

그러나 이번에 출간된 이 여행기는 짧은 여행 일정에 비해 사전적 준비의 철저함과 저자가 50평생을 통해 축적한 삶의 지혜를 통해서 현장에서 보고 듣고 느낀 것들을 씨줄 날줄로 역어낸 그 어떤 여행기보다도 더 알차고 진솔한 자기 보고서이다. 또한 저자는 단순한 여행을 한 것이 아니라 인도의 정신, 인도인의 마음 그리고 인도사람의 삶을 여행한 결과물을 내놓고 있다.

이 책을 통해, 인도를 여행하려는 사람에게는 인도를

더 잘 보고 느낄 수 있는 나침반이, 인도를 이미 여행한 사람들에게는 자신들이 보고 듣고 느끼지 못한 부분을 베꿔줄 수 있는 더 없이 좋은 책이라 생각한다. 사람에게는 그 사람마다의 향기가 있다. 그 향기는 그 사람의 태도를 통해, 그 사람의 언어를 통해 표출되어 다른 이의 마음을 향기롭게 혹은 촉촉하게, 때론 묵직하게도 만든다. 그 모든 것 중에서도 글을 통해 표출되는 향기가 가장 종합적으로 그 사람이 내는 향기가 아닐까? 한다.

이 책을 통해 저자는 한평생 공직을 통해 살아온 자신의 삶의 향기를 세상에 전해 주고 있다. 그래서 나는 이 책이 단순 여행기가 아니라 한사람의 삶의 기록이자 인생의 향기록이라 부르고 싶다. 바쁜 일상에 촌음을 아껴 인도에 관한 넓고도 깊으며 풍부하고 유익한 성찰을 세상에 베풀어 놓은 저자에게 격려와 감사를 표한다.

2012년 임진년을 시작하는 새해의 들머리에서

다양한 인도 문화 이해의 지침서

연세대 명예교수 전무진

　여러 가지 직업 중에서도 남다른 사명감과 투철한 봉사정신을 가지고 묵묵히 희생적으로 일하는 분들이 소방관이 아닌가 평소에 생각하였다. 바쁜 소방관으로서의 인생여정 속에서 전세중님은 훌륭한 시인이요 문장가로 인정받고 있으니 그의 놀라운 재능에 감동하고 경탄스러워 짐을 금치 못한다.

　인도를 방문해 보면 인도(India)는 지구상의 어느 나라보다도 다양성이 있음을 보게 된다. 구성 민족과 문화가 다양하고 특히 종교와 생활상이 다양한 가운데서도 평화롭게 살아가고 있고 그런 가운데서 세계적으로 훌륭한 인물들이 많이 배출된 신비한 나라임이 느껴진다.

　전세중님은 인도를 여행하면서 남다른 관찰력으로 역사와 문화, 종교와 생활상의 면에서 인도라는 나라가 가지고 있는 신비스러운 다양성을 꿰뚫어 보았다. 금번에 내어놓은 그의 인도 기행문을 보면 섬세한 표현과 세련된 필치로 읽어가면서 쉽게 이해되게끔 인도를 부드럽게 잘 묘사하였다. 심심치 않게 사진과 시가 곁들어 있어 읽어가기에 매우 편하다.

　우리가 기행문을 접해보면 체험담을 중심으로 하여 주로 여행지의 풍경과 현지 주민들의 생활상에 관련된 이야기들로 엮어 있음을 보게 된다. 그러나 전세중님의 "나의 인도 문화 기행"은 흔히 보는 기행문과는 달리 독자들로 하여금 인도의 다양한 역사와 문화를 부담 없이 쉽게 이해할 수 있게 해주는 다양한 인도문화 이해의 지침서라는 느낌을 갖게 해준다.

　전세중님과 나는 같은 성을 가진 담양 田씨로 문중 행사시에

가끔 만나 세상 돌아가는 이야기를 나누기도 한다. 시조이래로 담양 전씨 문중에서 문장가들이 많이 배출되었다. 시인인 그가 최근에 내놓은 수필집 '아름다운 도전' 과 동시집 '걸어오길 잘 했어요' 를 읽어보면 전세중님이야 말로 우리 문중 선조들이 뽐내온 글 솜씨 재능을 이어받은 것 같아 자랑스러운 마음이다.

　기행문의 기능과 문화이해 지침서의 기능을 조화롭게 보여주고 있어 기행문이란 이렇게 쓰는 것이구나 하는 참신함과 신선함을 더해준다. 금번의 인도기행문을 보면서 벌써부터 그의 다음 문학작품이 기대된다.

2012년 3월 9일

있는 그대로 보려는 눈으로

소설가(단국대 교수) 박덕규

글에는 시나 소설처럼 본격적으로 글쓴이의 생각이나 느낌 등을 변형하고 가공하는 형식이 있는가 하면, 일기나 편지, 기사, 여행기, 자서전처럼 글쓴이가 스스로 겪은 일을 기반으로 느끼고 생각하고 꿈꾼 일 등을 비교적 직설적으로 표현하는 장르가 있다. 어떤 글이고 쉽게 씌어지는 글이 있을 리 없겠지만, 결과를 놓고 말하면 뛰어난 시, 감탄할 만한 소설, 잔잔한 감동을 주는 편지, 인생을 반성하게 하는 자서전 같은 글은 많아도 자신이 다녀온 여행지에 대한 소회를 적은 좋은 여행기는 참으로 만나기 어렵다. 예전에 비해 많은 사람들이 여행을 다니는 시대다. 국내 여행을 넘어 가까운 나라, 먼 나라, 냉전시대에는 꿈도 못 꾸던 나라, 산업화시대에는 가고 싶어도 바빠서거나 돈이 없어서 못 가던 나라에도 이제는 다녀오는 사람들이 아주 많아졌다. 이 추천사를 쓰고 있는 나 자신만 하더라도 사실은 내 성장기에 가보고 싶은 나라는 물론이고 아예 생각하지도 못하던 나라에까지 다녀오고 있는 편이다. 그래서인지 그런 나라를 다녀온 사람들이 찍어오는 사진도 많고 그 나라 여행체험을 다룬 여행기도 폭증하고 있다. 여러 장르의 글을 부끄럼 없이 써대고 있는 나 또한 여행기를 자주 쓰는 편이다. 그러나 아무리 생각해도 여행기만큼 쓰기 어려운 글은 없다.

여행기 잘 쓰기가 다른 글을 잘 쓰기보다 왜 어려운가 하면, 보고 느낀 그대로의 것을 꾸며대지 않고 드러내는 일 자체가 어려운 까닭이다. 우리가 무엇을 보고 느껴 그것을 표현하려고 할 때 우리는 버릇처럼 그것을 그 어떤 새로운 것으로 표현하려 한다. 그 때문에 원래 그것 자체의 있는 그대로의 것을 드러내는 데 실패하곤 한다. 있는 그대로 보는 것, 이것은 사물의 본질을 드러내는 첫 단계의 일이다. 여행기는 바로 그 첫 단계로부터 시작돼야 하는데 그것부터 잘 안 되기가 보통인 것이다.

서울소방재난본부 광나루안전체험관장 전세중 선생이 인도에 다녀와 연재한 여행기를 이번에 책으로 낸다. 7박 9일이라는 기간은 인도 전체를 말하기에는 아주 짧지만, 적어도 뉴델리를 중심으로 카주라호, 바라나시, 자이푸르 등 명소를 보고 마음속에서 일어나는 감흥을 보듬는 데는 모자라지 않는 시간이다. 무엇보다 이 여행기는 일부 여행자처럼 '도취된 감정' 같은 것에 치우치지도 않았고 또 다른 기록자처럼 여행지에 대한 '정보 짜깁기'에 급급하지도 않았다. 얻고 배워야 할 것들에 대한 객관적인 수용자로, 신기한 풍물 앞에 놀라움을 숨길 수 없는 평범한 자연인으로 솔직하게 자신을 드러내고 있다는 점에서 대상의 본질에 근접해 가려는 참 여행의 일면을 보게 한다.

2012년 3월 6일

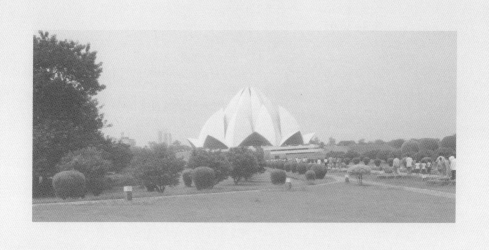

○ **일정** 2008.08.23~09.01 ●●●●●●●●●●●●●●●●●●●●●●●●●●●●●●●●●

8.23(토)	16:00	인천국제공항 출국(한국시간 19:30)
	23:20	뉴델리 간디국제공항 도착
8.24(일)	01:30	아발론 코트야트 (Avalon Courtyard)호텔 도착
	07:00	아침식사(호텔)
	08:30	전용 버스로 출발
	09:00	연꽃사원, 간디화장터
	12:00	점심식사(대중음식점, 한식)
	13:00	대통령 궁, 뉴델리 역으로 이동
	15:30	야간특급열차 탑승
	18:00	저녁식사(열차)
8.25(월)	08:30	열차로 17시간 소요, 바라나시 도착
	08:40	힌두스탄 인터내셔널(Hindustan International) 호텔 도착
	12:00	점심식사(호텔)
	13:20	사르나트에서 다메크 탑, 아스카대왕 석주, 전각터, 스투우파, 불영탑, 사르나트 고고학 박물관
	17:00	면직물류 판매점
	18:00	저녁식사(호텔)
	19:30	갠지스강으로 이동
	20:00	힌두교 의식 관람
	21:30	호텔 도착
8.26(화)	04:30	호텔에서 자전거 릭샤로 갠지스강으로 출발
	05:00	갠지스강 도착, 화장터, 힌두사원, 갠지스강 일출감상, 카트
	07:30	아침식사(호텔)
	08:20	카주라호로 이동
	12:00	점심식사(대중음식점, 카레)
	19:40	전용버스로 11시간 30분 소요, 클락 카주라호(Clarks Khajuraho)' 호텔 도착
8.27(수)	06:00	요가체험
	07:00	아침식사(호텔)
	09:00	성애사원 관람
	12:00	점심식사(호텔)
	13:30	전용버스로 잔시역 이동
	17:20	4시간 50분 소요, 잔시역 도착

18

	18:00	아그라행 특급열차 탑승
	18:20	저녁식사(열차)
	20:30	열차로 2시간 30분 소요, 아그라역 도착
	21:00	전용버스로 아그라 클락 쉬라즈(Clarks Shiraz) 호텔 도착
8.28(목)	06:00	호텔에서 타지마할로 이동
	06:40	타지마할 관람
	09:00	아침식사(호텔) 후 휴식
	12:00	점심식사(호텔)
	13:00	아그라성으로 이동
	13:30	아그라성 관람
	14:47	자이푸르로 이동
	20:50	전용버스로 5시간 소요, 클락 아메르엘(Clarks Amerl) 호텔 도착
	21:00	저녁식사(호텔)
8.29(금)	07:00	아침식사(호텔)
	08:00	암베르성 관람
	12:00	점심식사(호텔)
	13:00	시티펠레스, 잔타르 만타르, 하와마할, 핑크시티 재래시장
	18:00	저녁식사(호텔)
	19:00	인도 전통 민속체험
	23:00	호텔 도착
8.30(토)	07:20	전용버스로 델리 이동
	12:00	점심식사(대중음식점, 한식)
	13:00	타타그룹 계열사 자동차회사 방문
	14:20	델리대학 방문
	17:20	인도관광청 방문
	19:00	인도문
	20:00	저녁식사(대중음식점)
	21:00	간디국제공항으로 이동
	23:00	간디국제공항 출국
9. 1(일)	09:30	인천국제공항 도착

CONTENTS

첫째날

아! 뉴델리

I

N

D

I

A

01

신비의 나라 인도로 향하다

여행은 틀에 박힌 일상에서 벗어나 생각과 마음을 새롭게 전환할 수 있는 기회이다. 여행이 주는 즐거움은 평소에 가보고 싶던 곳을 방문하여, 새로운 세계를 직접 눈으로 보고, 느끼고, 경험할 수 있다는 것이다. 여행은 인생의 즐거운 예술이고 새로운 창작 행위이다. 누군가 "생활이 인생의 산문이라면, 여행은 인생의 시이다."라고 말했다. 우리는 여행 중에 아름다운 경치에 눈이 뜨이고 아름다운 소리에 귀가 머문다. 한 화랑의 예술 작품을 보는 것에 비할 바가 아니다.

나에게 인도문화 기행이라는 기회가 주어졌고, 문화 답사를 하기위해 함께 떠날 팀은 10명으로, 나를 포함하여 남자 6명, 여자 4명으로 구성되었다. 미지의 세계 인도문화기행은 내 인생에 있어 다시 오지 못할 소중한 기회였다.

여행을 떠나기 전, 인도에 대한 기본 지식을 갖추어야겠다 싶어 서점에 가서 인도에 관한 서적을 들쳐보고 몇 권의 책을 구입하였다. 서울시 인재개발원에서 5일간 중국, 인도, 싱가포르, 베트남에 대하여 사전 교육을 받았는데, 인도를 비롯하여 아시아 문화를 이해하는 데에 많은 도움이 되었다.

여행은 계획도, 부담도 없이 평소에 가보고 싶었던 곳으로 훌쩍 떠나서 보고 즐기는 묘미도 있겠지만, 현대를 살아가는 문화인으로서 무언가 남는 것이 있어야 한다는 것이 나의 생각이다. 그래서 메모할 수첩과 필기도구를 준비했다.

50대 중반을 넘긴 나이지만 나로서는 해외여행이 처음이었다. 그동안 병환 중인 아버지를 모시고 지냈기 때문에 외국여행을 할 처지가 못 되었다. 그렇다고 우리 내외가 아이들만 데리고 해외여행을 떠날 수도 없어 생각조차 하지 못했다. 국내여행도 여름방학 때 아이들을 데리고 처가가 있는 동해시 옥포 해수욕장에 다녀오는 것이 고작이었다. 주위 사람들에게 해외여행이 이번이 처음이라며 좋아했더니 "그것도 자랑이네"라고 말하며 웃었다.

일정은 2008년 8월 23일부터 9월 1일까지 7박 9일로 잡혔다. 여행 계획서에 따르면 야간열차를 12시간이상, 버스를 8시간 이상 타게 되어 있었고, 주로 전세 버스로 이동하게 되어 있었다. 미지의 세계를 가볼 수 있다는 설렘 한편으로 빠듯한 일정과 무더위, 인도 카레음식에 대한 적응이 좀 걱정되기도 했다.

8월 23일 오후 5시경에 인천국제공항에 모여 짐을 부치고 저녁 7시 30분경 아시아나 항공기로 출국했다. 어둠이 깔리고 있었다. 기내방송에서는 인도 간디국제공항까지 6시간 50분이 소요된다고 했다.

비행기가 이륙한지 얼마 지나 북경올림픽에서 우리나라 야구팀이 아마추어 야구 세계 최강 쿠바를 물리치고 금메달을 땄다는 방송이 흘러나오자 모두들 박수치며

환호했다. 한국 여행객이 많이 탑승했기 때문이다. 한국은 올림픽 사상 처음으로 남자 수영 400m에서 박태환이 금메달을 획득하고, 장미란이 여자 역도에서 세계 신기록을 세우며 금메달을 땄다. 그런 영광의 순간들이 아직도 생생한 기쁨으로 남아 있는 상황에서 야구도 9전 전승을 거두며 남자 단체 구기종목 사상 첫 금메달을 획득했다니 소식은 감동이었다. 우리 한국인의 강인한 정신력을 다시 한번 확인시키기에 충분했다. 제주도 상공을 지날 무렵 저녁식사가 제공되었다. 잠시 후 비행기는 중국 상하이 상공을 지나고 있었다.

현지 시간으로 밤 11시 20분, 드디어 뉴델리간디국제공항에 도착했다. 우리나라와의 시차는 3시간 30분이므로 우리 시간으로는 새벽 2시 50분이다. 공항에 내리자 자정이 가까워 오는 시간임에도 후끈한 열기를 느낄 수 있었다. 수속이 조금 지체되어 1시간가량 걸렸다.

공항 입구에는 까무스름한 낯선 인도사람들이 자기가 찾는 사람들의 이름을 쓴 피켓을 펼쳐들고 긴 행렬을 이루고 있었다. 거리는 차량의 경적소리가 요란했다.

우리 일행은 미리 대기하고 있던 가이드를 만나 버스에 탑승했다. 시간은 밤 12시 30분을 가리키고 있었다. 가이드는 자기 이름을 '반디'라고 소개했다. 우리는 그를 반디 씨라고 부르기로 했다. 내가 반디 씨의 나이를 묻자, 27세라 했다. 그는 우리나라 말을 유창하게 했다. 어떻게 한국말을 잘 하는지를 물었더니, 그는 서울에서 경희대 정치외교학과를 졸업하고 서울대학교 대학원 2학기 재학 중이라고 했다. 그의 아버지는 인도 뉴델리에서 한국과 연관된 조그마한 사업을 한다고 했다. 교환학생으로 한국에서 공부하게 되었으며 가이드 역할은 아르바이트로 방학기간을 이용하여 잠시 하게 되었다고 한다. 그는 이번 여행이 끝나면 서울로 가서 학업을 계속할 예정이라고 했다.

여행에 앞서 반디 씨는 우리에게 주의사항 세 가지를 당부했다. 첫 번째로 아무 물이나 마시면 배탈이 날 수 있으므로 사서 마시라고 했다. 두 번째로 여행 중 돈을 구걸하는 사람이 많으므로 관심을 갖는 표정을 짓지 말라고 했다. 세 번째로 사원에 들어 갈 때에는 신발을 벗고 맨 발로 들어가라고 했다.

호텔로 가는 도중 차량이 심하게 흔들렸다. 도로는 포장되어 있었으나 오랫동안 보수를 하지 않아서 파인 곳이 많았다. 주 도로는 도로공사를 하고 있어서 이면도로를 이용한다고 했다. 주변 건물은 대부분 2층 이하로 낡고 정돈되지 않았다는 인상을 주었다. 집 거실에 앉아있거나 누워있는 사람이 차창가로 간혹 보였다. 밤 12시가 지난 시간임에도 불구하고 좁은 편도 차로라 화물차, 오토 릭샤, 오토바이, 자전거, 우마차 등으로 길이 막혀 차가 지체되었다. 호텔까지는 30분이 소요된다고 하였으나 1시간가량 지나 24일 새벽 1시 30분경에 아발론 코트야드 호텔Avalon Courtyard Hotel에 도착했다.

호텔은 5층 건물인데 1층은 로비, 식당, 조그마한 풀장을 갖추고 있고 2~5층은 전부 객실이다. 건물 안에 들어서자 200년쯤은 되어 보이는 고목이 버티고 서 있다. 신선한 감각을 자아낸다.

엘리베이터의 4층 표시는 숫자 '4' 대신에 'ㅁ'로 되어 있다. 우리나라와 마찬가지로 숫자 4를 좋아하지 않는 모양이다. 우리 일행은 2명씩 방을 배정 받았다. 방에는 20인치 PC 한 대가 있었다. 삼성제품이었다. 낯선 타국에서 한국의 브랜드를 보니 반가웠다. 샤워를 하고 새벽 3시경에 잠자리에 들었지만 에어컨 바람 때문에 좀처럼 잠을 이루지 못했다. 이곳은 밤에도 30℃를 오르내리기 때문에 밤에도 에어컨을 틀어야 한다.

　이른 아침 시간인 6시쯤 일어나, 현지인들의 사는 모습이 궁금하여 호텔 밖으로 나왔다. 길에는 슬리퍼를 신고 가는 사람, 자전거를 타는 사람, 오토 릭샤를 타고 가는 사람, 작은 택시를 타고 가는 사람들이 하루를 열고 있다. 시내 교통수단인 사이클 릭샤는 자전거를 개조하여 만든 것으로 두 사람을 태울 수 있고, 오토 릭샤는 오토바이를 개조하여 만든 이동수단이다. 릭샤를 이용 할 때 가장 중요한 사항은 타기 전에 미리 가격을 흥정해야 한다는 점이다. 릭샤는 따로 규정되어 있는 가격이 없기 때문이다.

　호텔에서 아침식사 때 유명한 인도카레를 맛보았는데, 생각보다 먹을 만했다. 쌀국수에 카레를 넣어 먹고, 토스트, 계란 오믈렛을 먹었다. 길쭉한 쌀은 품종 개량을 하지 않았는지 퍼석하여 입에 맞지 않았다. 디저트로는 바나나와 망고가 있었는데 맛이 있었다. 망고는 1kg에 300원 정도에 살 수 있는데, 나중에 길거리를 지나다 보니 가로수가 모두 망고나무였다. 밭에도 망고 나무가 많이 보였다. 그에 비해 사과나 배는 작고, 볼품이 없고, 맛도 별로였다.

02

연꽃사원, 간디 화장터를 방문하다

8월 24일 8시 30분경 전세버스를 타고 호텔을 나섰다.

뉴델리 거리엔 릭샤들이 많이 보인다. 등교하는 학생들도 스쿨버스로 릭샤를 이용하는데, 비용은 어머니들끼리 돈을 모아서 공동으로 부담한다. 요금은 택시보다는 싸고, 버스보다는 비싸기 때문에 중류층 서민이 많이 이용한다고 한다.

도로 곳곳이 파헤쳐져 있었다. 골조로 세운 엉성한 철근은 녹이 슬어 시뻘겋다. 아마도 공사를 진행한지 오래된 것 같았다. 2010년 영英연방 체육대회 개최를 앞두고 지하철 공사를 하고 있는 중이라 했다. 상황이 급박해도 서두를 것이 없는 그들의 삶의 방식을 보여 주고 있었다.

얼마를 지났을까, 한글로 쓰인 원불교 간판이 눈에 들어왔다. 이곳에서 우리나라 사람들이 포교활동을 하고 있는 모양이다. 나는 반디 씨에게 무슨 종교를 믿는지 물어보았다. 힌두교라 했다. 힌두교가 82% 정도 되고 이슬람교가 13% 그리고 자이나교, 시크교, 불교, 기독교가 나머지를 차지한다고 했다. 그는 이어서 말하기를 석가모니는 힌두교의 여덟 제자 중 한 사람이라 했다. 의외란 느낌이 들었으나 누구나 태어나면 배우기 마련이므로 그도 예외는 아닌 것이다. 문득 불교의 뿌리는 힌두교라는 생각이 들었다.

인도에서 종교는 항상 새롭게 유입되어 등장하며, 변화와 통합의 과정을 거치고, 소멸하고 재생한다. 하지만 이러한 인도의 다양한 종교는 나에게 많은 궁금증과 혼란스러움을 안겨주었다. 어디서 하나의 종교가 끝나고 다른 종교가 시작되는지 의문이 머릿속을 맴돈다.

우리 일행은 연꽃사원으로 향했다. 잘 가꾸어진 넓은 잔디밭 한 가운데 연꽃 한 송이가 놓여 있는 것 같았다. 연꽃사원 앞에는 많은 사람들이 줄을 서서 기다리고 있었다. 외국인도 있었지만 인도인들이 대부분이었다. 일요일이어서 평일보다 사람들이 더 많다고 했다. 피부색 하얀 유럽인인 듯한 여성이 건물 입구에서 유인물을 나누어주며 안내하고 있었다.

연꽃사원은 연꽃 모양의 크고 흰 건물이었다. 독특한 이미지를 풍기는 겉모습과는 달리 건물 안은 텅 빈 공간에 의자만 쭉 놓여있다. 1500명 정도를 수용할 수 있는 장소인데 신발을 벗고 들어가야 했다. 신발을 벗으면 낮아지고, 욕심이 적어진다는 것이다. 연꽃사원에 들어서자 특이한 광경이 눈에 들어왔다. 종교적 배경에 관계없이 모든 사람이 자신의 종교로 기도하고 있었다. 책에서 본 '바하이 교'라는 것을 짐작할 수 있었다.

'모든 다양성의 포용과 조화'를 이념으로 하는 바하이교는 14세기 페르시아에서 생겨난 종교로서 종교 혼합주의를 내세우는 이슬람의 한 종파라 한다. 기독교와 불교 뿐만 아니라 모든 종교의 예언자들을 숭상하며 종교의 통합과 세계 평화를 주창한다. 설교하는 사람도 없고 복잡한 행사진행도 없었다. 혼자 기도하고 조용히 나오면 된다. 보통 2~5분 정도 기도하는데 다른 사람과 이야기하는 것은 금지되어 있다. 사진 촬영도 허용되지 않는다. 홀 내부에는 어떤 신상(神像)이나 벽화도 없었다. 건축양식과 기도의식이 무척 검소하다는 느낌을 받았다.

이어서 다음 행선지인 간디 화장터로 향하는데 도로 건너편 나무에 오르내리는 원숭이들이 보였다. 뉴델리에만도 3만 여 마리의 원숭이가 서식하고 있다고 한다.

● 아이들이 악기를
가지고 구걸하는 모습

● 델리의 재래시장 야채가게

이곳에서는 원숭이도 신으로 모시기 때문에 사람들이 함부로 대하지 않는다. 그런데 원숭이들이 많이 살고 있는 골목길을 지날 때에는 사람을 물어 다치게 하는 경우도 있으므로 막대기를 가지고 다녀야 할 정도라고 한다.

우리들이 탄 버스가 화장터에 도착할 무렵, 앉은뱅이 장애인이 버스를 향해 한 푼 달라고 애걸하였고 또 한 쪽에서는 어린 아이 3명이 '1달러'를 외치면서 손을 내밀

33

었다. 그 손과 눈빛이 애절하다 못해 처절했다. 나는 1달러를 어린 아이에게 건네주었다.

야무나 강변에 있는 간디 화장터는 공원으로 잘 꾸며져 있었다. 가이드 반디 씨는 마하트마 간디를 인도의 국부라 하였다. 영국 식민지 하에 오랫동안 독립운동을 한 공로를 모든 인도 국민들이 인정하고 또한 존경한다면서, 반디 씨는 입에 침이 마르도록 간디에 대한 존경을 표하며 각별한 애정을 가지고 있었다. 인도하면 간디, 간디하면 인도를 떠올릴 정도로 간디는 우리에게 가장 친근한 이름이다. 그것은 무엇보다 같은 식민지의 설움을 겪었던 인도와 우리나라의 공통성 때문인지도 모른다.

간디는 독립투쟁 외에도 힌두·회교도의 갈등문제, 불가촉천민과 여성의 인권문제, 악법에 대한 저항운동, 교육, 농촌경제 등 불평등의 개선을 위해 죽는 날까지 투쟁했던 행동가였다. 간디는 영국 법학원의 법정 변호사 자격으로 인도인 무슬림이 운영하는 회사의 소송을 준비하기 위해 1893년 남아프리카 공화국으로 갔다. 그는 열차표를 구입했음에도 불구하고 유색 인종이라는 이유로 1등 객실에서 쫓겨나는 억울한 인종 차별을 직접 체험하게 된다.

현실에서 겪은 경험을 되새기며 어둡고 추운 밤을 보낸 후 간디의 인생은 결정적으로 바뀌었다. 남아프리카 공화국의 차별에 반대하면서 간디는 기독교의 사랑과 톨스토이의 투쟁으로부터 한 줄기 빛을 얻었다. 그는 더 이상 고급 맞춤 양복을 입지 않았으며, 대신 가난한 인도 농민들처럼 전통의상 도티를 입고 소박한 식사를 했다. 그는 '진리'를 외치면서 자이나교도, 불교도, 무슬림까지 서로 아울렀다. 그리고 '비폭력'이란 의미의 아힘사(Ahimsa)도 활용했다. 이처럼 간디는 '진리와 사랑을 결합시킴으로써 한 사람이 세상을 움직일 수 있다.'라고 주장했고, 그는 인도 사회의

● 연꽃(로터스)사원

발전에 주춧돌이 되었다.

　간디는 동부 인도의 촌락들을 방문했고, 평화를 위한 아힘사를 설교했다. 간디가 가는 곳이면 어디서나 주민들은 진심으로 경배했다. 성경과 코란을 읽으며 기도하는 그를 보고, 힌두교 광신자들은 조국의 '배신자'라고 비난을 퍼부었다. 이에 간디는 자신을 둘러싸고 벌어지는 사람들의 분쟁을 지켜볼 수밖에 없었다. 1947년 인도는 자유를 찾았음에도 불구하고 그것이 평화를 가져다주기는커녕 오히려 증오를 불러들이고 말았다. 힌두교와 이슬람교의 대립과 반목은 끝내 해결되지 못한 채 인도와 파키스탄으로 분리되는 비극적 상황이 벌어졌다.

● 간디 공원

마지막 순간까지 힌두인과 이슬람인의 결속을 외치던 간디의 노력조차 외면한 채 현재 인도는 두 개의 나라로 갈라지고 말았다.

1948년 1월 30일 뉴델리 하늘에서 해가 질 무렵, 마하트마 간디는 광적인 힌두 브라만의 총격으로 생을 마감하고 말았다. 바로 그 다음 날 세계 시민들의 애도 속에 그의 유해가 이 자리에서 화장되었던 것이다. 인도에서는 전통적으로 묘지를 쓰지 않고 힌두의 관습대로 타고 남은 재를 강물에 떠내려 보낸다. 간디의 유해는 역시 화장되어 야무나 강물에 띄워졌다. 간디 화장터는 묘지는 아니지만 위대한 혼을 모시는 공원으로 검소하게 잘 조성되어 있었다. 네모반듯한 검은 기단으로 설치되어 있었다. 그 기단 정면에 간디가 남긴 마지막 말 "오 신이여"가 힌두어 문자로 새겨져 있다. 이 기념물은 검소한 간디의 생전의 삶 자체를 영원히 기리기라도 하듯 소박했다. 나는 묵념으로 위대한 영혼에 참배하였다. 정면 뒤쪽에 놓인 화로에는 불꽃이 타오르고 있다. 그리고 한 쪽에는 헌금함이 놓여 있다. 거기에는 'HARIJANSEVA'라고 씌어 있다. '죄 많은 나를 용서하소서'라는 뜻이라 한다. 이곳을 찾는 사람들의 발길이 끊이지 않는다.

인도문을 지나 남서쪽으로 한참을 더 가면 마하트마 간디가 생애의 마지막을 보낸 집 'Gandhi Smriti Museum'이 있다고 한다. 간디는 정원 한 쪽에 있는 기도소로 가다가 흉탄에 맞아 쓰러졌고, 기도소는 집에서 10m쯤 떨어진 곳에 있는데 그곳을 박물관으로 가꾸어 놓았다고 한다.

나는 이글을 쓰면서 간디의 자서전을 읽었는데 간디자서전의 핵심이 되는 사상은 진실과 사랑이다. 그의 자서전에는 이러한 글귀가 있다.

"무릇 진실을 탐구하는 자는 진개(塵芥)보다도 더 겸손해야 한다. 사람들은 진개를 그 발밑에 두고 짓밟는다. 하지만 진실을 탐구하는 자는 그 진개에게 조차도 짓밟힐 만큼 겸손해야 한다."

"진실을 실현하기 위한 유일한 수단은 불살생이다."

"만사가 잘 안 되어가는 것처럼 보일지라도 당신이 당신 자신에게 솔직하다면 만사는 순조로울 것이다. 이와 반대로 겉으로 보기에는 만사가 순조롭게 보일지라도 당신이 당신 자신에게 솔직하지 않다면 그 모든 것이 순조로운 것은 아니다."

"조금이라도 신을 믿는 인간은 결코 희망을 잃지 않는다. 그런 인간은 진리가 최종적인 승리를 거두리라."

"힘은 육체적인 역량에서 나오는 것이 아니라, 불굴의 의지에서 나오는 것이다."

● 해와 달 음식점

간디의 사상은 삶의 구체적 상황과 현실적 문제에 대한 체험으로부터 나온 것이다. 종교적, 철학적 사상도 삶의 구체적 현실인 정치·경제·사회적 문제에 적용되는 실용주의적 이상주의였다.

간디 공원을 보고 난 뒤 우리는 '해와 달'이라는 한식집에서 된장찌개로 점심을 먹고 대통령궁으로 향하였다. 도로가 시원스럽게 뻗어 있었다. 인도 문이 멀리 보이고, 이오니아식 열주가 아름다운 원형의 국회의사당, 일직선으로 뻗은 도로의 길옆으로 조성된 넓은 공원의 잔디와 100년 이상 된 고목이 한층 푸르름을 더했다. 그리고 길옆으로 수목이 울창한 정원을 가진 저택들이 보였다. 아름다웠다.

뉴델리는 인도를 통치하던 영국이 1911년 수도를 캘커타에서 델리로 옮기면서

● 인도문 사진. 도로 옆 녹지공간이 넓다.

영국식 도시계획을 가미하여 개발한 곳이라 한다. 현재 대통령 관저로 사용하고 있는 대통령 궁은 영국이 그때 세워 총독 관저로 사용했던 건물이다. 340개의 방이 달린 대통령 궁은 웅장했다. 마지막 총독이 거주하던 당시 관저의 정원사가 무려 418명이었고, 새를 쫓는 아이들만도 50명이나 되었다니 정원의 크기를 가늠할 수 있다. 꽃이 만발하는 2월에는 무굴 양식 정원의 화려한 모습이 보름 동안 공개된다고 한다.

03

바라나시 행 야간열차를 타다

뉴델리 역 앞 거리

● 뉴델리 역사

　우리 일행은 전용 버스를 타고 대통령 궁을 지나 바라나시 행 특급열차를 타기 위해 뉴델리 역으로 갔다. 어느 나라든 수도는 그 나라의 행정과 문화가 집약되어 있는 곳이다. 그러나 뉴델리 역 앞은 자동차, 자전거, 오토 릭샤 등이 무질서하게 주차되어 있었다. 수도의 기차역 답지 않게 역사 건물은 허름하기 짝이 없다. 여행 가방이 너무 무거워 짐꾼에게 맡겼다. 열차를 타기 위해 역으로 들어서자 남자 3명이 그 많은 군중 앞에서 아무 거리낌도 없이 철길에 대고 소변을 보고 있었다. 한쪽에는 여섯살 쯤 되어 보이는 아이가 철길에서 용변을 마치자 청소원이 호스로 물을 뿌리고 닦아냈다. 철길 주변에는 비닐봉지와 페트병이 널려 있어 지저분한데, 마침 그때 주민 한사람이 철길에 오물을 버리고 있었다. 나는 그 장면을 사진에 담았다.

　인도에는 '버리는 사람 따로, 줍는 사람이 따로' 있다는 말이 실감난다. 마치 우리의 과거를 보는 것만 같았다. 우리도 불과 20여 년 전에는 쓰레기를 몰래 버리는 경우가 종종 있었다. 이러한 행위는 86아시안게임, 88올림픽, 2002월드컵을 치르며 국민의 의식수준이 향상되면서 점차 감소되었다. 2002월드컵경기 기간 중에는 광화문, 시청광장에서 응원전이 끝난 후 관중들이 스스로 쓰레기를 말끔히 치우는 모습을 보여주기도 했었다. 그러나 아직도 개선해야 할 점은 많은 것 같다.

맞은 편 철로에서는 보수 공사를 하고 있었는데 조그마한 당나귀 네 마리가 등에 모래주머니를 실어 나르고 있었다. 뒤에서 회초리를 든 남자가 뒷걸음질치는 당나

● 뉴델리 거리

귀의 엉덩이를 때렸다. 짐을 나르는 거리는 200m 정도, 당나귀들도 꾀가 나는지 가다가 모퉁이에 숨어 버리기도 했다. 그럴 때면 회초리는 사정없이 당나귀의 엉덩이를 후렸다. 그 광경이 애처로워 나는 한참동안 멍하니 바라보았다.

주위에선 외국인을 보고 몰려온 걸인들이 한 푼 달라고 손을 내민다. 아이를 들쳐 업고 구걸을 하는 젊은 여인들, 고아처럼 보이는 꼬마 여자아이들, 자기의 상처를 보여주며 동정심을 유도하는 걸인도 있었다.

어느 나라나 걸인이 없는 나라는 없는 가보다. 하지만 인도처럼 걸인이 많은 나라

● 뉴델리 역 승강장에서 모래를 실어 나르는 당나귀

도 드물 것 같다. 잔돈이 좀 남아서 적선을 하면 어느새 거지들에게 둘러싸인다. 구걸하는 일이 습관이 됐는지 도와주어도 전혀 고맙다는 의사 표시가 없다.

인도의 거지들은 매우 당당하다. 자신들의 구걸이 부끄럽다고 생각하지 않는다. 오히려 적선할 기회를 주었으니 내가 그들에게 감사를 해야 할 일이라고 했다. 부자들이 가난한 자신들에게 필요한 물질을 나누어 주는 것은 당연하고, 가난은 극복해야 할 불행이 아니라 당연히 받아들여야 할 업보라고 생각하는 것이다. 이러한 문화와 가치관을 이해하는 데에는 상당한 시간이 필요할 것 같다.

승강장에는 금연구역이라는 팻말이 보였다. 나는 아직 이곳 사람들이 담배를 피우는 모습을 보지 못했다. 열차 안이나 승강장에서 담배를 피울 경우에는 벌금을 내야 한다. 우리 일행 중에도 흡연가가 있었는데, 담배를 피울 장소가 마땅치 않아 애를 먹었다. 철도 시설 등 공공 구역은 전부 금연 장소이다. 나는 다행히도 담배를 못 피운다. 내 경험으로 담배는 피우지 않아도 사회생활에 아무런 지장이 없다. 담배로 인해 건강을 해치는 사람이 날로 늘어나고 있어 흡연에 대한 사회적 압력이 거세지고 있다. 미국의 일부 보험회사는 비 흡연자들에게 생명 보험료, 건강 보험료는 물론 심지어 자동차 보험료까지 할인해주고 있다고 하니 참조할만하다. 청소년들이 담배 연기에 노출될 기회를 줄이도록 금연학교를 전국적으로 활성화 할 필요가 있다. 국민건강을 위해서라도 담배를 유해물질로 지정해 특별 관리하는 방안은 어떨까?

바라나시까지는 800km, 열차로 12시간이 걸린다고 한다. 오후 3시 30분경에 야간특급열차에 올랐다. 말이 특급열차지 내부는 완행열차나 다름없었다. 인도의 열차는 유리창 밖을 10cm쯤 간격을 두고 철책으로 가로질러 놓았다. 밖에서 보면 마치 호송차처럼 보인다. 도난을 방지하고 무임승차를 막기 위한 것일까? 그러나 열차

45

● 열차 내부

내 화재가 발생했을 경우나 열차전복 시에는 비상 탈출이 용이하지 않을 것 같다. 몇 년 전 우리나라에서 많은 사상자를 낸 대구 지하철 화재사고가 떠올랐다.

열차에는 장거리 여행을 위해 침대가 설치되어 있다. 가운데 통로를 두고 한 쪽엔 열차 내벽을 따라 2층으로, 또 한 쪽엔 칸을 막은 벽을 따라 3층 침대가 설치되어 있다. 야간에는 한 구역에 8명이 잘 수 있게 되어 있다.

창밖으로 평온한 넓은 들판이 끊임없이 이어졌다. 보아도 보아도 지평선이 아물거리는 초록 농경지이다. 델리에서 동서남북 어디로 가든 천리길 안으로는 산 하나 없다더니 가도 가도 끝없는 평야만 이어진다. 붉은 벽돌로 된 시골 가옥이 몇 채씩 보이고, 소 떼와 염소 떼가 풀을 뜯는 평화로운 풍경이 자주 시야에 들어왔다. 시골 풍경, 수십 마리의 검은 물소 떼가 늪지에서 놀고 있다. 인간과 자연이 어우러진 목가적인 풍경, 마하트마 간디는 이러한 촌락단위의 농촌을 '인도의 혼'이라 표현했다. 그는 또한 도시화되고 산업화 된 사회는 자연의 선하고 아름다운 면을 모두 파괴하는 억압적인 괴물 같은 기계라고 말했다.

이곳은 논농사가 대부분인데, 침수된 논이 가끔 보였다. 강 주변에는 강물의 범람으로 침수된 집들이 많이 있었다. 어느 마을에서는 아낙네들이 물에 젖은 옷가지와 담요를 빨랫줄에 널고 있었다. 나는 2002년 강릉 수재 현장에 급수 지원 봉사활동을 한 적이 있었는데, 인도의 수재민들을 보면서 재기에 몸부림치던 강릉 수재민들이 생각났다. 사람은 아픔이 있기에 성숙하고 좌절이 있기에 더욱 강해진다고 하지만 모든 사람이 아픔과 좌절을 쉽게 이겨내는 것은 아니다. 인간은 때로 너무나 나약해서 갈대를 흔드는 미미한 바람조차 힘겹게 느껴질 때도 있기 때문이다. 저 인도수재민들이 아픔을 잘 이겨내기를 기도해 본다.

지루한 열차 여행 중 한 여성이 자기소개를 제안했다. 우리 일행 10명은 모여 앉아 다과를 나누며 한 사람씩 자기소개를 했다. 이름에 얽힌 이야기, 아내와 사귄 이야기 등 솔직한 소통의 시간을 가졌다. 사회활동의 영향인지 모두들 언변이 좋았다.

다과회가 무르익을 무렵 나는 화장실을 찾았다. 화장실문을 열어보니 예상했던 대로 좀 지저분하였다. 그 칸의 화장실이 내키지 않아 바로 옆에 있는 화장실문을 두드렸다. 별 반응이 없어서 문을 열려고 했으나 열리지 않았다. 처음에는 노크를 해봐도 별 반응이 없었다. 문이 고장 난 줄 알고 발로 몇 번을 찼다. 다급해서 발로 한참 찼는데 갑자기 문이 덜컹 열렸다. 그 안에 얼굴이 뻘겋게 달아 오른 젊은 남자가 "Why?" 하면서 소리를 버럭 질렀다. 그 험악한 얼굴에 깜짝 놀라 뒤로 나자빠질 뻔했다. 나는 머쓱해서 미안하다는 말만 남기고 자리로 돌아왔다. 지금 생각해봐도 웃음이 절로 난다. 인도사람들은 화장실을 사용하는 행위조차도 느긋한가 보다.

인도 열차 화장실은 양변기 스타일과 인디언 스타일의 두 종류가 있는데, 둘 다 화장지는 없고 한 쪽에 물 컵만 놓여져 있다. 일이 끝나면 물로 씻으라는 뜻이다. 인디언 스타일의 화장실 변기가 양변기보다 깨끗하고 위생적이다. 인디언 스타일은 두 발을 올려놓는 발판이 있고, 발판에는 발모양을 그려 놓아 앉으면 딱 맞게 되어 있

● 뉴델리 역 승강장(위) / 뉴델리역 철길에 오물을 버리는 사람이 보인다(아래)

었다.

우리 일행이 탄 열차 칸에는 우리 외에도 한국인 여행객 8명이 있었다. 그들은 무슨 할 이야기가 그리 많은지 하얀 이를 드러내고 웃으며 계속 대화를 나누고 있었다. 바깥 바람을 쐬는 외국여행이라는 탓도 있겠지만 장거리 열차에서의 시끌벅적한 풍경은 우리 민족의 한 단면이라 할 것이다. 일본인 여행객도 몇 사람 보인다. 나머지는 인도인들이었는데, 대부분 가족단위의 장거리 여행객들이었다. 내 옆자리에는 70세쯤 되어 보이는 노인 내외와 40대의 아들이 있었지만 별로 말이 없었다. 열차에서의 분위기는 우리나라와는 달리 매우 조용했다. 얼굴 윤곽이 뚜렷한 인도인들은 엄숙하다 못해 체념한 듯한 인상을 준다. 현실을 숙명으로 받아들이는 그들, 악착같지 않은 인도 사람들의 모습이 어찌 보면 여유롭다고나 할까, 네 것보다는 내 것을 챙기고, 내 탓보다는 네 탓으로 몰아 부치는, 넉넉함을 잃어버린 우리들로서는 좀처럼 수긍할 수 없는 장면들이다.

인도인들은 오랫동안 대가족 문화 속에서 살고 있다고 한다. 가족들 간의 유대는 남달리 돈독하다. 인도어로 '형제(bahi)'란 말은 '사촌'의 의미도 내포되어 있다고 한다. 따라서 3대 혹은 4대가 더불어 살아가는 대가족 내에서는 형제들의 자식들이나 자기 자식들이나 모두 품안의 자식으로 여긴다. 어릴 적 고향집 밥상머리 예절이 떠오른다. 음식문화로 정을 나누는 인도와 우리의 삶의 모습은 닮은꼴이다. 가족은 인도 사회제도의 근간이다. 인도 사람들에게는 먼저 충성하고 몸 바쳐야 할 대상이 직장이 아니라 가족이다. 국가를 향한 충성심이 발달 하지 않은 것은 가족이나 카스트 그룹을 향한 충성심 때문이라고 주장하는 사람도 있다. 인도 북부지방에 통일 제국이 여러 번 존재했지만 비교적 단명했고, 지방과의 종속적인 관계를 유지하여 문화적 통일에 기여했을 뿐이다. 인도가 역사적으로 볼 때 중국과 같이 강력한 중앙집권적인 국가를 이루지 못한 것은 가족제도와 카스트제도 때문인지도 모른다.

저녁식사는 열차승무원들이 미리 예약을 받으면서 채식과 비 채식을 구분하여 도시락을 나누어 주었다. 그 도시락으로 저녁을 해결한 뒤 밤 10시가 되어 잠자리에 들었다. 나는 3층으로 된 침대 중에서 2층을 배정받았다. 두꺼운 담요 하나, 베개 한 개, 얇은 천 조각이 놓여 있었다. 에어컨은 냉기를 뿜어내고 선풍기는 소음을 내며 돌아가고 있었다. 덜컹거리는 열차 안에서 잠은 올 것 같지 않았으나 그래도 내일을 위해 잠을 자야만 했다. 나는 괴물 같은 선풍기 소리에 자다 깨다를 반복하며 잠을 설쳤다.

아침 6시경에 눈을 떴다. 창밖으로 아직 산은 보이지 않고 평온한 들판만이 끊임

● 간이 역사에서

없이 전개된다. 드넓은 벌판, 평화로운 초록이 활동사진처럼 펼쳐지고 있다. 전날 오후 3시 30분에 출발하여 새벽 3시 30분 도착 예정이었으나, 5시간을 연착하여 오전 8시 30분경 바라나시 역에 도착했다. 17시간 동안이나 열차를 탄 셈이었다. 내 생에 열차를 제일 오랫동안 타본 것이다. 오는 도중 열차가 20~30분 정차하는 것은 예삿일이었다. 열차가 정차할 때나 출발할 때 따로 안내방송은 없었다. 이에 대해 누구 하나 불평하는 사람도 없었다. 이러한 일이 당연한 것처럼 받아들여지고 있었다. 그들의 느긋함은 대륙적 기질인가, 아니면 종교적 여유인가. 나는 이것이 궁금해서 반디 씨에게 안내방송을 왜 하지 않는지 물어보았다. 가이드는 열차 안에 방송 설비를 갖추지 않았다고 하면서 인도의 열차는 2~3시간 연착되는 것은 보통이라고 대답했다.

인도에서는 열차가 정각에 플랫폼에 들어오는 일이 드물기 때문에 정각에 도착하면 승객은 감동을 받는다고 한다. 열차 운행시간 뿐만 아니라, 인도인은 예로부터 '인도시간'이라고 불리는 시간 감각을 가지고 있다고 한다. 또한 인도의 시간은 우마차가 삐그덕 거리며 굴러 가듯이 돌아간다는 말도 있다. 그야말로 유유자적이다. 인도인과 약속을 하면 1시간 정도 늦는 것은 당연한 일로 생각한다. 우리는 너무 빠른 속도경쟁에 지쳐 새로운 사고방식이 제시되고 있는 반면 인도인은 이미 오래 전부터 그런 방식으로 생활해 오고 있다.

인도인은 "다음에 합시다."라는 말을 자주 한다. 이런 내일로 미루는 습관이 쌓이다 보면 몇 년이 어느새 흘러가 버릴지도 모르는 일이다.

하지만 아무리 인도인이라 해도 외국사람이나 외국기업과의 업무와 관련된 비즈니스 분야에서는 다르다. 시간을 엄격히 지키면서 일하고 있다. 가이드인 반디 씨도 지금까지 우리와의 약속시간을 한 번도 어긴 적이 없었다. 인도인이 운전하는 전세 버스도 시간에 맞춰 미리 와서 대기하고 있었다. 선진국의 시간문화가 들어오면서 '인도시간'에 대한 개념도 조금씩 변하고 있는 것 같다.

　바라나시 역을 빠져 나오는데 역 건물 위로 원숭이들이 몇 마리 돌아다닌다. 산도 과일나무도 없는 이곳에 원숭이는 무엇을 먹고 살까, 이런 생각을 하면서 미리 대기 하고 있던 25인승 전세버스를 타고 10분 거리에 있는 힌두스탄 인터내셔널 (Hindustan International) 호텔에 도착하여 여장을 풀었다. 바라나시의 중심지에 있는 이 호텔은 갠지스 강으로 통하는 도로 입구에 위치해 있다.

　바라나시는 세계에서 가장 오래된 도시 중의 하나로 알려져 있다. 영어로는 '베나 레스'라고 하지만, 현지에서는 바라나시(Varanasi)라고 발음한다. 또 순례자들의 성 지로 '카시(Kashi)'라고도 알려져 있다. '영적인 빛으로 넘친 도시'란 뜻으로 옛날부 터 실크의 명산지이다.

● 열차에서 만난
　사람들

둘째날

전통의 고장 바리나시

INDIA

01

부처님 최초의 설법지 사르나트(녹야원)

　밤 열차를 이용한 탓에 호텔에서 오전 휴식을 취하게 되어 있었지만, 나는 같은 방에 배정받은 일행과 함께 카메라를 들고 밖으로 나왔다. 호텔을 막 나서자 여러 개의 점포가 있는 상가건물에 '60% 세일'이라는 안내문구가 보였다. 바겐세일은 우리나라와 똑같구나 하는 생각이 들었다. 거리는 사람과 차량으로 무척 붐볐다. 길은 거미줄처럼 이어져 있다. 거리 풍경을 몇 컷 사진에 담고, 시내 거리를 더 구경하고 싶었으나 길을 잃을 것 같아 되돌아왔다.

　점심 식사를 한 후 12km 떨어진 사르나트(녹야원)로 갔다. 이곳은 농업을 주업으로 하고 사탕수수와 보리를 많이 재배한다고 한다. 이들의 주식은 밀크와 기름이고 고기는 잘 먹지 않는다. 망고 등 여러 가지 과일이 풍성하다. 집들은 진흙으로 지은 오래된 토담집이 많았고 군데군데 벽돌집도 섞여 있다. 자전거들이 곡예를 하듯 아

● 바라나시 전경

● 바라나시 역

● 바라나시 시장통

슬아슬하게 달리는 사이로 소 떼가 어슬렁거리고, 염소와 낙타가 뒤섞여 걸어간다.

바라나시는 3천년 이상의 역사를 가진 도시이며, 힌두교도들이 성스럽게 여기는 7개 도시 중 가장 으뜸이다. 도시를 끼고 갠지스강이 흐르고 있다. 인근에 위치한 사르나트(녹야원)에는 불교의 성지로 석가모니께서 처음 깨달음을 얻으시고 설법하신 초전법륜의 장소가 있다. 바라나시는 본래 카시로 불려져 왔으나, 영국이 통치하던 시절엔 '베나레스'라는 영어식 이름으로 표기되었다.

인도의 역사에 의하면 힌두 성지인 바라나시에는 석가모니 이후 불교의 세력이 번성하게 되고, 11세기 무굴제국이 이곳에 들어와, 아우랑제브 시대에 힌두 사원들

● 바라나시 거리

을 파괴하고 이슬람사원으로 바꾸는 사건들이 있었다. 그 후 다시 힌두 세력이 바라나시에 자리 잡게 되어 이슬람 세력과 공존하게 되었다. 이처럼 바라나시는 두 종교의 세력 갈등이 표출되는 곳 중의 하나이기도 하다.

사르나트는 석가모니가 태어난 룸비니, 깨달음을 얻은 부다가야, 입적한 쿠시나가라와 함께 불교의 사대 성지로 꼽힌다. 불교사에 따르면 싯타르타는 지금으로부터 2,500여 년 전 지금의 네팔 국경에 가까운 인도 중부 히말라야 산 기슭의 룸비니에서 사카이족 정반왕의 왕자로 태어났다. 태어난 후 1주일 만에 어머니가 세상을 떳으므로 이모의 품에서 자라난 싯타르타는 16세에 결혼하고 아들 하나를 두었다. 그러나 결혼 생활에는 별 재미를 느끼지 못하였다. 싯타르타는 인간으로서의 생노병사의 문제를 고민하다 부왕의 만류를 뿌리치고 29세에 출가하였다. 전정각산에서 7년간의 고행 끝에 넬란 · 잘라 강으로 내려와 목욕하고 마을 처녀 '수자타'가 공양해준 우유죽으로 원기를 회복한 다음 35세 되던 12월 8일 「부다가야」 보리수 아래서 마침내 해탈의 길, 열반의 세계를 찾게 된다. 이때부터 인간 싯다르타는 우주의 진리를 깨달은 자로서의 붓다Buddaha, 또는 '사카이'족의 성자 석가모니로 불리게 되고 중생을 고통으로부터 해방시키는 인류의 성인으로 추앙받게 되었다.

부다가야 보리수 아래에서 깨달음을 얻은 석가모니는 250km 떨어진 이곳 사르나트에 이르러 처음으로 5명의 수행자들에게 설법을 하였다. 그 후 45년 간, 각지를 돌며 설법을 계속 하다가 80세에 이르러 쿠시나가르에서 입적하였다. 사르나트의 옛 이름은 선인仙人이 사는 므리가다바鹿野苑라 하기도 하고, 어떤 설에는 불교 경전에 나오는 브라흐마닷타 왕이 이곳을 사슴들이 살도록 내놓았기 때문에 '사슴의 동산' 즉 녹야원이 되었다고 한다.

석가모니가 사르나트에서 처음 설법하고 불교의 교단인 승가를 조직하여 활동하였던 것에 주목할 필요가 있다. 그가 사르나트를 포교의 거점으로 삼았던 것은 힌두 성지 바라나시로 몰려드는 힌두교도들을 의식하고 그들에게 불법을 전파하겠다는 의도가 있었던 것으로 볼 수 있다.

사르나트鹿野苑의 상징은 입구에서 서쪽으로 우람하게 솟아 있는 다메크 탑大法眼塔이다. 안내문에 따르면 다메크는 산스크리트어로 '진리를 관하다.'는 뜻이라 한다. 기원전 3세기 경 아쇼카 대왕이 세운 것 이라고 하나 다른 책에서는 굽타 시대인 320~550년에 세운 것으로 알려져 있어 세운 연대가 확실치 않다. 지금 상층부는 허물어져 있지만 현재도 높이가 43미터, 기단은 직경이 36미터에 이른다. 지상에서 11미터까지는 커다란 돌로 둥글게 쌓아 올렸고, 그 위는 붉은 벽돌을 쌓아 완성했다. 현존 탑의 상부는 연와를 쌓아 만든 것인데 절반이 무너졌다. 지금은 없지만 남아있는 8개의 감실에는 불상이 있었다. 아쇼카 대왕은 중생들이 색과 상으로 세상을 보는 것을 경계하여 진리를 마음으로 바로 보라는 뜻에서 이 탑을 조성하였다. 1835년에 이 탑 속에서 5세기의 서체로 쓰여진 석판의 법신계가 발견되었다. 석가모니는 이곳에서 최초의 설법을 했다. 석가모니는 인간의 고통과 괴로움의 원인은 우리 자신이 가지고 있는 욕망 때문이라고 한다.

우리 모두의 마음 속에 자리잡고 있는 끝없는 생존욕과 소유욕이 지나친 집착으로 이어진다. 정도에서 벗어난 집착은 마침내 스스로를 불행하게 한다는 것이다.

불행에서 벗어나기 위해서는 무지에서 벗어날 필요가 있다. 석가모니는 무지에서 벗어나기 위해서는 남의 도움보다 스스로 깨닫는 일이 괴로움을 해결할 수 있는 길이라 했다. 석가모니는 팔정도八正道라는 올바른 실행방법을 말했다. 올바른 견해正見,

● 디메크 탑

올바른 결의正思, 올바른 말正語, 올바른 행위正業, 올바른 생활正命, 올바른 노력正精進, 올바른 사념正念, 올바른 명상正定이다. 누구든지 팔정도를 따른다면 성직자에 의존하지 않고도 스스로 열반에 들 수 있다. 인간은 반드시 지나친 애욕과 고행, 사치와 내핍의 양극을 피해야 한다는 중도中道를 가르쳤다.

　이후 불교가 인도 전역으로 퍼지면서 사르나트는 석가모니와 관계된 확고한 성지가 되었다. 그러나 현재 사르나트의 모습은 달랐다. 여기저기 이슬람 세력에 의해 파괴된 승각과 전각터, 사각형 수투우파(탑)의 흔적들이 남아 있다. 한쪽에는 시바의 상징이자 숭배의 대상인 남근상이 있다. 시바는 바라나시의 수호신이라고도 한다.

현장 법사가 이곳을 찾아갔을 때 성내에는 20여개 소의 남근상이 있었는데, 그 높이가 백여 장에 달한다고 기록하고 있다.

수투우파Stupa란 원래 부처님의 유골인 불사리佛舍利를 묻은 묘지로 '졸탑파卒搭婆'라고 한역되어, 탑이라고 부르게 되었으며 우리나라 사찰 경내에서 흔히 볼 수 있는 부도와 같은 것이라 한다. 가이드는 수투우파는 고승들의 무덤이며, 규모가 클수록 대승들의 유해가 묻혀 있는 곳이라고 일러준다. 빨간 벽돌로 약 두자의 높이로 쌓인 무덤들이었다.

한 쪽에 기원전 250년 아쇼카대왕이 세운 4개 석주가 부러진 채 2미터정도의 기단 부분만 보존되어 있다. 안내문에 의하면 이 석주는 높이 15.25미터(발굴 때 세 토막으로 잘려 있었음), 기부의 직경은 71.1센티미터, 상단의 직경은 55.9센티미터로서 꽤 큰 돌기둥이라고 말할 수 있다. 1194년 이슬람 세력에 의하여 파괴되었다고 전한다.

부러진 석주는 처참했다. 본래의 모습은 얼마나 아름다웠을까 생각하니 안타깝기 그지없다. 석주는 부러졌으나, 그 뿌리는 흔들림 없이 살아있어 아쇼카대왕의 불교에 대한 강한 채취를 느낄 수 있었다. 이념 간의 갈등, 서로가 진리라고 주장하는데 '참 진리'는 대체 무엇일까?

1835년부터 영국 왕립고고학회의 발굴 작업으로 다시 그 모습을 세상에 드러낸 파괴된 전각 터와 석주는 전쟁의 처절함을 보여주고 있다. 부러진 네 마리의 사자머리부분은 1905년 발굴하여 '사르나트 고고학박물관'에 전시되어 있다.

아쇼카대왕이 세운 부러진 석주는 반지르르하게 광택이 났다. 2천 년 전에 세운 것이라고는 믿기지 않을 정도로 돌이 살아있었다. 석주는 사암으로 되어 있다. 사암이란 모래가 뭉쳐져서 돌이 된 것이다. 인도의 북부지방 토질은 붉은 색을 띠고 있는데 역시 석주도 붉은 사암이다.

나는 돌에 대해 남달리 자세히 살펴보는 습관이 있다. 언제부턴가 조상의 산소에 비석을 세우면서 돌에 대해 많은 관심을 가지게 되었기 때문이다. 이번에도 어김없이 나는 아쇼카 석주의 강도와 침식 정도를 살펴보며, 우리나라 충남 웅천에 검은

● 수투우파

● 수투우파

● 이슬람 세력에 의해 파괴된 아쇼카 왕의 석주

빛깔의 오석이라는 사암을 생각했다. 웅천사암은 비석재료로 사용되는데 약 40년이 지나면 침식이 된다. 우리나라에 세워진 오래된 비석이나 조각되어 있는 탑들을 보면 비바람에 퇴색되거나 풍화작용을 받아 침식되어 표면이 매끄럽지 못하다. 이러한 침식작용에 대해 어떤 이는 "토질의 영향이다"하고 또 어떤 이는 "햇볕이 강해서 그렇다"고 말한다. 어쨌든 아쇼카대왕의 석주는 2천 년이 지난 지금도 침식되지 않는 것으로 보아 우리나라 사암과는 다르다는 것을 느꼈다.

아쇼카는 가장 지혜로운 마우리아 황제이자 인도 역사에서 가장 위대한 왕 가운데 한 분이다. 그의 재위기간은 기원전 269~232년으로 비교적 긴 기간이었다. 그러나 그는 매우 잔인한 성격의 소유자였다. 젊은 시절 탁실라와 우자인 지역에서 총독 임무를 수행 하던 중 부왕의 병이 위중하다는 소식을 듣고 수도인 파탈리푸트라로 달려와 99명의 형제들을 살해한 뒤 왕이 되었다고 한다.

왕위에 오른 뒤 깔링가 전쟁이라는 단 한 차례 전쟁에서 10만 명이 죽고 15만 명이 포로로 잡혔다. 이 전쟁은 브라만 사제들과 불교 승려들에게 너무나 큰 슬픔을 안겨 주었다. 그는 전쟁의 참혹상에 회의를 느끼게 되어 더 이상 살상을 하지 않겠다고 굳게 마음먹었다. 석가모니의 '정의의 법칙Dharma'를 따르기로 하고 제국의 최고 이상으로써 사랑과 비폭력을 추구하기 시작했다. 아쇼카 왕은 해마다 개최되는 사냥 행사를 '다르마(불법)의 순례'로 대신하여 그것을 보고 들은 모든 이들의 가슴 속에 법이라는 사랑의 씨앗을 심어주었다. 그는 스스로 '법의 감독자'로 자처하면서 먼 길을 마다 않고 왕국의 구석구석을 찾아다니며 정책을 전달하는 데 최선을 다했다.

아쇼카가 무엇을 느꼈으며 어떻게 행동했는가는 그가 공포한 수많은 칙령들 속에 담겨 있는 그의 말을 통해 우리에게 알려져 있다. 그 칙령 금석문은 바위와 암벽과

● 무너진 승각

● 남근상

또는 머리가 달린 높은 석주石柱에, 그리고 동굴 안의 암석에 새겨졌다. 이 금석문들은 인도 대륙에서뿐 아니라 아프가니스탄의 깐다르Kandhar에서도 발견되었다. 사람들의 왕래가 많은 길가에 세워졌으며 기록에 의하면 181개가 있었지만 현재까지 45개가 발견되었다. 비문은 산스크리트어가 아닌 각 지방의 고유 토속어로 쓰여진 쁘라끄리뜨어와 브라미 문자, 아람문자, 그리스 문자로 되어 있다.

여기서 그의 13차 대암석 포고문의 일부를 인용하면,

"왕위에 오른 지 8년이 지나고 이제 신의 사랑하는 자 뻬야닷시(Piyadassi) 왕이 깔링가를 정복했노라. 15만이 포로로 붙잡히고 10만이 죽었으며, 그 몇 배나 되는 많은 사람들이 실종되었다. 이제 깔링가는 합병되었고, 이후로는 신의 사랑하는 자가 충실히 담마를 실행하고, 담마를 갈망하고, 담마를 가르쳤노라. 깔링가를 정복하고 난 후, 신의 사랑하는 자는 슬픔에 잠겼다. 한 독립국이 정복당할 때 살육과 부상과 포로가 그를 극도로 슬프게 하고, 그의 마음을 무겁게 짓눌렀기 때문이다." (람 샤란 샤르마, 이광수 옮김, 『인도 고대사』, 김영사, 1994)

그는 사람뿐만 아니라 짐승의 살생을 금지했다. 수도에서는 동물의 도살을 완전히 금지하였다. 그는 사람들이 환락에 빠지는 화려한 사회 축제는 금지시켰다. 그의 최종 목표는 사회 질서 보전이었다. 사람은 반드시 부모에게 복종하고 브라만과 불교 승려들에게 존경을 표하고 하인과 노예에게 자비를 보여야 한다고 했다. 사람들은 착하게 살면 하늘에 오를 것이라 하였다. 그의 가르침은 불교나 브라만교 모든 종파를 초월했다. 그 메시지는 모든 백성들에게 불교를 널리 알리는 데 기여했다. 사랑의 메시지는 인도 국경을 넘어 남아시아 전역으로 확산되는데 기여를 했다. 웰스H.G.Wells는 그의 저서인 『역사개론』에서 아쇼카에 대해 이렇게 말하고 있다.

> "볼가 강으로부터 일본에 이르기까지의 지역에서는 아직도 그의 이름을 기리고 있다. 중국, 티베트, 그리고 심지어는 그의 교리를 벗어난 인도조차도 그의 위대함을 전통으로 간직하고 있다. 콘스탄틴 대제나 샤를마뉴의 이름을 들었을 때보다 더욱 소중하게, 살아있는 그의 기억을 간직하고 있다." (네루, 김종철 옮김, 『인도의 발견』, 우물이 있는 집, 2003)

바위와 암석, 석주에 새겨진 아쇼카의 칙령은 2,200년이 지난 지금도 생생하게 남아 있었다. 나는 마음속으로 아쇼카왕의 위대한 업적에 경의를 표했다.

15만평에 이르는 사르나트의 드넓은 경내는 고요하고 아늑했다. 관광객 모두가 숨을 죽여가며 조심스레 관람하므로 적막감마저 흘렀다. 아이들 몇 명이 나무와 흙으로 만든 불상과 코끼리 조각품을 사라고 치근댈 뿐이다. 그 옛날 자유롭게 뛰어놀았을 사슴 무리들도 이제는 우리 안에 갇혀 사육되고 있다. 나는 그 사슴무리에게

68

먹이 2달러어치를 사서 넣어 주었다.

진홍색 부겐빌리아 꽃이 우리를 반긴다. 잘 다듬어진 잔디밭 한편에 고목나무 한 그루가 고고한 자태를 뽐내고 있었다. 무슨 나무냐고 반디 씨에게 물었더니 보리수나무라 했다. 다른 기행문에서는 림 나무라 적혀있어 보리수나무 인지는 확실하지 않지만 보리수나무 아래에서 석가모니가 깨달음을 얻었다는데, 그 이야기를 듣고 보니 긴 그림자를 드리우고 있는 저 나무가 왠지 의미심장해 보였다.

그 옆으로 멀리 첨탑들이 보이는데 물간다 구티 사원Mulgandha Kuti Vihar이다. 그곳에는 보리수 아래 단을 모아 5인의 수행자들께 부처님의 초전법륜을 설하던 모의장소와 함께 중국사원과 티벳식 사원, 자이나교의 사원들이 자리 잡고 있다. 중국 당나라의 현장이 이곳에서 많은 것을 배워갔고, 신라의 혜초慧超도 이곳을 다녀갔다고 한다.

현장602~664은 당 태종 3년인 629년, 29살 때 홀로 서역여행 길에 올라 『대당서역기』를 남겼는데. 『대당서역기』는 당시 인도의 정치, 사법, 세정, 군사력, 대외무역, 사회제도, 풍습까지 다양하게 기록해 놓은 매우 중요한 자료이다. 그의 여행은 2,500km에 달하는 거리이고, 110개국을 직접 방문하고 16년만인 645년 중국장안에 도착하였다. 현장은 인도에서 머무르는 14년 동안에 5년 간 나란다 대학에서 공부하였다. 그는 기록하기를 인도인들의 교육은 대략 9세부터 30세까지 받았으며 토의와 논쟁을 중심으로 진행되었다. 교재는 산스크리트어로 쓰여졌으며 교육내용은 대부분 종교적인 내용이었으며 주로 구전으로 전수되었다. 인도는 70여 개의 나라로 나뉘어져 있고, 북쪽의 땅은 알칼리성이며 갠지스 강과 평원 지대를 지칭하는 동쪽 지역에는 기름진 강과 비옥한 평야가 있었다고 하였다. 남부 지방은 숲이 우거지고 서부 지방은 바위가 많다고 하였다. 그리고 불교와 불교의 후원자였던 하르샤 왕의 통치를 극히 칭찬하였다.

바라나시를 당시는 피라날사 라고 하였다. 당시 녹야원도 바라나시에 속하였다. 사적에는 바라나시와 카시가 혼용되기도 하고, 카시바라나시가 사용되기도 한다. 7세기 전반 이곳을 방문한 현장은 이렇게 묘사하고 있다.

> "피라날사는 주위가 사천여리나 되고 도성은 서쪽으로 긍가강(갠지스 강)에 면해 있으며 길이는 18~19리, 너비는 5~6리나 된다. 여염閭閻(마을 입구의 문)이 즐비하고 주민이 번성하며 집집이 다 거부巨富로 기화奇貨가 가득하다. 인성이 온후하고 학구열이 강하다. 외도外道(불교외의 종교)를 많이 믿으며 불법은 별로 공경하지 않는다. 가람이 30여 개 소에 성도가 삼천여 명이며 소승정량부 교법을 배우고 있다. 천사天祠(힌두고 사원)가 백여 개나 되고 외도가 만여 명이나 된다. 알몸에 옷을 입지 않고 몸에는 재를 바르며 근면 고행을 한다"고 적었다. (정수일 역주, 『혜초의 왕오천축국전』, 학고재)

이렇게 7세기까지만 해도 피라날사국(바라나시)은 번성하고 있었다. 그러나 백 년도 지나지 않아 혜초가 들렀을 때는 이미 황폐하여 왕조차 없었다.

신라에서 태어난 혜초704~780는 현장보다 조금 늦은 8세기에 인도여행길에 올라 『왕오천축국전』을 남겼다. 그는 어려서 고국인 신라를 떠나 20대 무렵에 인도와 서역으로 여행했다. 그의 여행기는 현존하는 우리의 가장 오래된 기행문이다. 『왕오천축국전』은 5개의 천축국, 곧 동천축국과 서천축국, 남천축국과 북천축국, 그리고 중천축국에 대한 기록과 약 40여 개 나라에 대한 견문, 전해지는 이야기들을 담고 있

● 녹야원 고목 앞에서의 필자

다. 여행기의 시작과 끝 부분이 결락되어 전모는 알 수 없지만 혜초는 723년 중국 광주를 떠나 남해의 바닷길로 인도에 들어간 것으로 보인다. 약 4년 동안 인도와 중앙 아시아를 포함한 서역의 여러 지방을 순회하고 727년 11월 상순에 당시 안서 도호부(현, 신강 위구르 자치구의 쿠차)를 거쳐 장안에 돌아왔다. 혜초의 여행은 동부 인도의 마가다에서 시작되어 석가모니가 입멸한 쿠시나가라를 거쳐, 처음으로 설법한 사르나트와 바라나시를 지났다. 바라나시를 방문한 혜초는 『왕오천축국전』에서 이렇게 묘사했다.

"며칠 걸려 피라날사국(현재의 바라나시)에 이르렀으나, 이 나라 역시 황폐화되어 왕도 없다. 즉 여섯 … 구름을 비롯한 그 다섯 비구의 소상이 탑 안에 있는 것을 보았다. … 석주石柱 위에 사자師子가 있다. 그 석주는 대단히 커서 다섯 아름이나 되지만 무늬는 섬세하다. 탑을 세울 때 그 석주도 함께 만들었다. 절 이름은 달마작갈라이다. 외도는 옷을 입지 않고 몸에 재를 바르며 대천大天을 섬긴다."(정수일 역주,『혜초의 왕오천축국전』1, 학고재, 2004)

여기서 대천大天은 신으로서 힌두교의 최고신 시바의 별칭이다. 전설 속의 시바는 그 법령이 무한하여 파괴의 신이면서 동시에 창조의 신이기도 하다.
혜초는 중천축국에 대하여 다음과 같이 기록하고 있다.

"피라날사국에서 서쪽으로 두 달 걸려 중천축국 왕의 거성에 이르렀는데, 그 성 이름은 갈나급자葛那及自이다. 중천축국의 강역은 무척 넓으며 백성도 번성하다. 왕은 코끼리 900마리를 보유하고 그 아래의 큰 수령은 각각 200~300마리 코끼리를 가졌다. 그 왕은 매번 친히 병마를 거느리고 싸움을 한다. 항상 다른 네 천축국과 싸움을 하는데, 늘 중천축국 왕이 이기곤 한다. 그 나라들의 관행에 따르면, 코끼리가 적고 병력도 적은 줄을 스스로 알면 곧 화친을 청하고 해마다 세금을 바치며, 서로 싸우거나 죽이지 않는다."

오천축국 풍속에 대하여 기록하기를

"의복, 언어, 풍속, 법률은 오천축국이 서로 비슷하다. 소를 제외한 다른 가축은 기르지 않았다. 길에는 도적이 많은데, 물건을 빼앗고 곧 놓아주며 해치거나 죽이지는 않는다. 만약 물건을 아끼려다가는 다칠 수도 있다. 오천축국 법에는 목에 칼을 씌우거나 매질을 하거나 투옥하는 일이 없다. 감옥이나 사형제도가 없고 죄를 지은 사람들은 벌금으로 다스렸다. 기후가 대단히 따뜻하여 온갖 풀이 늘 푸르청청하며 서리나 눈은 내리지 않는다. 백성들 중에는 가난한 사람이 많고 부자는 적다. 왕과 관리 집안이나 부유한 사람들은 무명옷 한 벌을 입고, 가난한 사람들은 반 조각만 걸친다. 여자들도 마찬가지다.

 이 나라 왕이 등청하여 앉기만 하면 수령들과 백성들이 모두 몰려와 왕을 에워싸고 사방에 둘러앉는다. 그리고는 각자가 도리를 놓고 논쟁을 하는데, 소송이 분분하여 매우 소란스럽지만 왕은 듣기만 하고 화를 내지는 않는다. 그러다가 느직하게 '그대는 옳고, 그대는 옳지 않다'고 알린다. 그러면 백성들은 왕의 이 한마디 말을 결정적인 것으로 받아들여 다시는 더 이상 언급하지 않는다. 이 나라 왕과 백성들은 삼보를 매우 공경한다. 만약 스님 앞에 마주 앉게 되면 왕이건 수령들이건 땅바닥에 앉지 감히 좌탑에 앉으려 하지 않는다." (정수일 역주, 『혜초의 왕오천축국전』, 학고재, 2004)

고 적고 있다.

중천축국은 현재의 북 인도에 해당된다. 그는 이 도시의 위치에 대해 언급하지 않았지만 선행자들의 기록을 보면 갠지스 강의 동쪽에 자리한 것으로 보인다. 혜초가 기록한 인도에는 감옥이나 사형제도가 없다고 하였는데, 여러 자료에 따라 기록에 차이가 있다. 혜초가 우리의 선조라는 점이 매우 자랑스럽다.

고대 인도에서는 불교의 불살생 계율을 감안해 사형 같은 극형은 삼가는 경향이 없지 않았지만, 형벌에 관한 규정이 엄연히 존재하고 있었고 실제로 실행도 되었다고 한다. 인도에 앞서 다녀온 법현도 『불국기』에서 악역을 반복할 때는 오른손을 절단한다고 적고 있다. 그런가 하면 현장은 『대당서역기』형법과 관련한 기술에서 인도에는 코나 귀, 손 혹은 팔꿈치를 자르는 월족과 같은 체형이 있다고 하였고 물이나 불, 심지어 독을 이용하는 잔인한 형구에 관해서도 언급하고 있다. 기원전 2세기부터 기원후 3세기 사이에 만들어진 것으로 추정되는 『마누법전』은 사형이나 혹형에 관하여 명문 규정이 있다. 형벌 부분에 해당하는 법전 제8권 338조는 수드라는 어떤 물건이든지 훔치기만 하면 보통 벌금의 8배를 지불해야한다고 규정하고 있다. 명문세가의 것, 특히 금강석과 같은 고가의 보석을 훔치거나 부녀를 겁탈한 경우에는 사형에 처하며(323조), 수드라가 브라만, 바라문의 부녀를 범접하면 사형에 처한다고 하였다(359조). 그러나 브라만이 간부姦夫에 대해서는 수염이 깎이는 수모를 주는 것으로 사형을 대체한다고 하였다. 사형에 처할 남자 죄인은 벌겋게 달군 무쇠 침상에 올려놓고 지진 다음 화목(火木)을 덮어씌워 완전히 타버리게 한다(372조). 수드라가 고급 문벌을 비방하면 그의 혀를 자르거나 열 손가락 길이의 벌겋게 달군 쇠꼬챙이를 입속에 찔러 넣으며, 브라만을 비방한 경우에는 펄펄 끓는 기름을 입이나 귀속에 부어 넣는다. (정수일 역주, 『혜초의 왕오천축국전』, 학고재, 2004)

길가의 도적들은 물건만 빼앗고는 곧 놓아주며 해치거나 죽이는 일은 없다고 혜초는 기록하고 있으나 앞서 인도를 방문한 현장이나 의정의 기록을 보면 그들은 여러 차례 도적을 만나 목숨을 잃을 뻔 하였다고 기록하고 있다. 혜초는 약 4년 동안 인도와 서역을 순회하였기 때문에 인도에 머무른 기간은 그리 길지 않았던 것 같다. 이 기간은 중국 현장이 인도에 머무른 14년, 법현의 10년에 비하면 짧은 기간이다.

법현은 399년에 중국을 출발하여 401년 인도에 도착했다. 10년 동안 여러 도시와 불교 성지를 순례하면서 문헌을 모았다. 의정은 675년 뱃길로 스리비자야를 거처 인도로 건너갔다. 의정은 날란다 대에서 공부를 하였는데, 691년에 쓴 『남해 기귀내법전』에 인도의 문물을 상세히 묘사 해 놓았다.

법현, 현장, 혜초, 이븐 바투타, 알 비루니 등 이방인들은 인도를 다녀가고 난 뒤 여러 가지 기록을 남겼다. 그러나 인도에는 알렉산더를 비롯하여 인도를 침입한 다른 정복자들에 대한 기록이 거의 없는 편이다. 천 년이나 같은 땅에 살고 있는 무슬림에 대해서도 기록을 남기지 않았다. 왜 기록이 부족 할까.

역사적으로 인도는 완전한 통일국가를 이룬 적이 거의 없다. 물론 아소카, 악바르와 같은 왕들이 노력은 했지만 부분적으로 성공을 거두었을 뿐이다. 실제로 통일국가의 모습은 영국의 지배하에서 겨우 달성되었다 할 수 있다. 우리가 인도의 역사 그 중에서도 고대의 역사를 정확히 안다는 것은 거의 불가능하다. 인도에는 그리스의 헤로도투스나 로마의 리비, 중국의 사마천 같은 고대의 역사가가 없기 때문에 정확한 연대기가 존재하지 않는다. 그래서 베다나 불교 자이나교의 종교적 문헌이나 이방인들의 여행기에서 또는 비문과 같은 유적에서 인도의 고대사를 더듬어 갈 수밖에 없다.

> "중국 쪽의 기록은 인도에 비해 범위가 넓고 보존도 훨씬 잘 되어 있는 편이다. 반면 인도에서는 기원 후 몇백 년 동안 무슬람의 정복으로 힌두교와 불교 기록들이 철저히 파괴되었다는 설이 최근에 점차 힘을 얻고 있다. 보다 주목해야 할 것은 고대 인도의 연대기적 사건에 대한 인도인의 열성이 전반적으로 부족하다는 사실이다. 이는 상세하게 기록하고 보존하려는 중국인들의 철저함과 비교해 볼 때 너무 대조적이다" (아미티아 센, 이경남 옮김, 『살아있는 인도』, 2005)

존 키시닉John Kieschnick은 인도의 고대문서가 빈곤한 이유로 "고대 인도의 저술은 금속이나 점토나 돌에 새긴 것도 있지만, 대부분 자작나무 껍질이나 종려나무에 새겨 묶은 것이다. 그런 필사본이 고대나 중세를 거쳐 지금까지 남아있는 경우는 거의 없다. 문제는 중세의 무관심이 아니라 종려나무 잎사귀나 자작나무 껍질이다."라고 설명하기도 하였다.

나는 이 글을 정리하던 중 자료를 찾는 과정에서 인도의 중세 이전 연대적 기록이 부족하다는 사실을 설실히 느꼈다. 현장의 인도방문 기록에서도 당시 교육내용이 대부분 종교적인 내용이었으며 구전으로 전수되었다는 대목에서도 연대기적 기록을 중요시 하지 않았음을 알 수 있다. 여러 자료에서 보듯이 인도는 예부터 종교적인 관점에서 관심을 가진 반면 외부 세계에 대한 무관심과 침묵이 인도 문화의 또 다른 특징이기도 하다. 인도인들의 기록에 대한 열정이 부족하였던 것은 역사에 대한 관심이 부족한 탓이라고 보이는데, 어쩌면 카스트제도와 힌두교의 영향이 아닐까.

혜초는 남천축국으로 가는 도중 조국인 신라를 그리며 한편의 오언시를 지었다.

달 밝은 밤에 고향길을 바라보니
뜬구름은 너울너울 돌아가네.
그편에 감히 편지 한 장 부쳐 보지만
바람이 거세어 화답이 안 들리는구나.
내 나라는 하늘가 북쪽에 있고

남의 나라는 땅 끝 서쪽에 있네.

일남(日南)에는 기러기마저 없으니

누가 소식 전하러 계림으로 날아가리. (혜초의 『왕오천축국전』)

이곳에는 아쇼카 대왕이 건립했다는 불영탑Chauk Handi이 있는데 특이한 것은 사암을 재료로 층층이 쌓은 탑 꼭대기에 이질적인 건물이 자리하고 있다는 것이다. 이는 이슬람 세력이 탑 정상에 사원을 세운 것이라 하여, 불교보다 이슬람이 위대하다는 것을 내세우고 싶었을 것이다.

사르나트 유적지를 둘러보고 나오는데 내가 쓰고 있던 모자가 없었다. 가만히 생각해 보면 보리수나무를 배경으로 모자를 벗고 사진을 찍었는데, 두고 온 것이다. 8월 하순의 태양열은 37~38℃를 오르고 있었다. 햇볕이 따가워 모자가 있어야만 했다. 혹시나 하고 오던 길을 되돌아 뛰어가고 있었는데, 다메크탑 쪽에서 아이들이 소리친다. 4~5명이 모자를 흔들며 오고 있었다. 그들은 내가 왜 헐레벌떡 뛰어가고 있는가를 알고 있었던 것이다. 나는 인도인의 순박한 아름다움을 여기서도 볼 수 있었다. '역시 인도인이로구나.' 그중에서 가장 큰 아이가 모자를 내게 건네주면서 손을 내밀었다. "머니, 5달러", "머니, 5달러"를 외친다. 돈을 달라는 것이다. 모자를 본래 주인에게 돌려주는 것은 너무도 당연한 일인데, "무슨 돈을 그렇게 많이 달라하나." 나는 2달러를 손에 쥐어주었다.

우리는 사르나트 정문 옆에 위치한 '사르나트 고고학박물관Archaeology museum'으로 향하였다. 영국 식민지 시대인 1904년에 지어졌다고 하는 이 건물은 작으면서도 아담하게 보였다. 이곳의 소장품들 중에는 아쇼카 대왕 석주의 윗부분에 안치되었던 네 마리의 사자상이 사방을 향해 앉아 있었다. 사암에 잘 조각 된 사자상은 금방이라도 뛰어 나올 것 같다. 기원전 3세기에 조각한 것이라 믿기지 않을 정도로 윤택이 나고 완벽했다. 이천 년 이상의 비바람에도 전혀 부식되지 않았다. 인도 사암 재질의

● 사르나트 고고학박물관

우수함을 여기서도 느꼈다. 이 사자석상은 인도의 국장國章으로서 동전에도 새겨져 있다. 사진을 찍고 싶었는데 박물관 안에서는 카메라 촬영이 금지되었다. 카메라는 아예 가지고 들어갈 수가 없었다.

한편에는 5세기경 최초 설법의 모습을 새긴 초전법륜상이 있다. 여기에 전시되어 있는 것은 모조품이라고 하나 고요하면서도 소년처럼 앳된 모습, 온화하면서 잔잔한 미소를 머금은 얼굴이다. 대좌 아래는 법륜을 중심으로 다섯 수행자가 있고, 왼쪽 끝에 신자인 어머니와 아들이 있다. 사슴 두 마리도 앉아 있다. 초전법륜상은 2001년 꼴까따의 인디언 박물관으로 옮겨졌다고 한다. 또한 이 곳 박물관에서는 당시의 호화찬란했던 불교문화를 볼 수 있었는데 이들 모두가 사르나트에서 출토된 것들이라 한다.

02

바라나시 전통의 수공예 면직물

사르나트 유적지를 둘러본 뒤 우리 일행은 면직물류를 판매하는 상점에 들렀다. 그곳에서는 유럽인, 일본인 등 외국 관광객들을 쉽게 볼 수 있었다. 여행 온 외국인들이 한 번씩 들르는 코스인 모양이다.

건물 안으로 들어서자 재래식 방법으로 직물을 짜는 10여 대의 기계가 놓여있었고 기계 1대에 남자 2명씩 앉아 전통 방식으로 짜고 있었다. 한쪽에는 많은 면직물들이 전시되어 있었다. 그 양이 방대하여 직공들이 정말 손으로 짰을까 하는 의구심이 들 정도였다. 일행 중 한명이 나처럼 의심이 들었는지 직공들을 향해 턱짓으로 '전시용' 아니냐는 의사표시를 했다. 나는 의심을 털어내기 위해 주인에게 물어보았다. 답이 빤히 보이는 실속 없는 질문이기도 했지만, 그래도 주인의 입을 통해 진위 여부를 들어야만 직성이 풀릴 성 싶었다. 주인은 수공예품이라고 대답했다. 나는 주인의 말을 믿기로 하고 1장에 15달러씩 하는 실크스카프 5장을 샀다. 물론 선물용이었다. 너무 싸지도 비싸지도 않아 주는 쪽이나 받는 쪽이나 부담 없는 선물인 것 같았다. 다른 일행들도 면으로 된 여러 가지 제품들을 구입했다. 그들의 표정이 하나같이 밝은 것을 보니, 아마도 선물할 사람들의 얼굴을 떠올리고 있는 모양이다.

● 매점에서 면직물을 짜고 있다

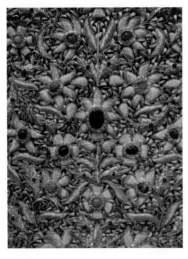
● 수공예 카페트

면은 기원 전 3,000년경에 인더스 강 유역에서 처음 발견되었고, 기원 전 327년 알렉산더 대왕이 인도 원정 때 이를 포착함으로써 목화 재배 기술이 지중해 연안으로 흘러들어갔다고 하며 본격적인 전파는 1498년 인도항로가 발견되면서부터라고 한다.

기원전 1,000년경 고대 인도의 서사시 베다에 밤낮으로 옷감을 짜는 자매의 이야기가 등장할 정도로 오랜 역사를 자랑하는 면직물은 지난 천여 년 동안 전 세계에 알려졌다. 인도를 원정한 알렉산드로스도 아름다운 무늬가 있는 인도의 사리에 매혹되었다고 한다. 유럽의 중심인 로마도 인도에서 많은 옷감을 수입했다.

브로델은 15~18세기의 『물질문명 · 경제 · 자본주의』에서 "인도는 전역에서 면직물을 가공하여 최하급에서 최고급에 이르기까지 막대한 양의 섬유를 세계 각지로 수출했다. 영국에서의 산업혁명이 일어나기 이전에는 인도의 면직물 산업은 상품의 양과 질, 수출 규모에서 세계 최고였다."라고 기록하고 있다. 유럽에서 인기가 높은 모슬린, 캘리코, 사라사 무명은 인도의 특산물이었으며, 직물의 이름에는 산지와 수출하는 항구의 이름이 붙었다고 한다.

인도에서 생산되는 직물은 수놓은 비단, 비단실과 은사로 짠 옷감, 그림을 그리거나 판화를 찍은 것 등 그 종류만 해도 150가지가 넘었다고 한다.

영국 동인도 회사는 인도에 거점을 마련한 초기에 질 좋고 가격이 싼 인도의 직물에 관심을 집중했다. 서해안의 구자라트 지방과 동쪽의 코로만델 해안의 직물을 수입하여 유럽에 판매하는 것이 주요 수익이었다. 1625년 영국은 인도에서 22만 통의 옷감을 수입했고, 인도가 영국에 수출한 직물은 1670년 36만 파운드에서 1740년 2천만 파운드에 달했다.

● 피에트라 두라 기법의 대리석 테이블. 불을 비추면 반투명이다

● 다양한 수공예품. 대리석판에 홈을 파고 준보석을 끼운다

로마의 폴리니우스는 '주나'라는 이름의 인도산 모슬린을 언급하고 있는데, 이집트 파라오의 미라를 쌌고, 로마 귀족 여인이 몸의 윤곽을 드러내려고 애용했다는 '주나'는 벵골지방 다카의 특산물로 무굴제국 왕의 터번으로도 사랑을 받았다.

빨면 빨수록 좋아지는 다카의 모슬린의 최상품은 인도의 강한 햇살이 실을 고르는 걸 방해하지 않도록 아침과 오후에만 짰으며, 최고의 직공은 대부분 열여덟 살에서 서른 살 사이의 여성이었다. 사람이 나이를 먹으면 시력이 떨어져서 질 좋은 제품을 만들 수 없다고 여겼기 때문이다.

최상품의 모슬린은 '아침 이슬', '저녁 이슬', '흐르는 물', '왕을 위한 모슬린' 같은 낭만적인 이름을 붙였다. 이런 모슬린은 풀밭에 펼쳐놓아 이슬에 젖을라치면 풀잎이 선명하게 드러날 정도로 섬세했다. 20세기 초 '저녁 이슬'의 가격은 90cm에 400루피를 호가했는데 오늘날 우리 돈으로 따지면 30만 원이 넘는 고가이다.

매디슨은 『세계 경제』에서 영국이 인도에서 세력을 확장하는 동안 인도와 영국의 경제가 역전된 현상을 수치로 증명했다. 1700년 세계 GDP의 24.4퍼센트를 차지하며 번성을 구가하던 무굴의 인도는 영국이 인도에서 제국의 전성기를 누리던 1870년 그 비율이 12.2퍼센트로 절반가량 줄었다. 반면에 영국 GDP의 비율은 2.8퍼센트에서 9.1퍼센트로 3배가량 늘어났다. (이옥순, 『인도에 미치다』, 김영사, 2007)

넓고 부유한 인도를 통치한 영국은 세계 최고의 강대국이 되었으나 그 지배를 받은 인도는 점점 빈곤해졌다. 영국은 나날이 부유해졌으나 인도는 점점 말라갔다. 무굴의 부는 인도인의 부가 되었지만, 영국의 부는 인도의 빈곤으로 이어졌다.

03

갠지스 강의 힌두교 종교의식

오늘은 갠지스 강가를 보러가는 날이다. 문헌을 통해 본 갠지스 강의 역사의식과 종교의식은 우리들의 마음을 설레게 하였다.

'힌두교'라는 말은 'Hinduism'의 번역어다. 'Hindu'란 '큰 강'을 뜻하는 '신두 Sindu'의 페르샤 발음이며, '인더스Indus', '인디아India'라는 말도 이로부터 변형되었다고 한다. 어원적으로는 서북인도의 강 이름, 혹은 강 주변의 지역을 나타내는 말이지만 후대에 와서 '힌두스탄'이나 '인디아'와 같이 인도 전체를 나타내는 말로 바뀌었다. (이지수, 『인도에 대하여』, 통나무, 2002)

그러므로 힌두이즘의 뜻은 인도에서 발생하여 성장한 모든 종교를 지시하는 광범위한 개념이다. 힌두교는 세계에서 가장 긴 역사를 가지고 있고, 정의내릴 수 없을 만큼 복잡한 종교이다. 다른 종교처럼 단일한 교조도, 일정한 교리체제도, 중앙집권적인 교권조직도 없다. 원시적인 정령숭배, 물신 숭배부터 다신교, 일신교, 신비주의, 고행주의, 그리고 고도의 형이상학적인 사변에 이르기까지 거의 모든 형태의 종교가 된다.

힌두교의 대표적 세 신은 우주를 창조한 브라마, 질서의 신 비슈누, 파괴의 신 시바이다. 이 세 신을 중심으로 이루 헤아릴 수 없는 많은 신들이 존재한다. 힌두는 구원이나 해탈도 나 스스로 이룬다고 생각한다. 혼자서 신을 만나고 진리를 찾고 해탈을 추구하는 것이다. 기독교와 이슬람교는 여러 사람이 한데 모여서 떠들썩하게 예배를 드리지만, 힌두는 집이나 사원에서 개별적으로 조용히 신과 대면한다. 따라서 힌두는 다분히 자기도취적이고 이웃과 사회에 대한 관심이 부족하다고 볼 수 있다.

● 바라나시의 밤거리가 인파로 붐빈다.

힌두교가 새로운 생각에 대한 개방성과, 배타성보다는 보편성을 실현시키고자 한다. 베다스는 힌두교의 토대가 되는 경전이다. 베다스는 구전으로 전해지면서 힌두교 중심 사회에서 브라만의 독점적 지위를 강화했다.

힌두교의 핵심교리는 근본적인 현실 (브라만)의 성격, 카르마karma의 교리, 아힘사ahimsa의 원칙non injury 그리고 인생의 네 단계(아쉬마라스, ashramas)와 다르마dharma의 개념 그리고 계급제(카스트 제도)의 원칙이다.

갠지스 강은 힌두교의 성지이다. 시바신이 산다는 히말라야산맥 카일라이스산에서 발원되어 갠지스 강에 도달하기에 인도인들은 신성한 강으로 섬긴다. 특히 그 중에서도 바라나시를 신령스러운 도시로 여기는 이유는 북쪽에 바루나Varuna강이 흐르고 남쪽으로 아시Assi강이 흐르는 사이에 있기 때문이다.

힌두교도들은 갠지스 강의 강줄기가 만나는 합수점의 강물을 성수聖水로 여겨 그 물에 목욕하면 모든 죄가 씻어지고, 죽어서 화장火葬한 뼈가루를 뿌리면 극락에 갈 수 있다고 믿는다. 그 물을 마시면 병이 낫고, 죽을 때가 되면 갠지스 강가에서 강물을 먹다 죽는 것을 최고로 생각한다. 또한 그 물로 세탁도 하고, 강가에서 시체를 화장한 후 사리를 강물에 뿌린다. 갠지스 강은 뱅갈만까지 2,400km나 된다고 한다. 이곳은 힌두교의 7대 성지 중에서도 으뜸으로 모든 힌두인들이 이곳에서 한 번 목욕하기를 소원하고 있다.

우리 일행은 저녁 7시 30분경에 호텔에서 출발하여 갠지스 강으로 향했다. 도로변에는 옷가게, 생필품

● 사두

가게 등 상점들이 즐비하다. 거리는 많은 승용차, 오토바이, 오토릭샤, 자전거, 마차, 걸어가는 사람들이 뒤섞여 매우 혼잡했다. 차량의 경적소리가 귀청이 찢어질 듯 했다. 뻴릴리 뻴릴리, 빵앙 빵앙, 도로 위를 달리는 차들의 종류만큼이나 그 경적 소리도 다양하다. 모든 버스와 트럭의 꽁무니에는 '제발 경적을 울려주세요.'라고 적혀 있었다. 인도사람들은 넉넉한 성품을 가진 듯 하지만 질서를 잘 지키지 못하는 것 같다.

● 갠지스 강가로 통하는 밤의 거리

이곳 바라나시의 샛길은 모두 갠지스 강으로 통한다고 한다. 수많은 사람들이 몰려다닌다. 이렇게 사람들이 많이 몰리는 복잡한 거리는 처음 경험하였다. 이곳 도시 인구가 120만이라고 하는데, 거리의 사람들만 해도 수십만은 되는 것 같았다.

바라나시 갠지스 강가에서는 종교행사가 벌어지고 있었다. 행사장 입구에는 경찰관 일곱 명이 총을 메고 서 있었는데, 아마도 소요사태에 대비하고 있는 것 같았다. 그러나 그들에게서 긴장된 모습은 찾아볼 수 없었다. 서로 담소를 나누는 평화로운

● 갠지스 강가로 통하는 밤의 거리 2

분위기다. 그러나 인도에서는 가끔 테러 사건이 발생하는데, 이슬람 세력과 힌두교의 갈등이 상존하고 있기 때문이라 한다. 우리가 도착했을 때는, 마침 종교의식이 시작되고 있었다. 좁은 공간에 많은 사람들로 발 디딜 틈조차 없었다. 사람들이 많아서 강변에 있는 배 20여 척에 많은 사람들이 올라가 있었다. 이러한 의식을 위해 모인 사람들은 약 1,000여 명쯤 되어 보였다.

힌두교 의식을 '아르띠 뿌자'라고 하는데 꽃, 과일, 음식 세 가지가 쓰인다. 상차림은 간소하다. '다샤스와메드 마드'에서 매일 저녁 8시부터 1시간 동안 진행한다. 사두란 힌두교의 성직자로 보통 4~6년 정도 사두학교를 나와야 한다. 점성학, 심리학, 민속의학, 수학, 철학, 천문학 등을 공부한다. 사두학교를 졸업하면 그 다음 코스는 천하를 유랑하는 과정이다. 사두는 죽을 때까지 세상을 돌아다니는데, 무소유(無所有)상태로 유랑하여야 한다. '돈, 여자, 집' 이 세 가지가 없으면 무소유라고 간주한다. 그리고 사두는 모든 것을 길에서 해결해야 한다.

사두는 머리와 수염을 깎지 않는 봉두난발蓬頭亂髮차림으로 몸에 옷을 걸치지 않는다. 아랫도리를 전부 내놓고 다닐 수 없어 '롱기'라고 부르는 기저귀 비슷한 것만 하나 차고 다닌다. 휴대품은 2가지인데, 하나는 스테인리스로 된 깡통이다. 불교의 발우와 같은 기능을 하는 이 깡통 하나로 차와 스프를 끓여 먹고 세수도 하고, 목욕을 해결한다. 다양하게 쓰이는 그릇이다. 또 하나의 휴대품은 2m 크기의 삼지창이다. 사두라는 징표는 이 삼지창이다. 삼지창은 시바(파괴의 신), 브라만(창조의 신), 비슈누(유지의 신)를 상징한다.

사두들은 "존재계가 나를 끊임없이 보살피고 있다."는 철저한 신념을 가지고 세상을 돌아다닌다. 그들은 먹는 것과 잠자는 것에 대한 걱정을 덜기 위하여 기술을 가

● 저녁 힌두교 의식에 모인 사람들

● 소라피리를 불고 있다

91

지고 있다. 첫째는 요가, 둘째는 호흡, 셋째는 무술이다. 하루에 1시간 정도는 반드시 요가를 하여 몸의 건강을 유지한다. 무술을 익혀 유사시에 자기를 보호하는 수단으로 사용한다.

강가에는 황색 가로등이 불을 밝히고 있지만, 갠지스 강은 어둠에 잠겨있고 하늘엔 반달이 떠있다. 강둑에 연이은 많은 건물들이 불을 밝히고, 그들이 섬기는 신을 크게 그려 놓은 그림이 보인다. 땡그랑 땡그랑 종소리가 쉴 새 없이 들린다. 피부가 흰 사람이 마이크로 주문을 외운다. 브라만인 듯하다. 주문 소리는 시조를 읊는 것처럼 우렁차게 들린다. 간소한 상위에는 향불이 피어오른다. 사두인 7명의 남자가 2열로 서서 왼손은 가슴높이에서 종을 흔들며, 오른손으로는 큰 원을 그리며 향불을 돌린다. 한참을 그렇게 한 뒤 향불을 담은 향로를 계속 돌려대며 요란스런 종소리에 맞춰 춤을 추고 있다. 나중에는 층층으로, 7층으로 불을 붙인 큰 불판을 돌리며 흥을 돋우었다. 일곱 명의 동작이 하나처럼 일치하여 잘 훈련된 마스게임을 보는 것 같았다. 상의는 옅은 붉은색, 하의는 베이지색 유니폼이다. 모두 치렁치렁 긴 머리를 한 이들은 젊고 날씬했다. 20대의 젊은이들이다. 관객은 박수를 치면서 흥겨움에 젖어 있었다. 노래하는 사람, 기도하는 사람, 각기 다른 표정이었다.

그들은 모두 거기에 흠뻑 빠져서 일심동체가 되었다. 나 역시 요란스러운 종소리, 구성진 목소리, 격렬한 춤 동작에 매료되어 그 의식에 동화되는 듯 했다. 내 가슴이 뛴다. 향불 연기가 하늘을 뒤덮고 은은한 향냄새가 진동했다. 언제부터 인도인들은 이 갠지스 강을 힌두교의 성지로 숭배하게 되었을까.

'아르띠 뿌자'는 제주가 행사 비용을 대고 사두가 진행한다. 우리나라에서 개인의 안녕을 위해서 굿판을 벌리는 것과 다를 바가 없다는 생각을 해 보았다.

여자들은 대부분 사리를 걸쳤다. 젊은 여자보다는 중년여성들이 많았는데 사리를 걸친 옆으로 주름이 잡힌 두툼한 뱃살이 보였다. 뱃살이 까무잡잡하여 매력적으로 보이지는 않았다. 인도에서는 다리를 노출하는 것은 망측한 일로 여기는 데 반면 가슴과 배꼽, 맨살 허리는 한 뼘씩 드러내도 괜찮은 일로 여긴다. 상체의 노출에는 관대하면서 다리에 대해서 엄격한 풍습이 흥미로웠다.

사리는 인도 전통의상인데 허리에 몇 번 돌려 감은 후 허리 부분에서 주름을 잡아 배꼽 부근에 찔러 넣고 남은 부분은 왼쪽 어깨로 넘긴다. 이때 주름은 배꼽 아래로 내려서 신체의 중요한 부분을 가리고 보호하는 역할을 하는데 이것은 악을 막는 효과도 있다고 한다.

강가를 빠져나오는데, 많은 사람들이 길가에 앉아 있다. 힌두교 순례자처럼 보이기도 하는 머리는 하얗고 수염을 길게 기른 사람들, 구걸을 하는 어린 아이들과 부녀자들도 있었다. 주변을 둘러보니 수많은 사람물결, 그 사이로 릭샤, 자동차들이 곡예 운전을 하며 달린다.

한참을 걸어오는데 물컹한 것이 밟혔다. 소똥을 밟은 것이다. 소들은 힌두 축제가 열리는 시내 속 도로까지 점령하고 있었다. 인도에서는 차량사고로 사람을 죽이면 두 달 감옥에 2천 루피 벌금이지만, 소를 치어 죽이면 1년 감옥형에 1만 루피 벌금을 내야 한다니. 사람보다 소의 생명을 더 귀중히 여긴다는 뜻이다. 운전수들이 길거리에 소가 있으면 조심스럽게 피하여 다니는 이유를 알 듯하다. 나는 이렇게 무질서한 도로에서 교통사고가 나지 않는 것만 해도 참 다행이라는 생각을 했다. 인도에는 무질서 속에서도 혼란스러운 질서가 공존하고 있었다.

셋째날

갠지스 강의 일출

INDIA

01

갠지스 강의 일출

8월 26일 새벽 4시 30분경, 갠지스 강 일출을 보려고 호텔을 나섰다.

우리는 두 사람씩 나누어 자전거 릭샤 여섯 대에 올랐다. 가이드가 요금을 일괄 지불하였는데, 외국인은 내국인보다 돈을 2배 더 낸다고 했다. 외국인에게는 유적지 관람료, 열차요금 등 모든 요금을 더 받는다고 한다. 자전거 릭샤 운전수는 하나같이 검은 피부에 체격이 왜소한 편이다.

내가 탄 자전거 릭샤 운전수는 40대 초반쯤 되어 보였다. 까만 갈색 피부에 눈이 움푹 들어간, 볼이 좁고 마른 사람이었다. 뒤에 앉은 두 사람의 몸무게는 합쳐서 130kg이나 되고, 갠지스 강까지는 2km 정도의 거리인데 운전수는 두 사람을 태우고도 즐거운 표정으로 페달을 밟으며 달렸다. 그는 투철한 직업정신을 가진 것 같았다.

● 갠지스 강의 일출

● 강가에서 아침 해를 보며 기도하고 있다

이른 새벽부터 강가로 찾아가는 사람들이 많이 보였고, 길가에는 노숙하는 사람들이 더러 보였다. 도로 옆 쓰레기장에서는 역겨운 악취가 풍겼다. 인근 길바닥에 널려져 있는 소똥을 모아둔 곳이다. 냄새에 무딘 내 코에서도 이렇게 심한 악취는 처음이다. 주위는 주거지인데 소똥 썩는 냄새에 어떻게 사는지 모를 일이다. 가게 문이 닫힌 처마 밑 시멘트 바닥에는 쪼그려 앉아 무언가 골똘히 생각하는 사람, 참선을 하는 듯이 조용히 누워 있는 사람도 있었다. 길 한복판에는 소 몇 마리가 어스렁거리고 있다. 어제 저녁의 뜨거운 종교의식은 차분히 가라앉고 조용한 새벽이 열리고 있었다.

우리는 자전거 릭샤에서 내려 카트로 향했다. 저렇게 좁은 장소에서 어제 저녁

종교행사를 했던가 싶다. 일찍 도착한 사람들은 벌써 배를 타고 유람하고 있었다. 여성은 사리를 두른 채로, 남성은 거의 알몸인 상태로 숄을 걸친 채 물 속으로 들어갔다. 모두들 동쪽을 향해 잠시 후 떠오를 태양을 기다리며 기도를 했다. 떠오르는 태양을 향해 몸을 씻으며 기도하는 것이 가장 효험이 좋다고 믿기 때문이다. 가트의 목욕은 하루 종일 이루어지는데 오전에 사람이 제일 많다고 한다.

남녀노소가 한데 엉켜 머리까지 물 속에 넣어 자맥질을 하고, 양치질을 한다. 소 떼들도 몸을 적시고 있었다. 또 한 편에는 강물을 떠올려 기도하는 사람들이 주문을 외우고 있었다.

갠지스 강변을 찾는 사람들은 무척 많았다. 이곳 순례자가 연간 100만 명이라고 한다. 일식, 월식 때가 제일 많고, 그 다음이 석가탄신일일 때, 이런 날은 인도 전역에서 사람들이 모여들어 인산인해를 이룬다고 한다. 평일에도 많을 때는 하루 오천 명이나 된다고 한다. 특별한 축일에는 더 많은 사람들이 온다고 한다.

우리는 배 한 척에 반디 씨를 포함하여 11명이 탔다. 인도인은 세 사람이 탔는데 두 사람이 양쪽에 각각 앉아 빠른 물살을 가르며 노를 저었고, 한사람은 뱃머리에 앉아서 가는 방향을 제시해 주었다. 며칠 전 내린 비로 물이 불어나 강 중앙으로 가지 못했다. 우리는 물살이 느린 사원 옆 가장자리 쪽으로 거슬러 올라갔다. 강물 위에는 30여 척의 배가 떠 있었으며 유럽인과 동양인으로 대부분 외국인이 타고 있었다.

갠지스 강의 폭은 한강의 2배 정도 되어 보였다. 깨끗하지도 않은 물결이 넘실거리고, 검은 빛이 도는 누런 황톳물이 유유히 흘러가고 있었다. 가이드는 어제까지만

● 갠지스강가의 힌두사원

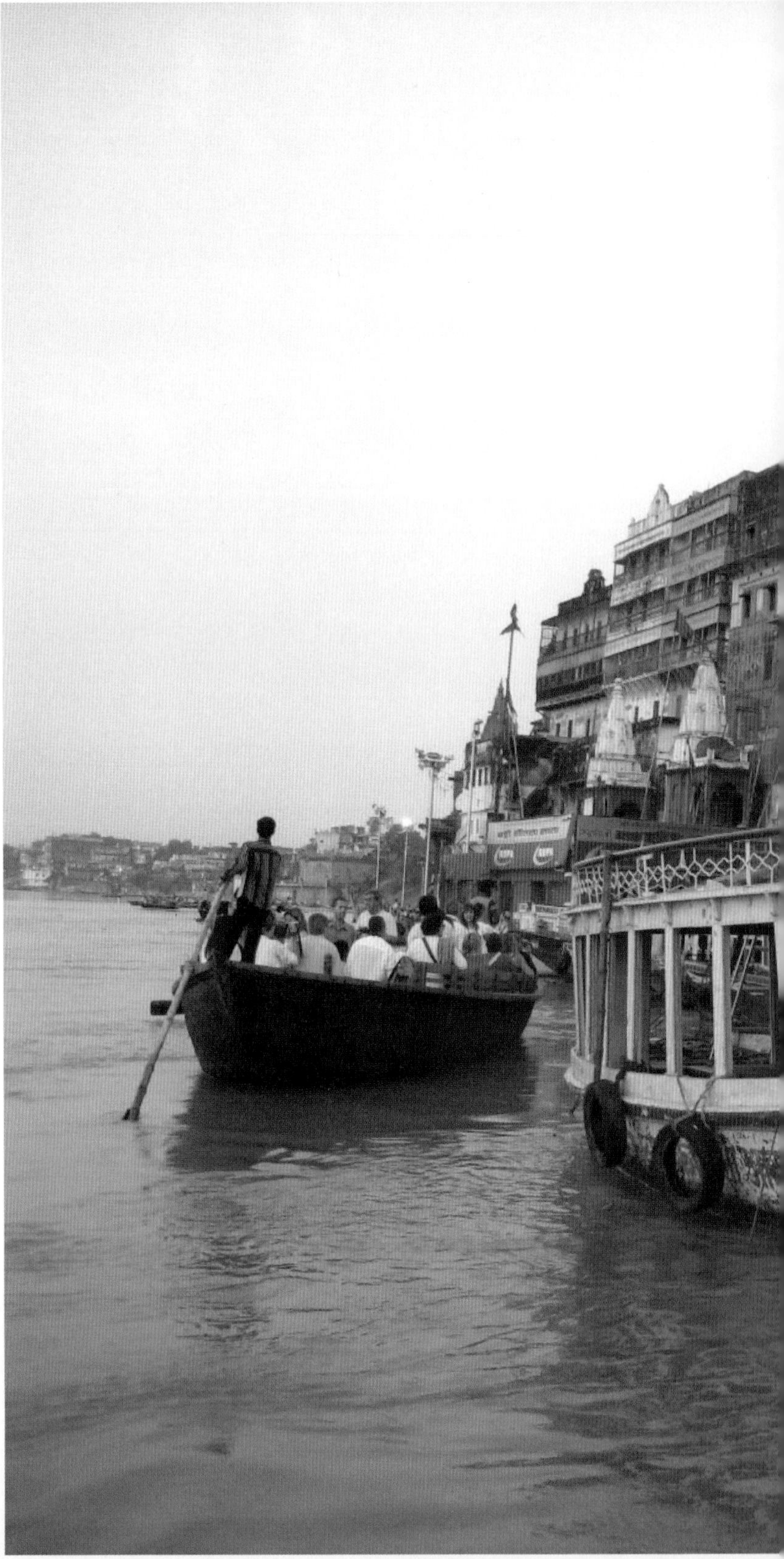

해도 강물이 불어서 배를 띄우지 못했다고 하였다. 운이 따른다는 생각이 들어 기쁨

을 감추고 있을 때, 붉은 해가 얼굴을 내밀었다. 새벽 5시 43분.

갠지스 강에서 바라본 태양은 동해의 심연에서 솟아오르는 일출처럼 붉게 타지는 않았지만 불그스름한 기운이 감돌았다. 해가 떠오르자 수평선은 유리창처럼 일제히 빛을 반사하였다. 햇빛을 받은 검은 물결은 갈색으로 번뜩였다. 강가에 세찬바람이 일법도하나 열대성 기후의 영향인지 바람 한 점 없이 고요했다. 관광객들은 일출 광경과 강변의 사원전경을 카메라에 담고 있었다. 나도 셔터를 열심히 눌러댔다.

여행은 우여곡절이 있어야 기억에 남는 법이다. 그런데 황당한 일이 벌어졌다. 새벽 4시경에 갠지스 강으로 출발하려고 호텔로비를 나오는데, 우리 일행 중 한 사람이 전화요금 문제로 호텔 종업원과 다투게 되

● 갠지스강가의 힌두사원과 뱃사공

었다. 지난밤 호텔에서 국제 전화를 했는데 요금이 120달러가 나왔다는 것이다. 전화를 얼마나 오래 했는지 모르겠지만 상당히 비싼 요금이었다. 국제전화를 건 사람은 국제카드를 사용하여 2만여 원의 요금을 지불했다고 하고, 호텔 측은 컴퓨터 프로그램을 가리키며 지불되지 않았다고 했다. 국제전화 요금을 별도로 달라는 것이었다. 이 문제로 한참 실랑이가 벌어졌는데, 결국은 호텔 측 요구대로 정리되었다. 그는 소란을 피운 것이 미안했던지 강물에 띄우는 꽃 접시 열한 개를 구입하여 우리들에게 나누어 주었다.

나도 촛불이 타고 있는 꽃 접시를 하나 받아 들었다. 빨갛고 예쁜 꽃으로 '사라'라고 하는 나뭇잎에 올려 강물에 띄우는 접시다. 그것을 '버팃브'라 부르고, 마리골드란 꽃송이 위에 촛불을 밝혀 놓고 있다. 사람들은 각기 제 나름의 소원을 빌며 그 꽃 접시를 물 위에 띄우고 있었다. 나도 이번 여행이 잘 끝나기를 마음속으로 빌며 강물에 꽃 접시를 띄웠다. 나의 꽃 접시가 다른 꽃 접시와 뒤섞여 출렁이는 물결을 따라 내려가는 것을 한참 바라보았다. 그것들은 사람들의 소망을 싣고 밤하늘의 별처럼 반짝이며 강 가운데로 흘러갔다. 나는 잠시나마 삶이 가져다주는 가식의 아름다움을 만끽하였다.

만년설 히말라야 산맥의 얼음이 녹아 흘러내리는 갠지스 강 주변의 인구는 3억 명이 넘는다고 한다. 이곳 바라나시에는 1500개의 크고 작은 사원이 있다고 했다. 강변에는 다양한 형태의 집들이 층층으로 들어서고 왕과 귀족들의 사원과 별장, 순례자들의 숙박업소, 사람들의 화장장도 함께 있다. 강변의 길이는 무려 4km나 계속되었다. 생과 사를 구분하지 않는 인도사람들의 문화는 뭔가 달라 보였다. 다양한 형태의 건물은 거리의 행인들의 옷처럼 빨강, 노랑, 분홍, 회색, 검정, 푸른색 등 화려한 색상을 띠고 있었다. 여러 가지 색상은 다신교인 힌두교와 그 맥락을 같이하는 것 같았다.

강을 따라 오르다 뱃머리를 돌려 다시 내려가는데 건물사이로 검은 연기가 하늘로 치솟고 있었다. 가이드는 그곳이 화장장이라고 알려주었다. 화장터는 어제 저녁 종교행사를 한 바로 옆이었다. 한쪽에 죽은 사람의 잿더미를 물에 흘려보내는 사람이 보였다. 기도를 하고 소원을 비는 사람, 얼굴을 씻고, 세탁을 하는 사람 등 다양한 풍경들이 전개되고 있었다. 계단 위 높은 곳에서 가부좌를 하고 깊은 명상에 잠긴 사람이 있는가하면, 그 옆 절벽위에서 괴성을 지르며 강물로 다이빙하는 사람도 있다. 바라나시에 사는 사람들은 죽으면 화장을 하여 사리를 강에 뿌리는데, 대부분 자기가 사는 곳에서 화장을 한 후에 사리를 갠지스 강에 뿌린다고 한다.

인도인들에게는 성지 바라나시에서 죽는 것이 가장 큰 축복이며, 신의 곁으로 가는 지름길로 여긴다고 한다. 그래서 많은 노인들이 가족과 작별하고 이곳 바라나시로 와서 화장에 쓸 장작 값을 구걸하며 죽을 날만을 기다리고 있다. 어떤 노인은 죽는 것이 여의치 않아 10년 넘게 화장터 근처에서 구걸하며 지내기도 한단다.

우리 일행은 엄숙한 마음으로 화장터에 들어섰다. 촬영은 금지되어 있었다. 부녀자들은 타고 남은 재를 이고 바삐 강가로 향했다. 화장터에는 해골 같은 것이 보였으며 매캐한 냄새가 진동했다. 상주는 긴 장대를 가지고 시신이 고루 타도록 계속 뒤척이고 있었다. 곁에서 개가 어슬렁거리다가 타다 만 시신 토막을 물고 가는 일도 있다고 했다.

● 시신 화장에 쓰일 땔감

　마침 그때, 4명의 남자가 사다리처럼 엮은 대나무 들것 위에 흰 천으로 덮인 시신을 놓고 강가로 가는 모습이 보였다. 그 뒤에는 유족인 듯한 몇 사람이 따랐다. 그들은 그 시신을 강물에 세 차례 담그고 난 뒤 강바닥에 올려놓고, 그 중에 상주가 시신의 얼굴을 덮은 천 조각을 열었다. 60대로 보이는 남자의 얼굴이었다. 지금까지 걸어온 고단한 길을 더듬으며 조용히 생각에 잠겨있는 듯 했다. 우리는 그의 주검을 남의 일처럼 생각하며 그저 바라볼 뿐이었다. 상주는 강물을 두 손으로 떠서 시신의 얼굴에 연신 부어 댔다. 이런 의식을 거친 후, 시신을 장작더미 위에서 화장하는데, 소요 시간은 3시간 정도라고 한다.

114

화장을 마친 재와 뼈는 강물에 흘려보내고 일부를 병에 담아 집으로 모셔와 제사를 지낸다고 한다. 그러나 6세 이하의 어린아이와 임신 중인 부녀자, 수행자의 경우는 화장을 하지 않고 물에 던져진다고 한다. 이러한 사항들은 힌두교 계율로 정해져 있다. 가이드는 강변 곳곳에 이런 화장터가 여러 개가 있다고 했다.

갠지스 강변의 바라나시는 오래전부터 인도문화의 중심지였다고 한다. 인도인들은 갠지스 강에 몸을 담가 죄를 씻고, 이곳에서 죽어 한줌의 재로 이 물에 떠내려가면서 해탈을 얻는다고 믿는다. 인도인들이 생각하는 영혼의 해탈이란 고통스럽고 피할 수 없는 윤회에 갇혀있는 가련하고 지친 육체로부터 벗어나는 것이다. 어쩌면 힌두교도들의 최상의 목표이자, 최상의 행복인지도 모른다. 그들은 신성한 물을 마시기도 하고 물병에 담아가기도 한다.

갠지스 강에서 가끔 물 위로 뛰어 오르는 고래를 볼 수 있다고 한다. 토머스프리드먼은 『뜨겁고 평범하고 붐비는 세계』라는 저서에서 "바이지 재단의 2006년 12월 13일 보고 내용에 따르면, 수색탐험대는 바이지, 즉 양쯔 강 돌고래가 십중팔구 전멸했다"고 전한다.

불교에서는 갠지스 강을 경계로 사바(속세)와 해탈의 땅이 나뉜다고 한다. 사람들이 사는 쪽은 사바세계이고, 강 건너편 모래땅은 해탈의 땅이라는 것이다. 그래서 불자들은 꼭 보트를 타고 해탈의 땅을 밟는다고 한다. 힌두인에게는 갠지스 강의 강물이 성수이지만, 불자에게는 건너편 모래가 성스러운 곳이기 때문이다. 불교에서는 그 모래를 조금 떠다가 백일 동안 날마다 물로 씻고 백배를 드리면 원한 맺힌 조상의 혼이 연옥에서 천국으로 옮겨갈 수 있다는 말이 전해 온다. 대부분의 인도사람들은 자신들이 이 세상에 소속되어 있다고 믿지 않는다. 그들은 이 고통스럽고 시끄

● 갠지스강가의 소 목욕

럽고 답답한 세상은 하나의 문에 지나지 않으며 그 문 너머에는 진실한 다른 세상이
있다고 믿는다.

　나는 인생이란 무엇인가, 사람이 죽으면 어디로 가는가에 대한 인간의 문제에 대
해서 그렇게 깊이 생각해 본 적이 없다. 주어진 현실에 바쁜 나머지 철학이라는 엄
청난 성역은 어렵고 지루할 뿐이다.

　행복이란 이런 곳에서도 있다. 아침에 일어나 신선한 공기를 마실 때, 의자에 앉아
좋아하는 파이프 담배를 피울 때, 한적한 시골을 여행할 때, 목마를 즈음에 시원한

샘물을 마실 때, 맛있게 저녁을 먹고 친구들과 담소를 할 때, 그 때마다 행복을 느낀다고 하였다. 그러니까 일상생활에서 여유를 가지는 것이 행복의 밑거름이라 할 수 있다.

카힐티는 『행복론』에서 사람에게는 세 가지 행복이 있다고 말한다. "서로 그리워하고, 서로 마주보고, 서로에게 자신을 주는 것이다. 그러나 아무리 사람이 소중하다 하여도 뜻이 같지 아니하면 서로 함께 하기 어렵다."고 했다. 사람과의 원만한 인간관계가 행복의 조건이라는 것이다. 미움, 시기, 다툼, 전쟁 등은 원만하지 않는 사람과의 관계에서 만들어진다. 나의 존재가 누군가에게 소망이 될 수도 칼이 될 수도 있음을 잊어서는 안 될 일이다.

최근 "가정이 행복결정"이라는 신문기사를 본 적이 있다. 한 연구기관의 조사 자료에 의하면 한국인들은 행복을 결정짓는 가장 중요한 요인을 '가정'에서 찾고 있다는 것이다. 행복의 요인은 '가족생활에 대한 만족도'가 1위로 나타났고, '자아존중감의 정도', '가족건강수준', '자신의 모습에 대한 만족도', '부부생활에 대한 만족도', '가족구성원 관계에 대한 만족도', '현재하는 일과 자신이 원하는 것과의 일치 정도', '출산 및 자녀성장에 대한 만족도' 등이 뒤를 이었다. 대부분이 자신과 가정에 관계된 내용이다. 10위 안에든 요인 가운데 절반인 5개가 가정과 관계된 내용이며 직업 및 직장과 관련된 것은 1개에 그쳤다. 결혼을 한 사람이 미혼인 사람보다 행복지수가 앞섰고 소득과 학력은 낮아질수록, 연령은 많아질수록 행복도가 떨어졌다. 사실 우리는 행복을 끝없이 추구하면서도 행복의 실체를 잘 파악하지 못하고 있다. 이것은 행복이란 여러 곳에서 나타나기 때문이다.

나는 행복을 어디서 찾아야 할까. 어릴 때 아버지의 과음으로 인해 집안이 늘 어

수선한 분위기였다. 술을 마시지 않는 날은 한 달에 3~4일에 불과했다. 술을 좋아한 나머지 술이 사람을 마셔버린 날은 밤새도록 소리를 지르는 바람에 집안은 조용한 날이 없었다. 그런 날 나는 무서워서 마루 밑에 숨기도 했다. 내 어린 시절은 너무 절망적이어서 지금도 돌아보고 싶지 않다. 내 나이 여덟에서 아홉 살 때로 기억한다. 어머니에게 "아버지 오늘도 술 드시고 들어오시나요." 하고 물으면 어머니는 아무 말씀이 없으셨다. 그렇다고 어머니가 아버지에게 왜 술을 많이 마시냐고 대항하시는 것도 본 적이 없다. 나는 아버지가 들어오시지 않는 날이 행복하다는 생각을 하며 자랐다. 어쩌면 유년의 잃어버린 행복을 아이들에게 선물하고 싶어서 가정의 행복을 목숨처럼 지키고 사는지도 모른다.

행복한 가정을 꾸리지 못하는 사람이 높은 이상과 세계 평화를 논해봤자 무슨 결실이 있겠는가. 괴테는 왕이거나 농부이거나 가정이 평화로운 사람이 가장 행복하다고 하였다.

행복은 또한 꿈이 있어야 할 것이다. 자신의 앞을 내다보지 못하는 사람만큼 불행한 사람은 없을 것이다. 길은 보이나 꿈이 없는 사람은 불행하다고 생각한다. 꿈은 살아가는 우리 모두가 가져야 할 소중한 마음가짐이다. 가치 있는 목표를 향해 최선을 다해 일하는 것이 행복의 비결이다. 꿈을 이루는데 가장 중요한 건 열정의 크기이다. 젊음이 곧 희망이다. 꿈이나 사명, 목표, 목적은 삶의 원동력이 되기 때문에 중요하다. 또한 이러한 동기부여가 있을 때 일하고 싶은 욕구가 생긴다. 나는 나의 꿈을 실현하기 위해 그 실천 방법을 생활의 지침서로 삼고 노력하고 있다.

첫째, '나도 할 수 있다'라는 생각으로 새롭게 시작하자. 나에게는 무궁무진한 잠재력이 있다는 것을 기억하자.

둘째, 큰 꿈을 가지자. 나의 목표를 마음의 소원과 일치시키자. 소원을 분명하게 확인하고 총력을 다하자. 진정한 성공은 땀과 수고를 통해서만 완성된다.

셋째, 부정적인 생각을 버리자. '나는 안 돼', '할 수 없어', '나 같은 게' 라는 소리가 들려오거든 '이전의 나는 무능했다. 그러나 이제는 달라져 새사람이 되었다'라고 응답하자. 나쁜 경험을 지나치게 곱씹으면 불행해질 수 있다.

넷째, 긍정적인 말을 매일 반복하자. '나도 성공할 수 있다.' 라고 다짐하자. 말은 힘과 용기를 더하는 영양소이다.

다섯째, 관계를 개선하자. 행복은 인간관계 개선에서 비롯된다. 자기를 좋아하는 사람들과 함께 있는 자체만으로도 행복하기 때문이다. 자기 자신이나 종교, 가족, 친지, 친구와의 관계를 개선하자. 인생은 고달프고 지루한 여행이 아니라 즐거운 여행이 되도록 노력해야 할 것 이다.

여섯째, 좋은 습관이 행복을 부른다는 것을 명심하고, 나쁜 습관을 버리고 좋은 습관을 꾸준히 기르자. 창조적인 취미를 가져야 한다. 새로운 사실을 발견하거나 새로운 것을 배우면 언제 어디서나 메모를 한다. 매일 책을 꾸준히 읽는다. 건강은 행복을 얻는데 가장 기본적인 조건이다. 자신에게 맞는 운동을 꾸준히 해야 한다. 등산, 걷기, 수영, 자전거 타기등과 같은 운동뿐만 아니라 통기타, 장구, 드럼이나 섹소폰과 같은 악기를 한 가지 정도는 다룰 줄 알아야 불필요한 잡념을 버릴 수 있고 인생의 활력이 넘치는 삶이 될 것이다.

누구나 죽음을 맞이한다. 남아있는 인생이 너무나 짧다. 무언가를 시작할 기회는 지금 이 순간 밖에 없다. 한 가지 일에 매달려 무언가를 열중할 때는 불필요한 것을 버리게 된다. 버릴 것은 버리고 열심히 일하는 동안 우리의 정신은 맑아지고 목표한 높은 곳으로 한걸음 다가가게 된다.

주어진 시간동안 무엇이든 될 수 있다는 사실을 잊어서는 안 될 것이다. 인생은 험난한 항해다. 살아가면서 예상치 못한 사건에 직면하게 된다. 어려움이 닥쳐도 낙심하거나 포기하지 말자. 무엇이든 자신이 태어나기 전보다 조금이라도 나은 세상을 만들어 놓고 가는 것, 내 자신이 살다 간 덕분에 단 한 사람의 삶이라도 더 풍요로워지는 것, 이것이 바로 내가 정의하는 행복이요, 성공이다.

사람들은 나이가 드는 것을, 늙어가는 것을 서글퍼한다. 그러나 나이가 드는 것을 안타깝게 생각할 필요가 없다. 나뿐만이 아니라 모든 사람이 늙어가므로, 정말 안타까워 해야 할 것은 나이를 먹어갈수록 할 수 있는 일이 적어지면서 우리 삶의 질이

떨어지는 것이다. 그래서 행복한 삶은 순간순간이 아름다운 마무리이자 새로운 시작이어야 한다.

"태양을 향해 활시위를 당기는 사람이 비록 목표물을 맞히지 못할지라도 자기의 키만 한 과녁을 노린 자보다는 더 높게 화살을 날릴 수 있다."는 말이 있다. 젊은이들에게 "도전을 두려워 말라. 재산이 있어도 이상이 없는 사람은 몰락의 길을 걷는다."라는 말을 들려주고 싶다.

온갖 지저분한 쓰레기들이 모이는 갠지스 강은 심하게 오염되어 물이 썩어버렸다고 한다. 언젠가 이 강물을 떠서 검사를 했는데 배설물 대장균이 100ml당 150만 마리나 나왔다고 한다. 목욕을 해도 좋을 만큼 안전하려면 대장균이 500마리 미만이어야 한다니까 오염정도가 심각하다는 것을 알 수 있다. 그들의 몸속에는 면역성이 생겼는가? 바라나시 사람들이 심하게 오염된 갠지스 강의 물을 먹기도 하고 물놀이를 즐기고 있으니 말이다.

● 바라나시 가게 / 경찰 순찰차가 보인다 / 오토릭샤에 탄 사람들

인도는 이해하기 쉬운 나라가 아닌 것 같다. 그것은 어쩌면 인도가 너무나도 깊고 다양하여 모순투성이인 때문인지도 모른다. 게다가 현대를 살아가는 사람들 중에서 명확치 않는 것에 시간을 투자 하거나 관심을 가질 이들은 거의 없을 것이다.

인도는 누구나 자기가 하고 싶은 것을 할 수 있고 누구도 그것을 '왜'냐고 묻지 않는 곳이다. 물질은 가졌으나 정신이 배고픈 히피에게 신비한 인도는 타락한 서양의 대안이기도 했다. 70년대 대학을 중퇴한 스티브 잡스도 인도를 여행했다. 소비주의에 오염되지 않은 저편의 인도가 자연과 조화를 이루는 삶과 진정성을 지향하는 그들을 매혹시켰다고 할까.

갠지스 강이 흐르는 도시 중 하나인 바라나시는 인도인들의 역사와 문화의 현장이었다. 갠지스 강은 삶과 죽음, 행복과 불행, 고통과 평화, 깨끗한 것과 더러운 것의 경계가 없다. 5,000년의 역사와 함께 해온 인도의 혼 갠지스 강은 오늘도 인도인의 희노애락을 싣고 유유히 흘러 갈 뿐이다.

세계의 지붕 히말라야 산에서 내려오는 물줄기, 인도인들이 성수로 여기는 갠지스 강, 그냥 지나칠 수는 없어 나는 한편의 어설픈 시를 지었다.

저 멀리 히말라야산 강물이 넘실댄다
사리를 걸친 여성, 검정 소와 어우러져
해 뜨는 동쪽을 향해 성수에 몸을 씻는다

강가 옆 화장터에 시신을 뒤적이며

환생을 꿈꾸는 재 강물에 뿌려지고

비릿한 생명의 숨결 내세를 찾아간다

어디로 가는 걸까, 서성이는 아침 한때

도열한 힌두사원 물끄러미 바라보고

강물은 속세를 안고 붉덩물에 휘말린다

「갠지스 강가에서」

02

타고르를 생각하며

갠지스 강변에는 힌두 사원이 많다. 많은 사람들이 이곳을 찾아 기도 하는 것을 보고, 인도의 시성 타고르는 『기탄잘리』에서 이렇게 노래했다.

찬미와 노래와 기도 올리는 것을 묵인하소서! 문마저 모두 닫힌 전당, 이 외롭고 어두운 구석에서 임은 누구를 사모하시나이까? 그대 눈을 뜨고 보십시오. 그대의 신께서 그 대 앞에 계시지 않사오이다.

신께서는 농사꾼이 단단한 땅을 가는 데 계시고, 길 만드는 이가 돌을 쪼는 데 계시나이다. 신께서는 그들을 데리고 볕이 쪼이거나 소나기가 퍼붓거나 함께 계시기에 신의 옷은 먼지투성이가 되었나이다. 임이여, 그 성스러운 옷을 벗어 버리고 신처럼 먼지투성이 흙으로 나오십시오.

구원이라고요? 이런 구원을 어디 가서 찾아야 한다는 것입니까? 우리 주께서

친히 신께 창조의 인연을 기꺼이 맡기셨나이다. 신은 영원히 우리와 함께 인

연을 맺으셨나이다.

임이여, 명상 속에서 뛰어나오시어 꽃과 향수(香水)를 멀리하소서! 임의 옷이

해지든 더러워지든 거리낄 것이 무엇이 있겠나이까? 괴로움에 이마에는 땀

이 흐를지라도 신을 맞이하시어 신을 모시옵소서. (「기탄잘리 11」)

타고르는 이 시에서 기도로 영혼을 찾기보다는 노동의 신성함을 노래했다.

"인도인들은 이성을 무시하는 것을 자랑으로 내세우며, 대신 그 자리에 맹목적 신앙을 놓고 이를 영적인 것이라며 소중히 여긴다. 그러다 보면 우리의 정신과 운명은 정체가 모호해질 수밖에 없다. 이성을 무시하면 무너진 기초 위에 상부구조만 성급하게 올리는 꼴이 된다."라고 타고르는 말하였다.

타고르는 행동과 관조 사이의 중도를 옹호한다. 또한 그는 인간의 특성이 자유라고 믿었으나 그 자유는 법칙과 자제가 균형을 이룰 때 비로소 진정한 자유가 된다고 생각했다. 절대적 자유는 혼돈과 무질서이며 반대로 절대적 결정주의는 죽음이다. 인간에게 최고의 자유는 자신의 자유를 흔쾌히 포기하는데 있다고 타고르는 말한다. 타고르 사상의 바탕은 조화라는 보편적 원리라는 생각을 해 본다.

마음에 두려움이 없고 머리를 높이 들 수 있는 곳에서

알고 싶은 것을 알 수 있는 곳에서

세상이 협소한 내부의 벽으로 잘게 쪼개지는 법이 없는 곳에서

이성의 명료한 흐름이 길을 잃어 죽어버린 습관의 황량한 사막으로 들어가

지 않고

천국의 자유로 들어가는 곳에서 아버지여, 내 나라가 깨어나게 하소서.

「기탄잘리 35」

타고르는 이 시에서 길을 잃은 습관을 싫어하고 이성으로서의 토론과 논리의 역할을 강조하고 있다. 그는 개방주의자라고 할 수 있다. 타고르는 근거 없이 사람을 과거의 틀에 가두어 놓은 전통주의를 반대하였다. 그는 전통주의를 두고 퇴색한 습관의 황량한 사막의 모래 속으로 사라진 과거에 대한 애착일 뿐이라고 말했다.

그의 기질은 간디와의 일화에서도 들어난다. 마하트마 간디가 산티니케탄에 있는 타고르의 학교를 방문했을 때이다. 어떤 젊은 여자가 책을 한 권 내밀며 간디에게 사인을 요청했다. 간디는 "섣불리 약속하지 마시오. 한 번 약속하면 목숨을 걸어야 할지도 모릅니다."라고 써주었다. 옆에 있던 타고르는 당황했고, 그 책에 짧은 시 한 편을 적었다. "진흙으로 만든 쇠사슬로는 죄수를 영원히 가둘 수 없다."는 내용이었다. 그러고는 간디도 볼 수 있게 "아니다 싶으면 했던 약속도 팽개쳐버리시오"라고 영어로 맺음말을 썼다. 이처럼 타고르는 과거에 얽매이는 것을 싫어하는 현실주의자라 할 수 있다.

아시아의 빛나는 황금시대에

코리아는 그 빛을 밝힌 한 주인공 이었다

그 등불 다시 켜지는 날에

동방은 찬란히 온 세계를 밝히리. (「동방의 등불」)

이 시는 어두운 일제 식민지 시대에 한국인의 가슴에 불을 태우기 충분했다. 타고르가 1929년 일본을 방문했을 때 동아일보에 기고한 시다. 이 시로 인해 우리는 타고르를 더 기억하고 있는지도 모른다.

타고르는 인도 전통 명문가의 후손이다. 타고르 집안은 재력을 바탕으로 예술을 후원했을 뿐만 아니라 대학을 세워 학문을 일으켰다. 타고르 집안은 대대로 정치가와 예술을 배출한 명문가였지만 막대한 재물을 바탕으로 문화예술가들을 지원하는 후원자로서 더 높은 명성을 얻었다. 벵골 힌두왕국의 5대 명문가들 중 하나였던 타고르 가는 한때 이슬람 주지사를 도왔다는 이유로 정통 힌두교도들로부터 탄압을 받았으며 급기야 브라만 계급을 박탈당했다. 이로 인해 캘커타로 이주하게 된다.

가문의 일대 위기를 경험한 타고르가는 1790년대 당시 어촌이었던 캘커타가 번성하기 시작하면서 다시 일어설 수 있었다. 영국과 무역거래를 하면서 막대한 재산을 모았는데, 그가 바로 타고르의 할아버지인 판차난타쿠르였다. 타고르 가는 3대에 걸친 노력과 헌신으로 명문가로 재도약 할 수 있었다. 타고르의 할아버지는 자선활동 뿐만 아니라 캘커타 국립도서관과 캘커타 주립대학을 세우고 캘커타 최초의 병원을 비롯해 의과대학 설립에도 앞장섰다. 현재 이 대학은 인도 의학교육의 중심역할을 하고 있다.

타고르의 형제들은 무려 14남매였고 타고르는 그 중 막내였다. 타고르는 열한 살이 되던 해 아버지와 함께 샨티니케탄, 히말리야로 4개월간 여행을 떠나게 된다. 아버지는 아들에게 대자연에서 우주의 신비와 무한한 상상력을 맛보게 했다. 타고르는 학교에 적응하지 못하고 열네 살이 되던 해에 그만두고 만다. 열일곱 살 되던 해에는 영국으로 유학의 길을 떠났지만 그 곳에서도 잘 적응 하지 못했다. 톨스토이와 마찬가지로 평생 단 한 장의 졸업장도 받지 못했다. 학교를 그만 둔 타고르에게 가장 큰 영향을 준 사람은 아버지였다. 타고르의 아버지는 당시 캘커타의 문화예술인들을 집으로 초청해 거의 매일 산스크리트어 경전과 철학, 과학을 주제로 토론을 벌였다. 독서를 통해 학교에서 배우는 것보다 더 많은 지식과 사상을 흡수했다.

타고르의 사생활은 여러 면에서 불행했다. 1883년에 결혼했으나 1908년에 그는 아내를 잃었으며 두 번 나시 결혼하지 않았다. 누 아늘 역시 계속해서 잃는다. 실의와 고독 속에서 그는 시집 『기탄잘리』를 펴내 동양인 최초로 노벨 문학상을 받았다.

타고르는 가까운 곳에서 관계를 맺을 대상을 찾았지만 함께 살지는 않았다. 1924년부터 1925년까지 타고르는 아르헨티나를 여행하던 중 재능 있고 아름다운 빅토리아 오캄포를 알게 되었다. 훗날 문예지 『누르』를 출간한 오캄포는 타고르와 가까운 친구가 되었다. 그렇지만 애정으로 발전할 가능성을 타고르 쪽에서 자제하고 지적관계로 유지했다.

타고르는 학교가 드문 시골을 포함하여 온 나라 모든 사람에게 교육의 기회가 주어 져야하며 학교 가 좀더 활기 있고 즐거운 곳이 되어야 한다고 생각했다. 타고르 자신이 학교에 흥미를 느끼지 못해 중퇴했기 때문이었다. 타고르는 높은 문맹율과 교육경시를 인도 사회적 후진성의 가장 근본적인 원인으로 보았을 뿐 아니라 인도의 경제발전을 가로막는 커다란 장애물로 여겼다.

1901년 샨티니케탄에 학교를 세우고 학생들을 가르치기 시작했다. 학교는 남녀공학으로 여러 면에서 진보적인 특징을 가지고 있었다. 이곳에서는 규율 보다 동기를 중시했고 경쟁보다는 지적호기심을 유발하려 했다. 수업료는 많이 받지 않았다. 정부로부터는 한 푼도 지원받지 않았지만 민간인의 도움을 받았다. 이 학교는 1921년에 비슈바바라티 대학교로 이름을 바꿔 동양과 서양의 문화를 연구하는 대학으로 발전했다. 타고르는 산티니케탄에 세운 학교를 발전시키는데 평생을 바쳤다. 산티니케탄에는 고전을 비롯하여 인도 전통을 중시하는 지역적요소도 많았고, 다양한 문화에 관한 커리큘럼과 중국, 일본, 중동지역을 배우는 프로그램도 있었다. 많은 외국인들이 학생이나 교사 자격으로 산티니케탄에 왔고, 그런 국제적 수업은 나름대로 효과가 있었다.

타고르의 교육사업에 강한 영향을 받은 인물이 바로 사트야지트 레이였다. 산티니케탄의 졸업생인 레이는 타고르를 소재로 여러편의 영화를 제작했다.

레이가 1991년에 산티니케탄을 두고 이렇게 말했다.

"산티니케탄에서 보낸 3년이라는 세월은 내 생애 가장 풍족한 시절이었다. 산티니케탄은 내게 처음으로 인도와 극동 예술의 찬란함에 눈을 뜨게 해주었다. 그 전까지는 나는 서구 미술, 서구 음악, 서구 문학의 권력에 압도되어 있었다. 지금 내 작품이 동과 서를 아우를 수 있게 된 것은 순전히 산티니케탄 덕분이다." (아이티아센, 이경남 옮김, 『살아있는 인도』, 2005)

인간이 다양한 문화를 건설적으로 흡수할 수 있어야 한다는 그의 견해는 지금도 이어지고 있다. 현재 이곳은 유치원부터 국립대학까지 갖춘 세계적인 교육도시로 각광받고 있다.

그는 우리가 읽고 있는 시 뿐만 아니라 단편, 장편소설, 희곡, 평론 기행 일기 등 200권에 이르는 작품을 썼다. 뮤지컬을 비롯해 음악을 작곡하기도 했는데, 그 중 600여 곡은 오늘날에도 인도와 방글라데시에서 애창되고 있다. 인도와 방글라데시의 국가는 타고르가 직접 작사 작곡한 것이다. 또한 그림에 대한 열정도 남달라 수채화를 남기기도 했다. 구상과 추상이 교묘히 어우러진 그의 그림은 길이 남을 명작이라는 찬사까지 받고 있다. 여러 방면에 뛰어난 그의 재능은 인도 역사상 최고의 다재다능한 천재로 꼽힐 만 하다.

아버지의 자녀교육에 힘입어 타고르의 형제들은 대부분 자신만의 재능을 펼칠 수 있었다. 타고르의 큰형은 시인이자 음악가, 철학자, 수학자 이면서 사상가로 타고르에게 많은 영향을 준 인물이다. 둘째형은 인도 고등문관을 최초로 통과한 수재로 산스크리트학자였으며, 다섯째 형은 음악가이자 시인, 극작가, 화가로 이름을 날렸다. 또 다섯째 누나는 음악가이자 벵골 최초의 여류 소설가였다. 타고르는 자신의 가정에 대해 "우리 가정의 전체적 분위기는 창조의 정신으로 충만해 있었다"고 회상했다. 4개월 동안 아버지와 함께한 타고르의 모험여행은 훗날 그를 시인이자 사상가, 교육가로 만드는 밑거름이 되었다. 자연 속에서 자유롭게 배우며 상상력을 키우고, 아버지로부터 흡수한 지식에의 열정, 종교에 대한 이해와 인간에 대한 배려 등은 모두 이 여행에서 비롯되었다고 할 수 있다. 타고르 가에서 보듯이 오늘날 교육이 단순이 획일적인 인간보다 창의적인 인간을 원한다고 볼 때, 대를 이어 내려온 자연을 바탕으로 한 타고르 가의 가정교육을 본 받을 필요가 있지 않을까.

나는 문득 타고르 박물관을 방문하고 싶었다. 타고르는 생전에 이곳 갠지스강을 많이 거닐었으므로 뭔가 흔적이 남아있지 않을까 싶었다. 사실 켈커타에 박물관이 있다는 것은 책을 통해서 알고 있었다. 혹시나 하는 마음에 가이드에게 물어보았다. 타고르가 태어난 곳이 켈커타이니 생가와 박물관이 그 곳에 있는 것은 당연하다. 나중에 켈커타에 갈 기회가 있으면 들려 보리라 다짐했다.

나는 문학에 관심이 있는 사람으로서 이곳에 오기 전 타고르를 생각했다. 동양인으로는 처음으로 노벨문학상을 받았기 때문이다. 인도가 당시 영국의 식민지였기 때문에 세계가 놀란 것은 당연했을 것이다. 나는 늦은 감이 있지만 수상작인 시집 『기탄잘리』와 전집을 구하여 읽어보았다. 기탄잘리는 '신에게 바치는 송가'라는 뜻으로 신을 둘러싼 103편의 연작 종교시를 이룬다. 처음에는 한 번 쭉 읽어 보고 별 생각 없이 책꽂이에 꽂아두었다. 이 글을 쓰면서 다시 찾아내어 자세히 읽어보았다. 그의 시 편들은 종교에 지나치게 치우친 점이 없지 않으나 형언할 수 없이 나의 가슴을 뭉클하게 하였다. 진작 이 시집을 읽어보았더라면 좋았을 텐데 하는 아쉬움이 남았다.

1912년 처음으로 간행된 영역 본 『기탄잘리』 서문에서 영국시인 W.B 예이츠는 이렇게 말했다.

"마치 인도 문명 그 자체와도 같은 타고르는, 영혼을 탐구하고 스스로를 그 영혼의 천연성에 맡기는데 만족하여 왔다. 그는 종종 자기의 삶을 더욱 우리의 유행을 따라 살아오고 또 이 세상에 그럴싸한 무게를 가진 사람과 비교를 해오는 것같이 보인다. 또 항상 그는 마치 자기의 길이 자기에게는 최선이라는 것을 전적으로 확신하고 있는 듯이 소박하였다."

예이츠는 이 번역 원고를 여러 날 동안 가지고 다니며 기차 안에서도 읽고, 자동차 안에서도, 또 식당에서도 읽었다. 또 종종 이것을 덮어놓고는 너무 감격한 꼴을 낯모르는 사람이 알지 못하게 하려고도 하였다고 서문에 적고 있다.

『초승달』은 1913년에 타고르 자신이 영역하고 그의 형을 포함한 화가들이 삽화를 넣은 동시집이다. 어린이 생활과 사고를 참으로 깨끗하고 감동 깊게 노래하였다. 타고르의 시는 동양적 예지의 세계를 영적인 필법으로 나타내는 것으로 정평이 있다. 아래의 시 「바닷가에서」는 자연과 동화되는 천진스럽고 티 없는 어린이들 '자연 친화, 몰아 일체'의 세계를 그린다. 삶과 죽음은 별개로 보지 않고 하나로 본다는 것을 노래하고 있다. '끝없는 세계의 바닷가에 아이들이 모입니다. 폭풍은 길 없는 하늘에서 울부짖고 배들은 자취 없는 물살에서 파선하고 죽음은 널려 있고 그리고 아이들은 놀이합니다.' 시에서 폭풍, 파선, 죽음이 존재하는 바닷가에서 아이들이 놀고 있는 삶에서 보듯이, 인간과 자연도 하나라는 상대적 진리란 의도를 지니고 천진난만한 아이들의 모습을 노래하고 있는 「바닷가에서」를 소리 높여 읽어본다.

끝없는 세계의 바닷가에 아이들이 모입니다.

한없는 하늘이 머리 위에 멈춰 있고 쉼 없는 물결은 사납습니다. 끝없는 세계의 바닷가에 아이들이 소리치며 춤추며 모입니다.

그들은 모래로 집 짓고 빈 조개껍질로 놀이를 합니다. 가랑잎으로 그들은 배를 만들고 웃음 웃으며 이 배를 넓은 바다로 띄워 보냅니다. 아이들은 세계의 바닷가에서 놀이를 합니다.

그들은 헤엄칠 줄을 모르고 그물 던질 줄도 모릅니다. 진주 잡이는 진주 찾아 뛰어들고 장사꾼은 배를 타고 항해하지만 아이들은 조약돌을 모으고 다시 흩뜨립니다. 그들은 숨은 보물을 찾지도 않고 그물 던질 줄도 알지 못합니다.

바다는 웃음소리를 내며 밀려오고 해안의 미소는 하얀 빛을 냅니다. 죽음을 흥정하는 물결은 아가의 요람을 흔들 때의 어머니처럼 아이들에게 뜻 없는 노래를 불러줍니다. 바다는 아이들과 놀고 해안의 미소는 하얀 빛을 냅니다.

끝없는 세계의 바닷가에 아이들이 모입니다. 폭풍은 길 없는 하늘에서 울부 짖고 배들은 자취 없는 물살에서 파선하고 죽음은 널려 있고 그리고 아이들 은 놀이합니다. 끝없는 세계의 바닷가에 아이들의 위대한 모임이 있습니다.

(「바닷가에서」, R. Tagore, 김병익 옮김, 「기탄잘리」, 민음사, 1974..)

03

바라나시에서 카주라호로 향하다

8월 26일 오전 8시 20분경 아침 식사를 마치고 전용버스에 올라 카주라호를 향해서 출발했다. 반디 씨의 말로는 바라나시에서 카주라호까지의 거리는 450km로 보통 10시간이 걸리는데, 절반가량의 구간이 비포장도로이기 때문에 교통이 혼잡하면 더 걸릴 수 있다고 한다. 얼마정도의 시간이 소요될지 정확히 알 수 없고, 가야할 거리가 평탄하지 않음을 암시해 주었다.

시가지를 벗어나자 밭작물을 재배하고 있는 모습이 보였다. 농토는 비옥한 편이었다. 얼마를 갔을까, 긴 다리가 하나 나왔다. 그 밑으로 갠지스 강이 흐른다고 했다. 끝없는 들판이 이어지고 간혹 조그마한 마을들이 보였다. 대부분 남자들은 윗옷을 벗고 가슴을 드러낸 채 짧은 바지만 입은 채 쉬고 있고, 여자들은 대부분 사리를 두르고 있다.

● 화물 차량

오전 10시쯤 되었을까. 가끔씩 차 창밖으로 사람들이 앉아 있는 모습이 보인다. 가만히 보니까 용변을 보고 있는 중이다. 아마도 아침을 먹고 난 뒤 일을 보고 있는 것 같았다. 그들은 대변을 보면서 우리를 보고, 우리는 대변을 보는 그 사람이 신기해서 쳐다보았다. 문화의 차이는 이질감을 주게 마련이다. 그들은 집 가까이 적당한 자리가 화장실이 되는 것이다. 한편으로 생각해보면 자연 속에서 자연적으로 일을 처리하는 것이 맞다는 생각도 든다. 우리의 생활공간인 아파트도 아래, 위층이 화장실이다. 사람이 화장실 공간에 끼어서 사는 꼴이다. 구름과 나무, 벌레 등 대자연을 감상하며 일을 보는 것이 최고의 명상이 아니겠는가.

내가 초등학교 다닐 때인 1960년대만 해도 우리나라 웬만한 농촌가정에서는 화장지가 없어 볏짚이 화장지를 대신했다. 좀 나은 가정은 신문지를 썼는데, 경제발전을 이루며 화장실 문화도 고급스러워졌다. 외국 사람들은 현재 우리나라의 경제상황을 보고 한강의 기적을 이루었다고 극찬을 한다. 그런 생각을 하던 중 버스가 많이 흔들렸다. 비포장도로를 만난 것이다. 버스가 비포장도로에 들어서자 제 속력을 내지 못했다. 겨우 시속 30km이었다.

이렇게 인도는 열악한 도로사정 때문에 선진국보다 물류비용이 2~3배가 더 든다고 한다. 화물을 수송할 때 생기는 파손을 막기 위해 제품을 튼튼하게 만들어야 하

● 은행에서 차례를 기다리는 사람들
　현지 관광버스(왼쪽)

고 제품포장에도 특별히 신경을 써야 되기 때문이다. 인도는 1991년 경제개방을 한 이후 꾸준히 노력을 하고 있지만 한국수준에 이르려면 상당한 시간이 필요할 것으로 보인다. 특히 도로정비의 문제에 있어 특단의 조치를 취하지 않으면 경제성장에 지속적 장애를 겪을지도 모른다.

얼마를 더 달렸을까. 조그마한 도시의 시장이 보였다. 먼 여행이 될 것 같아서 우리는 과일을 사려고 버스에서 내렸다. 수박을 먹고 싶었지만 그 시장에서는 수박을 찾을 수가 없었다. 사과, 바나나, 망고, 석류를 한 보따리 샀는데 사과 맛은 우리나라 개량사과보다 못하다는 생각이 들었다. 석류는 우리나라 석류와 비슷하고 실한 게 맛이 있었다.

또한 시장을 지나면서 한 평 정도 되어 보이는 이발소가 있었는데 머리를 깎는 사람들로 붐볐다. 자전거 점포 앞은 자전거를 수리하고 바람을 집어넣느라 번잡했다. 마치 우리나라 60년대 초 시골 풍경처럼 보였다.

허름한 건물 앞에 많은 사람들이 장사진을 이루고 있었다. 300여 명은 되어 보였다. 사리를 두른 여자들이 앉아 있고, 남자들은 뜨거운 햇볕 때문인지 양산을 쓰고 서 있었다. 나는 무엇을 하는 곳이냐고 물었다. 반디 씨는 은행건물이라고 했다. 우리나라 은행 고객은 번호표를 뽑아 차례를 기다리는데 인도사람들은 건물 밖에 서서 순서를 기다리고 있었다. 낯선 광경이 신기하고 이색적이었고 우리나라에서 별 의식 없이 지나치는 많은 시설물들과 제도들이 얼마나 편리하고 유용한지 새삼 깨달았다.

차창 밖으로 마을이 스쳐간다. 어떤 마을은 대부분 붉은 벽돌집과 토담집들이 다닥다닥 붙어 있었는데, 조그마한 집에서 '어떻게 많은 사람들이 살까' 하는 생각이 들었다. 또 다른 어느 마을은 꽤 큰 옛날 집들이 듬성듬성 마을을 형성하고 있었다.

지붕은 흙으로 구운 붉은 기와를 얹었다. 지나는 마을마다 사람들의 생활수준이 다르다는 것을 알 수 있었다.

집을 짓다가 중단한 것이 가끔 눈에 띈다. 1층은 완공 됐지만 2층은 철근공사만 하고 마무리를 다 하지 않은 집들도 있다. 물론 사람이 거처하고 있다. 자금의 여유가 있는 사람은 한꺼번에 집을 완성하지만, 가난한 사람들에겐 집 한 채 짓는 것이 큰일이므로 몇 년에 걸쳐 짓는다고 한다. 도시 농촌 할 것 없이 같은 현상이다. 이런 형태는 유독 이층집이 많이 보였다. 주택을 몇 년에 걸쳐 짓는 것은 인도인들의 성격과도 관계가 있는 듯 하다. 바쁠 것이 없는 느긋한 성품 때문일까.

덜컹거리는 차에 몸을 맡기고 얼마를 달렸을까. 낮 12시, 공터가 넓은 주유소 건물 앞에 차를 세우고 식당으로 들어갔다. 점심 메뉴는 양고기와 굵은 국수를 튀겨서 만든 음식과 밀가루로 만든 부추 전, 과일이 나왔다. 특유의 역겨운 카레의 냄새가 비위를 상하게 했다. 인도 전통 카레의 맛은 내 입에는 맞지 않았다. 첫 날 호텔에서 먹었던 카레와는 또 달랐다. 호텔음식은 외국손님들 입에 맞게 향료를 적게 넣은 것 같았다. 우리 일행은 미리 준비해 간 고추장, 김과 밥을 먹었는데 익숙한 맛이 곧 속을 가라앉혔다.

식당에는 서비스하는 사람이나 요리하는 사람 모두가 남자들이었다. 호텔 식당에서도 남자들이 안내를 했는데 여자들이 하는 일은 상당히 제한적인 것 같다. 반디 씨는 대부분의 인도 여성들은 일하지 않고 조용히 지낸다고 하면서 한국 여성들은 그에 비해 상당히 부지런하고 적극적인 면이 있다고 칭찬하였다. 토론문화가 발달된 인도에서는 논쟁의 향방을 좌우하는 쪽은 대체로 남성이다. 하지만 정치적 리더십과 지적추구에 대해서만 본다면 여성의 참여가 적극적이다. 특히, 정치 분야에서 지역 정당뿐 아니라 전국 정당의 경우도 여성이 이끄는 경우가 많다. 1925년 사로지니 나이두(Sarojini Naidu)가 의회당의 최초 여성 의장으로 선출된 것은 영국 집권 정당의 당수로 여성이 처음 선출된 사건보다 50년 앞선다. 마가렛 대처가 총리에 취임한 것은 1975년이었다. 1933년에 의회 당의장으로 선출된 넬리 센굽타(Nelli Sengupta)는 두 번째 여성 의장이었다. 인도의 여성은 남성들에 비해 발언권은 적었으나, 목소리를 내야하는 자리에서는 당당히 입을 연다.

점심 식사가 끝난 후 밖에 나와 쉬는데 초등학생으로 보이는 동네 아이들이 몰려든다. "볼뻰, 볼뻰"하면서 외친다. 볼펜을 달라는 뜻이다. 한국 사람들이 여러 차례 지나간 것 같았다. 이럴 줄 알았으면 볼펜을 좀 더 많이 가져 왔을 텐데, 볼펜이 없어

● 시골 버스 정거장 앞에서 마을 아이들과 함께

서 대신 과자를 조금씩 나누어 주었다. 한 아이에게는 사과 한 개를 주었는데 사과를 받아 든 아이가 차 반대편에 갔다가 또다시 와서 손을 내민다. 사과를 더 달라고 한다. 방금 준 사과는 동생에게 주고 또 달라는 것이었다. 형제간의 우애가 기특해서 더 주고 싶었지만 안타깝게도 내게는 남은 사과가 없었다.

수돗가에는 마을 사람들이 모여 있었는데 그중 40대 중년의 한 남자가 붉은 혓바닥을 길게 빼고 가느다란 나뭇가지로 쓸어 내고 있다. 나뭇가지로 양치질을 하고 있는 것이다. 생활에 꼭 필요한 칫솔 같은 공산품이 많이 부족하구나 싶어 마음이 아팠다. 사리를 걸친 젊은 여성 두 명이 우리 이방인을 물끄러미 바라보다가 인도 남자가 눈짓을 하니 집 안으로 들어갔다.

● 다중 음식점의 식탁

1998년 인도의 노벨 경제학상 수상자인 아마티아 센(1933~)은『살아 있는 인
도』에서 인도의 굶주림은 아프리카보다도 더 심하다면서 경제계획에 차질을 빚지
않으려면 교육과 공중 보건 문제가 선결되어야 한다고 했다. 세계시장을 능숙하게
이용하는 면에서는 1980년대 중국의 개혁 이후의 경험으로부터 배울 것이 있지만,
기초 교육을 보급하고 기본적인 공공보건시설을 신속하게 확장시키는 문제에 대해
서는 중국의 개혁 이전 경험에서 많은 것을 받아들여야 한다면서 인도 굶주림의 실
태를 이렇게 말했다.(아마티아 센, 이경남 옮김,『살아 있는 인도』, 청림출판, 2008.)

"굶주림과 영양실조 문제는 심각하다. 하지만 이를 줄이기 위한 노력이 거둔
성과는 전반적으로 아주 형편없다. 특정 지역에서는 심각한 굶주림이 주기적
으로 재발하고 있으며 이것은 풍토병처럼 사라지지 않는다. 이런 점에서 인
도는 아프리카의 사하라이남 지역보다 상황이 나쁘다. PEM(단백질 열량 영
양 불량, 단백질과 열량 부족으로 성장 저해가 초래되고 질병에 걸리기 쉬운
상태)을 산출해 보니 사하라이남 지역에 비해 2배나 높았다. 아프리카는 심
심치 않게 기근이 발생하는 지역인데도 놀랍게도 인도보다 영양 상태가 좋
았다. 인도 어린이는 절반가량이 만성 영양실조에 시달리고 있으며, 성인 여
성의 절반 이상이 빈혈로 고생하고 있다. 유아의 체중 미달과 산모의 영양실
조, 중년 이후의 심장혈관 질환 빈도에서 인도는 최악이다. 오랜 세월 이어져
온 열악한 건강 상태도 문제지만, 최근 급증하는 에이즈에 대해 발 빠른 조치
를 취하지 않으면 일상생활은 물론 경제적, 사회적 활동에 큰 영향을 받을 것
이다."

2007년 8월 인도정부가 발표한 충격적인 빈곤에 대한 자료도 이를 뒷받침하고

있다. 인도 정부 산하기관인 인도 국가샘플조사기구NSSO는 "최근 인도의 높은 경제성장에도 불구하고 빈곤율이 크게 개선되지 않고 있다. 전체 인구의 77%에 달하는 8억 4,700만 명이 하루 20루피(약 500원)이하의 돈으로 생계를 꾸려가고 있다"고 발표했다. 하루 20루피 이하의 돈으로 생계를 꾸려가는 사람들은 대부분 낮은 카스트출신 등 소외계층으로 불가촉천민, 4개 카스트 중 제일 낮은 계급인 수드라, 이슬람 인구가 빈곤층의 대부분을 차지한다는 것이다. 하루 20루피는 우리나라 돈으로 500원인데 그 돈으로 살만한 것이 무엇이 있겠는가? 아이스크림 한 개 값이 길거리에서 20루피 정도이고 빵집에서 커피한잔 값도 50루피가 넘는다. 델리 시내버스 요금이 거리에 따라 5~10루피이다. 이렇게 본다면 도시에서는 20루피로 생활이 불가능할 정도이다.

농촌에서는 교통비가 들지 않아 20루피로 생계유지가 가능할지도 모른다. 인도 전체 인구의 70%가 농촌인구이다. 농촌의 가구당 월 평균 소득은 2,200루피(약 5만 5천원)에 불과하다. 농업 생산성과 성장률은 갈수록 저하되고 농민들이 진 빚은 늘어 자살하는 농민들이 해마다 수 만 명이나 된다. 2001년부터 2006년까지 10만 5천 명의 농민들이 스스로 목숨을 끊었다. 자살한 농민들의 대부분은 일주일분의 식량도 남아있지 않은 극빈층으로 인도의 시골생활이 얼마나 비참한가를 보여주는 사례이다.(오화석, 『사리 속 치마를 벗기다』, 매일경제신문사, 2010.)

지금 인도는 많은 사람들이 만성적으로 굶주리고 있다. 실제로 높은 비율의 영양실조는 오늘날 인도가 해결해야 할 커다란 숙제이다. 높은 경제 성장률에도 불구하고 소외계층의 생활이 나아지지 않고 있다. 빈부의 격차가 심하고 소외계층이 많다는 것은 높은 문맹률과 밀접한 관계가 있다. 인도의 문맹률은 아프리카 다음으로 높

● 아낙네들이 지나가는
차량들을 바라보고 있다

다는 말이 있다. 인도 정부 정책의 잘못이기도한 절대 빈곤은 인도가 반드시 풀고 가야 하는 당면 과제가 아닐까.

우리는 마을 아이들과 아쉬운 작별을 하고 다시 끝없는 푸른 평야를 달렸다. 넓은 평야에는 사람 사는 집이 많지 않았다. 평야지대는 500~1,000여 평단위로 구획정리 되었고, 일부 초지에는 소들이 풀을 뜯고 있는 목가적인 풍경이 펼쳐지고 있었다. 땅이 넓은 탓인지 밭작물은 거의 재배하지 않고 있다.

푸른 잡초로 뒤덮인 평야에서 100여 마리의 소가 풀을 뜯고, 조그만 호수에서는 검은 소들이 목욕을 즐기고 있다. 평야의 또 다른 편에는 트랙터로 밭을 갈고 있고, 건너편에서는 두 마리의 소가 쟁기로 밭을 갈고 있다. 이처럼 밭은 많지만 논을 볼 수 없는 것은 물이 귀하다는 증거가 된다. 지금까지 차를 타고 오면서 강이 2~3곳 보이기는 하였으나 우리나라에 비해 드문 편이다. 강수량이 매우 적은 듯했다. 또한 나무가 우거진 산이 없고 대부분이 평지여서 물을 저장하는 구실을 못하였다. 그리고 농작물을 재배하기 위한 관계시설이 정비되어 있지 않아 평야를 잘 활용하지 못하는 듯하였다. 통계적으로 농지중의 단지 53.6%에만 관계시설이 되어있기 때문에 특히 몬순 계절에는 강수량에 크게 의존한다. 강수량이 적으므로 지하수를 개발하면 충분히 농작물을 재배할 수 있지 않을까라는 생각이 들었다.

그런데 인도인들은 척박한 땅을 개간할 생각을 하지 않는다. 토지를 활용하지 않는 가장 큰 이유는 운명주의적인 사고방식 때문이다. 척박한 땅조차도 그들의 운명으로, 내가 노력하든지 안 하든지 신이 예정해 놓은 길대로 가기 마련이라고 생각하는 것이다.

이처럼 인도인은 운명을 철저히 믿는다. 자신의 운명은 이미 신이 부여한 것이라

146

서 운명대로 되어간다고 생각한다. 그래서 신이 부여한 것은 준비를 하든지 안하든지 결과는 마찬가지일 것이라고 믿는다. "위에 있는 이가 원하면 모든 일이 잘 이루어질 것"이라는 말은 그러한 사고를 잘 드러내고 있다.

신이 원하는 대로 세상사가 돌아간다고 생각한다. 가령 자신의 농토 인근에 강물이 흘러도 애써 수로를 만들어 물을 끌어오기보다는 신이 풍년을 원하면 저절로 물이 내 농토에 흘러들어올 것이고, 흉년을 원하면 물이 들어오지 않으리라는 것이다.

한국인들도 1970년 이전에는 인간사를 민간신앙에 의존하는 경우가 많았다. 내가 어릴 적 시골에서는 무슨 일이 잘 되지 않거나 집안에 나쁜 일이 있으면 무당을 불러서 굿을 하고 점쟁이에게 물어보는 것이다. 요즘도 많은 사람들이 점을 보지만 생각해보면 그것은 결코 진취적인 삶의 방법이 아니다. 나는 운명은 결코 결정되어 있지 않다고 생각한다. 스스로 운명을 결정해야 한다고 본다. 인간은 자기실현은 매우 중요하나, 끊임없는 고통 속에서도 삶을 재창조해 나가야 한다. 바쁜 생활 가운데서도 평생 무언가 배우려는 자세를 잊어서는 안 될 일이다.

카주라호로 향하는 길에 우리는 주유소에 들러 화장실을 이용하는데 남녀공용이라 여자들은 화장실을 이용하고 남자는 노상방뇨를 할 수 밖에 없었다. 화장실 구조가 궁금하여 들여다 보았는데, 화장지는 없고 물 컵이 하나 놓여 있었다. 일을 보고 난 뒤 손으로 씻으라는 뜻인데 오른손으로 밥을 먹기 때문에 볼일 볼 때는 왼손으로 처리하는 화장실 구조가 신기하여 사진을 찍어 두었다.

인도 사람들은 자기 집안에 화장실을 만들지 않는다고 한다. 화장실 시설 공사에는 돈이 많이 들기 때문에 자연스레 집 밖이 화장실이 된다. 대도시를 제외하고는 인구의 9할이 화장실을 이용하지 않는다. 오후 4시쯤 되었는데 교복을 입은 학생들이 귀가하는 모습이 보였다. 우리나라 학생들처럼 어깨에 가방을 메고 정답게 이야기하면서 길을 걷고 있었다. 고등학생으로 보이는 여학생 3명이 자전거를 타고 가는 모습이 이색적으로 보였다.

　몇 시간을 달려오면서 소도시를 지날 때마다 도심 중앙에 인물 동상이 세워져 있는 것을 볼 수 있었다. 나는 반디 씨에게 누구의 동상이냐고 물었더니 사회 지도층 인사와 주요 정치인이라고 했다. 정치인과 국민들이 존경하는 인물을 동상으로 세워놓고 추모하는 것이 우리나라와 다르다. 또한 어디에도 묘소가 보이지 않는다는 점이 의아했는데 인도는 화장을 하기 때문이라 한다.

● 주유소에 마련된 화장실, 휴지가 없다.
　일 본 뒤 손씻는 물컵이 있다.

　　2007년 보건복지가족부 통계에 따르면 우리나라도 국민 10명 중 6명은 화장을 한다고 한다. 10년 전인 1997년 23.2%에 비하면 약 2.5배 증가한 수치다. 서울, 인천 등 주요 도시의 화장률이 70%가 넘었다. 이렇듯 꾸준히 화장률 증가를 보이고는 있지만 사후관리 편리, 국토이용의 효율성, 자연환경보존, 비용절약, 묘지구입의 어려움을 생각해서라도 우리나라 장례문화도 앞으로는 화장으로 바뀌어야 되지 않을까 생각한다. 사회 지도층인사부터 장례문화에 앞장서야 되지 않을까.

해가 넘어갈 무렵 낮은 언덕에 숲이 보였다. 인도에 와서 처음 보는 나무숲이었다. 1~1.5m 높이로 돌 축을 쌓아 숲을 보호하고 있었다. 나는 반디 씨에게 돌 축은 왜 쌓았느냐고 물었더니, 이곳은 국립공원으로 지정되어 있는 성지라고 하였다. 도로에는 소와 염소가 유독 눈에 많이 띄었다. 오후 5시 30분이 지나자 어두워지기 시작했다. 이곳은 해가 지면 금방 어두워진다.

도로변 가게에서 가끔 전등불빛이 새어나왔지만, 전깃불이 들어오지 않는 주택들이 더 많았다. 전형적인 고요한 시골마을, 해와 달과 나무와 벌레들을 벗 삼아 사는 그들이 천국에 산다는 생각을 했다. 조그만 불빛이라도 있는가 하고 어둠 속을 집중하였지만 불빛은 보이지 않았다. 암흑천지에 유할 줄도 아는 그들은 자연에 순응하면서 살아가고 있었다. 국민의 약 19%가 절대 빈곤층에 속하고, 하루 500원(20루피) 이하로 연명하는 사람이 8억 5천명에 달한다. 이들에겐 전기요금도 부담이 된다.

우리나라도 60년대 초까지만 해도 전기가 들어오지 않는 시골 마을이 많았다. 내가 태어난 울진 봉평, 시골 마을은 70여 호쯤 되었는데 그 중 음지마을 20여 호는 일제시대부터 전기가 들어왔다. 그리고 나머지 50여 호는 등잔불을 사용하였다. 5km 떨어진 외갓집 동네도 등잔불을 썼던 기억이 난다. 인도의 어두컴컴한 마을을 보자 타임머신을 타고 60년대로 되돌아 간 듯한 착각이 들었다.

인도의 전기 보급률은 전체가구의 60%에 불과하다. 델리는 90%가 넘지만 비하르처럼 가난한 주는 10%에 불과하다. 인도의 전기 생산량은 아시아에서 3번째로 많지만 땅이 넓고 인구가 많아 늘 모자란다. 나는 호텔에서도 경험하였지만, 하루에도 몇 번씩 정전이 되었다. 그 바람에 수리공이 엘리베이터를 수리하는 것을 여러 차례 볼 수 있었다.

이러한 전력난은 인도 제조업 육성의 또 다른 장애요인으로 이어져 현지에 진출한 우리나라 자동차 공장의 경우, 정부의 요구에 따라 평일에 하루 쉬고, 전력 사정이 좋은 일요일에 공장을 가동하고 있다. 현지 자동차 생산 공장에서는 계획에 없는 정전이 1년에 몇 번 발생한다고 했다. 이렇게 한 번 정전 사고가 일어나면 자동차 수십 대가 망가진다. 이것은 도장 과정에 있던 차량에 문제가 발생하기 때문이다.

잠시 쉬면서 인도 가옥을 구경했다. 인도의 집 구조는 부엌과 거실이 같이 있는 경우도 있고, 식당 겸 거실과 침실을 따로 분리한 형태도 있다. 원형으로 된 말린 소똥으로 바닥과 벽을 발랐는데 윤기가 날 정도로 깨끗하였고 냄새가 전혀 나지 않았다. 소똥은 파리나 모기가 들어오지 않게 하는 효과가 있다고 했다.

버스로 장장 11시간 30분이 소요되어 저녁 7시 40분에 카주라호에 있는 '클락 카주라호Clarks Khajuraho' 호텔에 도착했다. 바라나시에서 카주라호까지 450km. 점심시간과 휴식시간을 제외하더라도 10시간은 차를 탄 셈이다. 비포장도로가 많아 차가 제 속력을 내지 못했다. 먼 길을 오면서 지루한 나머지 수면을 취하는 사람이 많았으나 나는 인도 대자연을 빠짐없이 보기 위해 잠을 자지 않고 전경을 머릿속에 담았다. 호텔건물은 작고 아담한 편이나 넓은 초록 정원을 가지고 있었다.

넷째날

애정이 충만한 카주라호

INDIA

01

저렴한 의료서비스

호텔에서 저녁을 먹고 쉬는데, 일행 중 여성 한 분이 몸살이 났다. 지금까지 빡빡한 여행스케줄을 소화하느라 몸의 상태가 안 좋아진 것이다. 타국에서 병원도 이용할 수 없고 큰 일 났구나 싶어 가슴이 덜컹 내려앉았다. '한 사람이라도 아프면 여행일정에 상당한 차질이 생기지 않을까.' 하는 걱정도 들었다. 호텔 종업원을 통하여 급히 의사를 불렀다. 다행히 치료를 받은 여성은 하루가 지나자, 빠른 속도로 완쾌되었다.

그 여성은 편도가 부은 감기몸살로 주사 한 대를 맞고 3일치의 약을 받고 치료를 받았는데 55달러를 지불했다. 우리나라 돈으로 5만 5천원이다. 5만 5천원은 의료보험이 적용되지 않았다. 치료비 55달러는 한국의 의료보험이 적용된 비용보다 높지만, 의사가 왕진을 나온 것을 감안한다면 비싼 것은 아니다.

현지 의사는 인도는 의료비가 타국에 비하여 20~30% 수준으로 저렴한 편이라고 말했다.

우리나라의 경우 감기몸살로 병원에 가면 비용이 더 나오겠지만, 가까운 의원에 간다고 했을 때, 진료 받고 3일치 약값을 계산하면 6~7천 원 정도 된다. 건강보험공단에서 70% 정도 지원되기 때문에 적은 것이다. 의사가 왕진을 나올 경우에는 얼마인지는 모르겠지만 아마 상당한 금액을 요구할 것이다.

국내에 들어와서 얼마 지난 후 나는 전화로 그 여성에게 여행자보험에서 치료비 혜택을 받았느냐고 물어보았다. 그녀는 여행사에 문의해 보았는데, 영수증이 있어야 되고 3~4가지 서류가 추가로 필요하다며, 업무도 바쁘고 치료비도 얼마 되지 않아서 포기했다고 한다. 그녀는 여행사에서 알아서 해주어야 되지 않겠느냐고 투덜거렸다. 국내에 들어와 보험 혜택을 받으려면 영수증을 받아야 하는데, 그날은 처방전만 받은 것이다.

인도는 다양한 전통의학과 대체의학이 풍부한 나라이다. 이 때문에 정보기술뿐 아니라 의료관광의 나라로 부상하고 있다. 저렴한 비용으로 수준 높은 의료 서비스를 받을 수 있을 뿐만 아니라 수술을 받기 위해 선진국처럼 장기간 기다릴 필요가 없다. 수술을 포함한 의료비용이 선진국에 비해 절반 정도 저렴하다. 인도의 의료관광정책의 추진에 따라 2006년 인도를 방문한 의료관광객이 15만 명에 달한다 한다. 매년 의료관광 사업은 25% 이상의 성장을 예상하고 있다.

인도의 의료관광이 발전하게 된 계기는 영어가 공용어이기 때문이다. 원활한 소통이 가능하고 18개 국의 언어를 사용하므로 외국인 관광객들에게 최고의 서비스를 제공할 수 있기 때문이다. 또한 인도의 의료 관광의 발전에는 IT기술이 한 몫 했

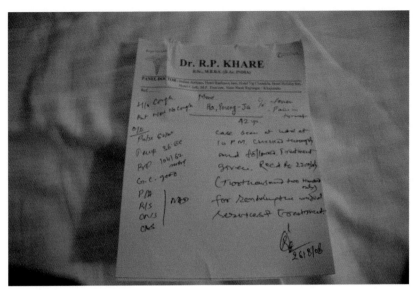

● 인도 현지의사의 처방전

다고 한다. 인터넷을 통한 온라인 홍보가 강화되었고 의료 관광 시스템이 체계화되었다. 의사들은 대부분 영어를 유창하게 구사해 의사소통에 문제가 없을뿐더러 서비스도 좋다. 의사들은 대개 환자나 그 가족에게 휴대전화 번호나 이메일 주소를 알려줘 언제든 상담에 응한다.

병원은 외국인 환자가 편하게 머물다 갈 수 있도록 다양한 서비스를 제공하고 있다. 병원에는 외국인 환자들을 돌보기 위한 특별한 부서가 있는데, 공항에서 픽업을 한다. 함께 온 가족들의 숙소 예약과 외국인 환자들이 필요한 모든 서비스를 제공한다.

인도 의료서비스 분야는 불임수술, 신경외과, 골수 등 각종 장기이식, 심장병과 항암 수술 등에 이르기까지 매우 다양하다. 위험성 등을 이유로 선진국에선 꺼리는 수술이나 보험혜택을 받을 수 없는 성형수술, 지방흡입수술 등의 분야도 인기다. 의료 서비스 이외에도 요가나 명상, 인도가 자랑하는 전통 의학인 맛사지를 받을 수 있어 환자들의 발길이 끊이지 않는다.

의료 산업이 성장분야로서 주목을 받기 시작하면서 최근 인도 도시 지역에서는 근대적인 사립병원이 모여들고 있다. 최신 의료설비를 갖추고, 구미의 일류대학에서 경력을 쌓은 우수한 의사들이 재직하고 있어, 의료기술수준이 주변국가들 중에서 상당히 높은 편이라 한다.

이것은 도시지역의 유력한 사립병원에 한정된 이야기이고 국립병원이나 일반병원의 의료 수준은 결코 높은 편이 아니다. 위생상의 문제도 있고, 재정상태가 양호하지 않기 때문에 당연히 의료 설비가 부족하다. 또한 우수한 의사들은 국립병원보다 유명한 사립병원으로 들어가므로, 국립병원의 의료기술 수준을 향상시키기엔 어려운 상황이다. 더구나 국립병원의 경우에는 의료서비스가 거의 무료로 이루어지기 때문에 병원 안에는 항상 환자들이 넘쳐나지만 치료의 손길이 미치지 못하는 실정이다. 농촌지역의 가난한 사람들은 근대적인 사립병원에서 치료를 받을 수 없기 때문에 국립병원으로 몰린다. 국제적 수준으로 볼 때 인도의 사립병원의 치료비는 매우 낮은 편이지만, 인도 국내의 서민이 치료를 받기에는 턱 없이 비싼 수준이다.

인도의 국립병원은 의료시설은 부족한 상태이지만, 국내외에서 의학 공부를 마친 실력 있는 의사들이 넘쳐난다. 복제약 제조기술도 뛰어나 선진국 환자들의 의료 관광지로 각광을 받고 있다. 인도 정부는 최근 방문하는 외국인 의료 관광객에게 1년간 유효한 M(메디컬)비자, 환자를 따라오는 배우자에게 MX비자를 발급하고 있다. 저렴한 비용과 고도로 숙련된 의료진으로 전 세계 환자들을 끌어 모으고 있는 인도

의료 관광에 비하면 우리나라의 외국환자 유치율은 아주 저조한 실정이다.

2010년 한국에 들어온 외국인 환자는 8만1000여명에 불과했다. 태국 156만 명, 인도 73만 명, 싱가포르 72만 명과 견주면 창피한 수준이다. 인도의 아폴로병원 체인 한 군데가 받은 외국인 환자가 55개국 8만2000명이었다. 고용에 숨통을 틔우기 위해서라도 정부가 외국인 환자 유치를 전략적으로 지원해야 할 것 같다.

02

인간의 애정이 충만한 카주라호의 유적

'카주라호'라는 이름만으로는 카주라에 있는 호수로 짐작하기 쉽다. 그러나 가이드는 '카주라'는 나무 이름이고 '호'는 많다는 뜻이라고 했다. 호수가 아닌 것이다. 그곳은 카주라나무(대추야자)가 많은 고장인데, 아담하고 아름다운 도시로 데칸고원의 제일 높은 곳에 위치하고 있다. 10세기에서 13세기까지 100년간 번성했던 옛 도시로, 찬드라의 자손 찬델라왕국의 수도로 유명하다. 찬델라 왕조는 한때 마드야 프라데쉬의 전역에 걸쳐 폭넓은 세력을 형성하였다. 그러나 500년을 이어가던 왕조의 역사는 인도 전역을 휩쓴 회교세력들에 의하여 결국 막을 내리게 되었다고 한다.

다음 날 8월 27일 아침 6시, 우리들은 1시간 동안 요가 체험을 했다. 요가 선생의 나이는 47세라고 하는데, 검은 얼굴에 주름이 많아 60세쯤은 되어 보였다. 나를 포함한 남자 3명, 여자 4명이 함께 요가체험을 했는데, 여자들이 남자들보다 몸이 더

유연하여 동작을 잘 따라했다. 아침 일찍 굳어진 몸을 풀고 나니 마음이 한결 상쾌해졌다. 카주라호 관광에서는 요가체험이 필수 코스이다. 나는 국내에서 요가를 6개월 정도 수련한 적이 있어 그리 생소하지는 않았다.

● 요가 사범의 시범

　요가는 인간의 정신과 육체를 완전하게 하여 깨달음(buddhi)을 얻는 것을 목적으로 한다. 요가의 기원은, 기원전 2,000년경에 일어난 인도 고대 문명까지 거슬러 올라간다. 인간의 성적 욕구는 인정하되 그것을 다른 형태로 변모시켜야 할 필요성이 대두되었고, 그 대안이 바로 요가라 한다. 음식, 수면, 성욕 등을 억제하고 호흡을 조절하여서 의식을 한 곳에 집중하는 수행법이었다. 명상의 실천뿐만이 아니라 철학적 사색, 종교적, 윤리적 헌신 등을 모두 요가라고 한다. 요가의 사상이 나타나는 문헌은 〈바가바드기타〉인데, 인도의 성경이라 불릴 만큼 많이 읽혀지는 인도의 고전이다.

　인도정신에 의하면 먹은 음식은 피가 되고, 살이 되고 뼈와 골수가 되었다가 30일이 지나면 정액으로 바뀐다고 한다. 한 번의 사정으로 14g의 정액이 빠져 나간다고 한다. 27kg의 음식이 만든 에너지와 같다. 인도인은 사정이 정력을 쇠퇴시키고 신체리듬을 깨트린다고 여긴다. 12년 동안 금욕을 완벽하게 실천하면 해탈에 이른다고 생각한다. 인도의 젊은 가장들은 물질적 풍요와 육체적 쾌락을 추구하지만, 나이든 후에는 엄격한 금욕생활에 들어간다고 한다.

　마하트마 간디는 36세에 금욕을 실행하였다. 그의 금욕은 육체적 금욕만을 의미한 것이 아니고 식사, 감정, 말의 절제를 의미한다. 간디는 그의 자서전에서 그는 순결에 대하여 이렇게 말한다.

"자기 정화가 없이는 생명을 가진 모든 것을 동일시 할 수 없다. 완전한 순결을 달성하기 위해서 사람은 사상이나 말, 행위에 있어서 희로애락의 감정에서 해방되어야 한다. 사랑과 증오, 애착과 혐오로부터 자유로워야 한다."

나는 금욕이 인간에게 좋은 것인가에 대해 깊이 생각해 보지는 않았지만, 사람이 일생을 살아가는데 있어서 그렇게 절제하는 것이 꼭 필요한 것만은 아니라는 생각을 했다.

다국적 제약사 화이자가 여론조사 기관 해리스 인터렉티브를 통해 2008년 아시아 태평양 13개국 성인 3,957명(남성 2,016명, 여성 1,941명)을 대상으로 '성인 성생활 만족도'를 발표했다. 조사한 자료에서 인도가 1위, 필리핀, 타이완이 각각 2, 3위를 차지했다. 한국은 아시아 태평양 13개국 중 12위이고, 일본은 최하위로 나타났다. 금욕을 실천하는 명상의 나라 인도에서 성생활 만족도가 조사 대상국 중 1위로 나타났다는 것은 아이러니한 일이다. 선진국으로 알려진 일본이 최하위이고 후진국으로 알려진 인도와 필리핀이 상위권이라는 사실은 선진국 서구형 생활습관이 오히려 성생활 만족도를 떨어뜨리는 것으로 보인다. 이러한 사실은 요가의 정신수양에서 나온 결과가 아닐까 상상해본다.

아침 식사를 한 후 우리는 카마스트라(성애사원)로 향했다. 성애사원은 기원전 950~1050년 사이 찬델라 왕조에 의해 약 100년에 걸쳐 85개의 사원이 조성되었다 한다. 그러나 14세기 중엽부터 이슬람교도들에 의해 파괴되었고 그 후 500년의 역사 속에 묻혀 있었다. 현재 22개의 사원이 남아 있어 당시 문화를 전해주고 있다.

카주라호의 사원군은 서군, 동군, 남군 3곳으로 분리되어 있는데, 서군에 중요한 건축물들이 많이 집중되어 있다. 인도에서 가장 매력적인 사원 가운데 하나로 꼽히는 카주라호의 사원들은 대표적인 북부형 힌두교 사원이다. 성애사원을 세운 목적은 인도의 왕이 불교를 억압하고, 자신이 섬기는 힌두교를 확장시키기 위해서였다

● 사원 내부

고 한다. 우리들은 먼저 서군의 경내로 향하였다. 서군에 들어서자 푸른 대지위에 여기저기 웅장한 사원이 자태를 뽐내고 있었다. 사원의 정상부에 높이 솟아있는 뾰족

● 하늘을 향한 시바링감 다산을 상징

한 탑 부분을 시카라라고 하는데, 시카라는 시바 신이 살고 있다는 히말라야의 카일라사 산의 눈 덮인 모습이라고 한다. 카주라호의 힌두교 사원에서는 카일라사 산을 보석처럼 화려하게 표현하고 있다. 이렇게 많은 사원을 2시간 만에 다 본다는 것은 무리였다. 빡빡한 여행 일정이 우리를 구속하고 있다.

건축물 대부분은 위로 올라가면서 뾰족하여 안정감을 주고 있다. 입구에 라크슈마나 사원이 맨 먼저 보였다. 이 사원은 가장 완성된 형태를 갖추었는데, 건물을 중심으로 4개의 작은 건물이 배치되어 있다. 건물 안과 밖에 여러 가지 형태의 부조물이 화려하게 조각이 되어 있다. 밖에서 상상했던 것과는 달리 내부 공간이 크지는 않았으며, 마치 동굴 속으로 들어온 것 같았다. 부조는 벽면 중에서도 눈에 가장 잘 띄는 곳에 있다. 천 년 전 인도의 생활상, 신과 여신, 전사와 음악가, 동물과 신화속의 코끼리 등이 잘 표현되어 있다.

이곳이 더 유명하게 된 것은 건물 벽에 장식된 성애를 표현한 미투나상 때문이라 한다. 대부분의 관광객은 건축보다 미투나상을 보기 위해 이곳에 온다고 한다. 사람들의 시선을 끄는 미투나상은 성행위 자체를 묘사했기 때문에 보기에 따라서는 민망할 정도다. 그중에는 동물과 사람과의 성행위도 묘사되어 있다. 인도인들이 성스러운 사원 벽면을 외설스럽게 장식한 이유는 무엇일까? 이에 대한 해석은 보는 사람에 따라 다를 것 같다.

어떤 이들은 이러한 부조들을 매우 음란하고 저속한 것으로 해석하고 있다. 그러나 지금까지 나온 해석 가운데 가장 유력한 것은 당시 인도사람들은 성행위 부조물을 행운의 상징으로 여겼다는 것이다.

이러한 해석을 바탕으로 부조들을 바라보니 그리 저속해 보이지는 않았다. 사람들의 일상생활 모습을 있는 그대로 표현했기 때문에 훌륭한 예술이 아닌가 여겨졌다. 인간 본연의 모습을 그린 힌두 사원의 아름다움에 감동할 따름이다.

라크슈마나 사원 남쪽에는 서군의 경계 밖으로 또 하나의 사원이 보인다. 바로 마탕게슈와라 사원인데, 지금도 신도들이 참배하는 이른바 살아있는 사원이다. 내부중앙에는 높이가 2.5m나 되는 시바 신을 상징하는 남근상인 큰 링가가 설치되어있고, 그 상부에 석재를 쌓은 돔 구조가 특이하다.

비슈와나타 사원은 970년경 건립된 것으로 비슈누신이 모셔져 있다. 네 개의 사당 중 두 개는 없어지고 두 개만 남았다. 이 건축물은 동서로 긴 측면 경관이 아름다웠다. 나는 넋을 잃고 한참 바라보았다. 여러 개의 산 모습을 표방한 네 개의 지붕군은 동쪽의 포치에서 시작해서 서쪽으로 갈수록 점점 높아지고 시카라에 이르러 최정상이 된다.

키사라와 만다파 지붕은 양쪽 모두 수직성과 수평성이 조화를 이루고 있다. 건물 전체는 발코니 층을 기준으로 상부와 하부로 구분된다. 상부의 중량감을 경감시켜주는 조형수법이다. 발코니 상부가 신이 거처하는 공간이라면 하부는 인간을 위한 공간에 해당한다. 발코니 층 주변의 벽에는 당시 사람들의 적나라한 생활모습이 있는 그대로 새겨져있다. 신을 숭상하고 찬양하는 환희의 모습을 새긴 것이다.

다음으로 본 사원은 시바신을 봉안하고 있는 1025~1050년 사이에 세워진 칸다리아마하데바 사원이다. 사원의 벽면엔 900개가 넘는 조각들이 장식되어 있다. 이 사원은 라크슈마나 사원과 비슈와나타 사원의 뒤를 이어 카주라호에서 사원 건축술이 절정에 달했을 때 지어진 것이라 한다. 그래서 카주라호에서 완성도가 가장 높다고 평가되고 있다. 기단에서 최정상까지 30m나 되는 가장 높은 사원으로 건물의 비례도 매우 좋아 보인다. 다른 사원에 비해 유독 돋보이는 것은 시카라의 조형이다. 소형 시카라 84개가 겹겹이 둘려 쌓여 그 화려함이 절정에 달해있다. 부조물도 다른 사원보다 훨씬 정교하고 세련되어 돋보인다.

이 사원 북쪽에는 조그마한 사당 건물을 사이에 두고 사원 하나가 같은 기단 위에 서 있다. 데비자가담비 사원이라 불리는 이 사원에는 원래 비슈누 신이 봉안되었다고 한다. 지금은 파르바티신이 봉안되어 있다. 그리고 두 건물사이에 있는 사당 앞에는 사자상과 용사상이 있다. 사자상과 용사상은 찬델라 왕조의 상징이다. 그래서 시바 신과 비슈누 양대 신이 찬델라 왕조를 보호하고 있는 것처럼 보인다.

사원의 신전들을 둘러싸고 빽빽하게 새겨져 있는 조각들은 사원마다 약간씩 차이가 있었다.

조각들은 대부분 관능적이나 행위와 표정들은 말할 수 없이 진지한 모습이다. 풍만한 여인의 젖가슴과 둥그런 엉덩이, 매끄러운 몸선, 미투나상이 뿜어내는 관능과 웅장함이 나를 압도하였고, 조각의 화려함에 놀랐다. 그것은 육체적 사랑이라기보다는 남녀의 결합과 신과의 합일을 갈망하는 모습이었다. 그러나 간디는 성애 사원의 야한 조각에 대해 수치로 생각하고 사원을 없애버리면 좋겠다고 말했다.

한쪽 벽면에는 몸은 사람의 형상에다 코끼리 머리를 한 가네샤상이 조각되어 있었다. 코끼리 머리를 하고 있는 신 가네샤는 힌두교에서 시작의 신이며 장애를 제거해주는 친절한 신이다. 인도사람들은 개인적인 일이나 사업을 시작할 때 그에게 성공을 빈다고 한다. 우리나라도 다산과 다복을 상징하는 잉어그림을 집안에 걸어두

● 사람모양의 코끼리

● 사람과 동물의 조화

166

167

● 사원전경들

는 경우가 있듯이 말이다.

　나는 화려한 조각에 감탄하여 허둥지둥하였다. 볼 것이 많아 이리 뛰고 저리 뛰었다. 돌을 돌같이 쓰지 않고 떡을 만들 때처럼 휘젓고 주무르고 하여 신통력을 발휘하는, 돌을 떡 주무르듯 한다는 말은 여기를 두고 하는 말이리라. 조각의 섬세함에 그저 감탄할 따름이다. 천년의 비바람에도 조각이 선명하게 남아 있는 걸로 보아 인도 석재가 우수함을 새삼 느꼈다. 또한 섬세한 조각과 미투나상 때문에 앞으로 많은 사람들이 찾을 것 같다.

● 카주라 사원에서 필자

오전 11시. 뙤약볕이 작렬했다. 하나하나의 사원을 자세히 보느라 시간가는 줄 몰랐는데 한참 보다보니 일행이 보이지 않았다. 가슴이 덜컹 내려앉았다. 미처 다 보지도 못하고 파란 잔디밭을 가로질러 출입구 쪽으로 뛰어갔다. 등줄기에는 땀방울이 주르륵 흘러내렸다. 한참 뛰었더니 입구에 동료 한 사람이 앉아 있는 것이 보여 안도의 숨을 쉬었다. 그는 날씨가 더워서인지 사원 한 두개소만 보고 그늘에서 쉬고 있었다. 다른 사람들은 구석진 곳에서 사원을 배경으로 여유로움을 카메라에 담고 있었다. 그들은 내가 뛰어다니는 모습이 우스웠던지 뛰는 모습을 사진에 담았다며, 말을 건넸다.

"전 선생님, 잘 뛰시던데요."

"네. 나 때문에 늦었다 할까봐서 열심히 뛰었어요."

"저는 왜 뛰는지 궁금해서 선생님 사진을 찍어 두었지요."

"순간의 행동을 찍어두는 것도 재미있겠지요."

드넓은 잔디밭과 푸른 나무들 사이에 세워진 사원들을 둘러보며, 나는 두꺼운 인도 역사책 한 권을 한꺼번에 읽은 듯 한 느낌이 들었다.

이러한 에로틱한 예술이 독신의 현자(sadhus)들에게는 요가 정신집중 할 때 동요하지 않는 능력에 대한 시험으로 여겨지고 있다고도 한다. 그래서 인도에서 가장 오래된 신인 시바(Shiva)는 지금도 주로 남근상의 형태로 인도인들의 숭배를 받고 있다.

● 길상을 상징하는 미투나상

172

서군사원을 두 시간에 걸쳐 보고
난 뒤, 동군사원으로 향하였다. 동군
사원은 몇 개 되지 않는데 이 사원
역시 훌륭하였다. 이슬람 문화의 영
향을 받았다고 하는 동군사원은 서
군사원보다는 검소하였다. 눈 화장
하는 여인의 모습, 참선하는 모습,
알몸을 드러낸 조각상도 있지만, 남

● 무소유의 자이나교 사제들

174

녀교합상은 없었다. 동군사원들은 마을 여기저기 흩어져 있어 관리가 제대로 되지 않는 느낌을 받았다. 그런 이유인지 입장료는 받지 않았다.

동군사원에는 '자이나교' 사원도 있었다. 종교학자들은 자이나교는 베다시대의 동물희생제에서 만연했던 살생관행에 반기를 든 한 종파에 속했을 것으로 보고 있다. 그들은 창조신을 믿지 않으며 어떠한 생명도 살생하지 않는 것을 윤리의 핵심으로 삼는다. 불교와 동시대에 태어났는데 교주는 무소유와 살생금지를 몸으로 실천하는 고행을 한다. 무소유를 실천하기 위해 머물지 않고 떠돌아다닌다. 옷을 입지 않으며 털 부채와 물주전자만 가지고 다닌다. 털 부채는 앉을 때 미물이 다칠까봐 쓸어내는 도구로 쓰인다고 한다. 몸에 난 털은 기생물을 해칠

● 1. 서군사원 내에 설치된 수돗물
2. 사원 내부의 천장조각
3. 사원 외부에 새겨진 조각

1

2

179

3

까봐 정기적으로 뽑는다. 교도들은 생명을 해칠까봐 농사를 짓지 않고 대부분 상업에 종사한다. 그래서 자이나교 교도 중에는 인도의 최고 갑부들이 많다고 한다.

카주라호 사원은 지난 1986년 유네스코에 의해 세계 문화유산으로 지정됐다. 이 사원들은 20km 가량 떨어진 켄 산에서 캐낸 사암들을 운반하여 세웠다고 한다. 사암을 깎고 조각하는 그 엄청난 작업에 노동력을 어떻게 조달하고 관리했는지 의문이 들었다. 이 왕조는 자신들의 신화내용을 세상에 알리기 위해서 많은 건축물을 조성했다는데, 이슬람 세력에 의해 파괴된 사원을 볼 수 없는 점이 아쉬웠다.

현재까지 남은 22개의 사원들은 원형을 그대로 유지하고 있다. 훼손된 부분은 문화재 관리국에서 수리, 보존을 하고 있다.

힌두교의 오랜 염원이 살아 숨쉬는 카주라호는 조용한 농촌마을로서 아늑한 고풍을 풍긴다. 이곳에서 며칠간 쉬면서 천천히 둘러보는 것도 좋을 것 같다는 생각이 들었지만 여행일정 때문에 발길을 돌려야 했다.

막스 뮐러는 인도에 대해(1988년 영국 케임브리지대학 강연에서) 이렇게 말했다.

"자연이 베풀 수 있는 모든 부와 힘과 아름다움을 가장 풍부하게 타고 난 나라를 전 세계에서 택하라고 한다면 나는 인도를 택할 수밖에 없다."(네루, 김종철 옮김, 『인도의 발견』, 우물이 있는 집, 2003)

그의 말에 공감이 간다. 다양한 문명과 아름다운 자연이 공존하는 곳은 인도라 말하고 싶다. 한번쯤 인도를 여행해 보는 것도 괜찮을 거라고. 나는 바라나시에서 갠지스강과 카주라호 사원을 보면서 나 자신의 정체성을 생각해 보았다. 인생 문제의 해결책을 찾고자 노력한 그들의 삶을 보며, 진정한 삶이 무엇인지 자문해 본다.

03

카주라호에서 아그라로 향하다

8월 27일 오후 1시, 카주라호에서 잔시 역으로 가기 위해 전용버스에 올랐다. 가이드인 반디 씨와 며칠 지내다보니 많이 친근해졌다. 버스를 타고 가면서 인도의 교육제도에 대해 궁금한 점이 있어 이야기를 나누었다. 인도는 공립학교를 제외한 대부분 사립학교에서는 초등학교 1학년 때부터 100% 영어로만 수업을 한다고 한다. 이렇게 영어로 수업을 진행하다 보니 대학생 정도면 원어민 수준의 영어를 구사할 수 있다. 이러한 이유로 인도는 외국학생들이 공부하기에 좋다고 했다.

반디 씨 부모들은 한국에서 온 초등학생 열 명을 하숙하고 있는데, 학생들이 잘 적응한다며 자랑스럽게 말하면서, 한국 학생들은 적은 비용으로도 만족스러운 결과를 낸다고 하였다. 인도 조기유학은 자유분방하고 이질적인 미국이나 유럽에 비하여 주변 환경이나 정서가 한국과 크게 다르지 않다는 점에서 한국 부모들을 안심하게 만든다. 요가나 명상처럼 자라는 아이들이 정서에 도움이 되는 독특한 프로그램이 있다는 점도 인도 유학의 매력이다. 차세대 강국으로 떠오르는 인도를 체험할 수 있을 뿐만 아니라 적은 교육비로 영어와 외국문화를 배울 수 있기 때문이다. 그러나 조기유학을 간다고 해서 누구나 다 성공하는 것은 아니다. 오히려 성공보다 실패할 확률이 높다는 것이 전문가들의 분석이다.

우리나라 교육과학기술부는 조기유학생 20% 정도가 언어나 성격문제로 적응하지 못하고 유학생활을 포기하고 돌아오는 것으로 보고 있다. 자녀들의 영어교육 때문에 기러기 아빠를 만들면서까지 조기유학을 보낸다. 국내에 남아 있는 기러기 아빠는 우울증에 걸려 고충을 겪는다. 심지어는 가족이 뿔뿔이 흩어지는 경우도 있다. 남들이 보내니까 덩달아 보내는 조기유학은 오히려 자녀의 인생과 집안을 망칠 수도 있다고 생각된다.

인도는 영어권 문화를 가지고 있다. 유명 신문과 잡지는 영어로 발행되는 것이 대부분이고 TV방송도 영어 방송이 권위가 높다고 한다. 국어 개념이 없는 인도에서 영어의 위상은 힌디어 다음의 제 2공용어이다. 힌디어로 발행되는 신문과 잡지는 서민을 위한 소식지 역할을 한다. 인도의 상류층들은 가족끼리도 영어로 대화할 정도이다. 인도인들이 영어를 접한 것은 영국이 인도 동부 콜카타에 동인도회사를 세운 1,600년대로 거슬러 올라간다. 영국 총독부가 영어를 할 줄 아는 사람을 공무원으로 우대 채용하기 시작하면서부터 영어는 인도인에게 지배자의 언어로 등장한 셈이다. 1844년 이후 영어는 인도 지식인들의 상징처럼 돼버렸다. 독립운동가인 간디는 물론 노벨 문학상 수상자인 타고르도 모두 영어에 능통했다.

미국식 영어가 확산된다

인도가 '뛰어가는 코끼리'로 급부상하자 글로벌 기업들이 몰려들면서 인도의 영어 수준이 한 단계 높아지고 있다는 것이다. 인도 최대 IT도시 벵갈루루의 주요회사에 입사하면 영어 교육을 다시 받아야 한다. 영어를 못해서가 아니다. 신입 직원들은 '영국팀' '캐나다팀' '미국팀'으로 나뉘어지고 미국팀은 또다시 '중부팀' '서부팀' '뉴욕팀' 등으로 세분화된다. 힝글리시로 불리는 인도 특유의 억양과 발음을 직원들이 서비스할 지역의 언어로 교정하는 과정이다. 인도의 '더 힌두' 등 영자 신문은 웬만한 영어 실력으로는 독해가 어렵다. 현학적인 인도인들이 아주 어려운 표현을 즐기기 때문이다. 인도의 영어 인구는 점차 늘어 최근에는 11억 명 중 1억 명 수준이라 한다. 1970년대 2%대에서 지금은 10%에 수준이다. (2009년 1월 4일자, 조선일보)

이러한 수치는 미국 다음의 세계 두 번째 영어 국가인 셈이다. 식민지의 유산인 영어가 새로운 '인도'와 '인도인'의 상징이 되어버렸다. 인도의 영어교육 수준은 세계에 이름이 나있다.

미국 IBM사 엔지니어의 28%, NASA의 32%, 실리콘벨리 창업자의 15%, 미국의사의 12%가 미국 유학생 출신이 아닌 인도 본토의 대학 출신이 차지하고 있어 인도의 교육수준과 영어 활용 능력이 높음을 알 수 있다.

우리나라도 교육열이 높기로 유명하지만 아직 효과적인 영어교육을 이루지는 못했다. 국내 초·중·고교에서 인도 출신의 영어 보조교사를 활용하면 좋을 것 같다는 생각이 든다. 저렴한 비용으로 영어교육 수준을 한 단계 높일 수 있을 것 같기에.

● 버스 위에 탄 사람들

차량 위에 탄 사람들. 정원을 초과하여
문이 열린 상태로 운행한다

189

이곳의 교통질서는 무척 혼란스럽다. 정원을 초과하여 많은 사람이 타고 가는 차량들을 종종 목격할 수 있다. 더 이상 탈 곳이 없어 차량의 지붕 위나 뒤꽁무니에 엉

● 너저분한 점포들

거주춤 매달려 가는 사람들을 볼 수 있다. 차량 지붕 위는 사람이 탈 수 있는 구조로 만들어져 있다. 승객의 안전보다도 많은 사람들을 태우는 것이 목적인가 보다. 지붕 위에 성인 20여 명을 태우고 목적지로 향하는 버스가 보였다. 매우 위험해 보였다. 나는 안전을 지도하고 책임지는 소방인으로서 매우 걱정스러웠다. 그들이 무사히 목적지에 다다르기를 마음속으로 기도했다.

오후 5시 20분경 잔시에 도착하였다. 역사에서 아그라행 열차를 기다리다가 한국인을 만났다. 수원에서 왔다고 했다. 인도에서 한국인을 만나는 것은 그리 어렵지 않다. 그는 동양철학을 공부하러 인도에 왔다고 했다. 동양철학의 메카인 인도에 대하여 한국인들은 관심이 많은가 보다.

● 버스 위에 탄 사람들

오후 6시 아그라행 특급열차에 올랐다. 우리나라 열차보다 내부 시설이 넓어 보였고, 영어와 힌두어로 안내방송을 했다.

내 옆 자리에는 40대 후반의 인도인이 동승하였는데 특유의 냄새가 풍겼다. 역겨운 냄새에 거부감이 있었지만 나에게도 한국인 냄새가 풍길 것 같다는 생각이 들어 참았다. 그와 함께한 일행들이 더 있었고 총을 멘 경찰이 그를 배웅하는 모습을 보고 경찰관임을 짐작할 수 있었다. 나는 인사를 건넨 후 폴리스맨이냐고 물었다. 그는 그렇다고 하였다. 그리고 나에게 어느 나라 사람이냐고 물었다. 내가 "한국 사람입니다."라고 대답했더니 그는 조금 망설이며, 남쪽인지 북쪽인지 물었다. 나는 남쪽 사람이라고 말하였다. 그는 어디까지 가느냐고 물었고, 아그라에 간다는 대답에 친절하게도 음식이 입에 잘 맞는지를 물었다. 나는 그에게 묻고 싶은 것들이 많았으나 영어회화가 잘 안 되어 더 이상 질문을 하지 못했다. 여기에서 나는 영어회화에 대

● 열차 안에서 경찰관과
  함께한 필자

한 필요성을 뼈저리게 느꼈다. 이것도 인연이라는 생각에 차 안에서 기념사진을 한 장 찍었다. 오랜 여행으로 인해 허기가 느껴질 때 쯤 승무원이 빵과 우유 등 간식을 나누어 주었다. 한국의 열차 문화와는 색다른 서비스에 정감이 느껴졌다.

저녁 8시 30분, 아그라에 도착했다. 2시간 30분이 소요되었다. 아그라 역에 내리자 역사 안에는 많은 사람들이 잠을 자고 있었다. 서울역 광장의 노숙자 모습을 보는 듯한 느낌이 들었지만, 그들에게는 하나의 문화라고 한다.

저녁 9시경 아그라 클락 쉬라즈Clarks Shiraz 호텔에 도착하였는데 인도 전통 복장을 한 도어맨이 환한 미소로 우리를 맞이했다. 전통복장이 무척이나 화려했고 그의 잘 정돈된 콧수염이 멋스러워 보였다. 사리를 걸친 여성이 우리들을 환영

● 호텔의 환영 행사
전통복장의 호텔행사 직원

하며 꽃목걸이를 걸어주었다. 그 꽃목걸이는 생화였다. 그리고 차를 권하였다. 손님에 대한 최대의 예우였다. 어떤 책에서 본 꽃목걸이에 대한 타고르의 시가 생각났다.

이 목걸이는 나에게 상처를 주네

내가 그것을 벗으려고 할 때마다 그것은 나를 숨 막히게 하네

그것은 내 노래를 방해하네

그것을 내게 벗겨 줘요

난 그것을 하고 있는 게 부끄러워요

그 자리에 당신이 만든 꽃목걸이 하나를 걸어 주세요

이 노래는 타고르의 시에 곡을 붙인 것으로 모든 인도인들이 즐겨 부른다고 한다. 아마도 꽃목걸이는 반가운 손님에게 걸어주는 가 보다. 또 그녀는 우리들 미간에 빨간 물감을 찍어 주었다. 다른 사람들은 이마를 내어 주었는데, 나는 내키지 않아 거부했다. 나중에 알았지만 이마 가운데에 있는 붉은 점을 '빈디'라고 한다. 많은 인도인들이 빈디를 하고 다니는데 외관상 좋지 않게 보였다. 아마 문화적 차이 때문일 것이다.

빈디는 산스크리트어에서 유래된 것으로 행운을 상징한다고 한다. 빈디는 힌두교의 전통적인 예식 중의 하나이다. 승려들이 꽃잎으로 만들어진 파우더 그릇 앞에서, 엄지손가락에 꽃잎 파우더를 묻혀 여자의 이마에 찍어 준 것에서 유래했다고 한다. 원래 빈디는 결혼한 여성을 축복하고 보호하기 위한 의미에서 결혼한 여성들에게만 그리는 전통적인 화장법이었지만, 지금은 미혼 여성과 남성들도 장식을 위해 빈디를 그린다고 한다.

다섯째날

무굴제국의 아그라

INDIA

01

아름다운 묘소 타지마할

아그라는 델리에서 흘러오는 야무나 강을 끼고 발달한 도시다. 야무나 강은 다시 갠지스 강으로 연결된다. 16세기 중엽, 회교왕국 무굴제국의 3대 황제인 악바르대제가 이곳에 수도를 정하면서 70~80년간 제국의 중심도시로 번영하였다.

이곳 타지마할은 인도를 찾는 이들에게는 동경의 대상이다. 학창시절 세계사 교과서로만 보았던, 세계 7대 불가사의 중 하나로 일컬어지는 유명한 건축물 타지마할. 그것은 야무나 강을 끼고 우뚝 솟은 무굴황제 샤자한의 황비에 대한 사랑의 기념비이자 정표라고 전해져 온다.

8월 28일 새벽 6시경 우리 일행은 아침식사도 하지 않은 채 타지마할을 관람하기 위해 전용버스로 출발했다. 많은 관광객이 타지마할을 찾으므로 번잡을 피하기 위해 일찍 나선 것이다. 이른 아침이라 어슴푸레한 도로변에는 잠을 자는 사람도 있고

197

● 관광객을 위한 전기 자동차(위)
　전기자동차 주차장(아래)

돗자리를 들고 집으로 들어가는 사람들이 보였다.

　모든 차량은 타지마할로 바로 들어가지 못하고 별도의 주차장에서 전기자동차로

바꾸어 타고 1킬로미터 거리의 타지마할 입구까지 간다. 그 이유는 앞으로 수천 년

을 이어나갈 문화재가 자동차의 배기가스 오염으로 훼손되는 것을 막기 위해서라고

한다. 귀중한 문화유산을 지키려는 노력이 엿보인다. 아울러 새로운 볼거리와 체험거리를 제공하고 관광수입도 올릴 수 있기 때문이다.

6시 40분 경 타지마할 입구에 도착했는데 일찍 온 관람객이 두 줄로 서서 입장하고 있었다. 몸수색을 철저하게 하고 있었는데, 폭발물 소지를 미연에 방지하기 위해서인 것 같다. 입장료는 외국인에게는 750루피, 우리 돈으로 약 2만원 정도를 받는다. 연간 300만 명의 관광객이 타지마할을 보기위해 찾아온다는 것으로 보아, 관광수입이 상당할 것이다. 물론 자국민에게는 20루피, 우리 돈으로 500원 정도 받지만 이 돈도 그들에게는 상당하여 인도의 여간한 사람이 아니면 갈 수가 없는 곳이다. 타지마할은 인도의 청춘남녀가 서로의 사랑을 확인하고 맹세하기 위하여 꼭 가고 싶은 명소 중의 한 곳이라 한다.

붉은 사암으로 조형된 아치형 정문을 들어서자 무굴양식의 넓은 정원의 수로에 타지마할이 그림자를 드리우고 섰다. 책자로만 보아왔던 타지마할은 정말 아름다웠다. 물에 어린 그 모양이 더욱 조화롭다. 좌우로는 회교사원과 교회당이 보인다. 타지마할만 흰 대리석이고 나머지 건물들은 붉은 사암으로 지어졌다. 타지마할을 멀리서 보면 건물 구조가 서로 조화를 이뤄 아름답다는 탄성이 절로 나온다. 그런 연유인지 카메라에 풍경을 담는 사람들이 많았다. 건물 전경이 가장 멋진 곳은 중앙연못 앞인데 수로에는 분수대가 있어 왕이 지나갈 때 시간을 맞춰 수동으로 펌프를 돌렸다고 한다.

건물 앞에 조성된 네모 반듯한 사분정원은 십자형으로 교차되는 수로로 사등분되어 있다. 사분정원은 이슬람교에서 파라다이스, 즉 천상의 낙원을 상징한다. 4개의 수로는 생명의 원천을 나타내는데 수로가 교차되는 중앙연못은 인간과 신이 만

● 타지마할 출입구 문루로 들어서는 인도관광객

● **타지마할**
  묘당의 기단 벽면 무늬(오른쪽)
  대리석 벽면의 상감세공과
  타지마할 무늬의 아름다움(아래)

나는 장소여서 그런지 웅장하면서도 아름다웠다.

1632년에 착공하여 1654년에 완공되었다니, 22년이란 오랜 세월에 걸쳐 지어진 셈이다. 높이는 67m라는데, 전부 대리석으로만 되어 있다. 설계는 이란 출신인 우스타드 이사(Ustad Isa)가 맡았고 이탈리아 피렌체Firenze의 건축방식으로 지어졌다고 한다. 동원한 인부만도 매일 2만여 명이었으며, 그 인력 중 1천 명은 디자이너, 또는 아름답게 꾸미는 내장공이었다고 한다. 페르시아, 이집트, 이태리 등지에서 초빙되어 온 당대 최고의 예술가들이 고도의 기술과 예술 감각에 의해 설계되었다는 것이다. 자재는 중국에서 가져온 비취와, 버마의 루비, 다마스커스의 진주, 멀리 이태리에서 운반 된 흰 대리석이다. 타지마할 정원은 길이가 남북 560m에 너비는 동서 305m로 광활한 평지 위에 조성되어 있다. 정원 잔디밭엔 페르시아 문양을 상징하듯 별모양이 수놓아져 있고, 주변에는 상록수가 푸르다. 그 위에 기단의 크기는 사방 95m, 본체는 사방 57m, 높이가 67m이다. 기단 네 모서리의 첨탑 높이는 43m이며 묘당의 영역을 분명히 구분해준다. 첨탑의 상부는 93° 밖으로 약간 휘어져 있어 지진이 발생했을 때 묘당이 파손되는 것을 막기 위한 것이라 한다.

건물 위에 중앙의 큰 돔 주변에는 4개의 작은 돔이 있다. 내부는 텅 비어있다. 중앙 돔은 순전히 외관을 위한 허구의 구조물인데, 대리석을 돔형으로 쌓아올린 기술이 놀라웠다. 타지마할 자체는 완전한 좌우대칭의 모습으로 서 있다. 양쪽 22개의 첨탑이 하늘을 향해 솟아 있다. 각각 지진과 천둥에 견디도록 설계되었다고 한다.

겉으로는 마치 거대한 사원 같기도 하고 또 궁전 같기도 하다. 멀리서 볼 때와 달리 가까이 가서 보면 상상외로 크다. 균형 잡힌 비례, 수려한 곡선미, 우아하고 화려한 대리석 장식은 그야말로 아름다움의 극치이다. 조각은 상감과 양감이다. 상감으로 매운 재료들은 아침 햇살에 벽면이 유난히 빛났다. 재료들이 색깔 별로 외국에서 수입된 보석, 준 보석, 대리석이기 때문이다. 건물 안으로 들어가는 문주에는 꾸르안의 글귀가 조화 있게 새겨져 있다. 내부는 상하로 나뉘었다. 무덤을 누가 해칠까 염려했던지, 상층은 화려하게 장식되어 있고 무덤은 그 아래 지하층에 숨겨져 있다. 누군가가 처음 보면 그 진위를 가리기가 어려울 정도로 아래위로 똑같이 장식되어 있다고 한다.

아버지인 자한기르 황제는 며느리의 아름다움과 매력을 직접 눈으로 확인하여 며느리에게 '몸타즈마할' 이라는 이름을 붙여 주었는데 이는 '궁전의 빛'이라는 뜻이라고 한다. 이것으로 미루어 보아도 미모의 출중함을 알 수 있다.

무굴왕조의 샤자한에게는 4명의 왕비가 있었다. 그 중 첫째, 둘째, 셋째부인은 자식이 없었다. 네 번째 왕비 무무타지 비에게서 자식을 얻었다. 그녀는 샤자한과 동갑이었고 미인이면서도 부지런하였다. 19세에 결혼, 39세에 생을 마쳤으나 결혼생활 20년에 14명의 자식을 두었다. 그중 8명은 어려서 잃고 성장한 자식들은 모두 6명이었다.

아내는 전쟁터인 데칸 지방까지 남편을 따라가 지극한 정성으로 시중을 들다가 출산 중에 죽었다고 한다. 왕비는 1631년 열네 번째 아이를 낳다가 임종하는 자리에서 "아이들을 잘 키워 왕을 시켜주세요, 이 세상에서 가장 아름다운 무덤을 만들어주세요, 재혼하지 마세요."라고 남편에게 유언을 하였다. 왕은 생전의 아내 모습을 기리기 위하여 정성을 다해 죽은 지 6개월 후부터 이를 조성하기 시작했고 야무나 강 건너편에는 검은 대리석으로 타지마할과 똑같은 건축물을 만들어 다리로 이어 놓으려 했다. 아내의 타지마할은 흰색 대리석이지만, 강 건너 자신의 무덤은 검은색으로 설계를 하여 왕비를 잃은 슬픔을 나타냈다. 아내의 무덤과 자신이 잠들 무덤 사이 야무나 강에 다리를 놓아, 이슬람의 가르침대로 이 세상에 종말이 오는 날, 모든 무덤에서 사자가 깨어나 알라의 심판을 받을 때까지 왕비와 함께 잠들 것을 염원한 설계였다고 한다.

샤사한의 셋째 왕자 아우랑제브는 샤자한이 타지마할 건축으로 국고를 탕진하는 것을 그대로 보고 있을 수 없었다. 아우랑제브는 오랫동안 데칸 지방의 전선에서 무굴왕조를 지키기 위해 싸웠다. 마침내 군대를 움직여 아그라에 입성, 두 형을 죽이고 샤자한을 감금하여 왕위에 올랐다.

그리하여 왕의 무덤은 성사 되지 않았으며, 아그라 성에 감금된 샤자한은 8각형의 망루에 앉아 망연히 타지마할을 바라보면서 쓸쓸한 말년을 보내다가 8년 후에 생애를 마친다.

우리나라도 권력의 중심부에서 밀려나 유배생활을 한 경우가 있다. 왕은 아니지만 조선후기 천주교 박해에 연루되어 18년간 유배생활을 한 다산 정약용 선생이 떠오른다. 선생은 당쟁으로 정치생명은 끝났으나 유배지인 강진에서 학술에 전념하여 600여 권을 저술하였다. 사실에 의거해서 진리를 찾는 '실사구시'의 삶은 어둠 속에 깊이 잠들어있는 민중을 깨우는 종소리였다. 그래서 우리나라 역사 이래 많은 학자들 중에서 나는 최고의 학자라 생각한다. 선생은 샤자한과 같은 유배생활을 하였으나 결과가 다르다는 것은 우리들에게 큰 여운을 남긴다.

● 타지마할 문루

샤자한은 셋째 왕자로 태어나 왕위를 계승할 가능성이 희박했다. 무굴 제국의 지방 태수로 데칸의 전선에서 전쟁으로 나날을 보내면서 세력을 규합해 35세인 부왕 자한기르를 밀어냈다. 마침내 무굴 제국의 제 5대 황제가 되었지만, 4년 뒤 사랑하는 아내를 잃었다. 샤자한이 자신의 아버지를 밀어내고 왕위에 오른 그 인과의 고리가 자신에게 돌아 온 것인지도 모른다.

무굴제국 후계자 계승은 장남에 의한 평화로운 정권교체가 아니라 철저한 능력위주로 결정되었다. 혈육 간의 전쟁은 피할 수 없는 일이었다. 왕자들은 황제가 죽거나 중병에 길릴 때를 대비해 개인군대를 거느렸고, 이는 끝없이 피를 부르는 결과를 낳았다.

22년 동안 막대한 인력과 공사비를 들여 완성한 아름다운 타지마할을 보고 있으면 한 사나이의 건축에 대한 투지와 집념 앞에 머리가 숙연해 진다. 나는 여기서 이슬람 왕권의 강력함을 느낄 수 있었다. 왕비의 무덤을 막대한 예산을 들여 건축하였기 때문이다. 이에 대해 많은 사람들은 국고를 탕진하고 백성들을 힘들게 하였다고 평가하고 있다.

타지마할은 샤자한이 사랑하던 왕비의 죽음을 슬퍼하여 조성한 묘소라 하는데 단지 사랑만으로 이처럼 위대한 건축물을 지을 수 있었을까? 아마도 샤자한은 집권 중 세계적인 건축물을 남기고 싶었는지도 모르는 것이다. 그는 타지마할 외에도 아그라성의 궁전과 델리의 거대한 성 그리고 그 성안의 궁전까지 건설하였기 때문이다.

세계의 역사 속에 권력자들은 전쟁에 광분하거나 엄청난 건축물을 만들기도 하였다. 이것은 인간 욕망의 다른 표현이 아닐까? 타지마할의 조형미는 아름다움의 극치로 전 세계 사람들로부터 사랑을 받고 있지만 지나치게 페르시아 양식을 따랐고 외관은 웅대하지만 내외 공간의 변화가 단조로워 인도 건축의 최고 걸작으로 보기 힘들다는 평가도 있다.

최근에 타지마할을 세운 이유에 대해 이전과 다른 견해가 나와 화제가 되었다. 타지마할 건물벽면이나 천장에 새겨진 문자를 해독한 것인데, 무굴 황제의 권세와 샤자한과 타지왕비와의 만다라에서의 만남을 표현한 것이라는 것이다.

타지마할은 아침과 한 낮, 석양, 보름 날 밤 등 시간에 따라 서로 각기 다른 신비한 모습을 보여 준다. 가까이서 보는 것보다 멀리서 보면 더욱 아름답다. 아침노을에 젖어 불그스레해지기도 하고, 정원의 수로에 담긴 물 위에 떠 날개 짓을 하는 한 마리의 학처럼 보이기도 한다. 멀리서 바라본 타지마할의 조화로움과 보석 같은 흰 대리석 벽은 잊을 수 없다.

02

무굴제국의 아그라 성

2008년 8월 28일 오후 1시, 호텔에서 나와 아그라 성으로 출발했다. 출발하기 전 아그라 호텔에 있는 매점에서 선물용으로 목도리를 25장 구매하였는데, 매점 주인이 목도리 수량을 세 번이나 확인하였다. 구입자를 안심시켜 주려는지 하나 의 물건을 파는데, 아주 진지하게 설명하며 여러 번 세어 보는 것이 퍽 인상적이 었다.

아그라 성은 인도 아그라에 위치한 성으로 타지마할과는 야무나 강을 사이에 두고 북서쪽으로 2.5km 떨어진 곳에 있다. 붉은 사암으로 성벽을 쌓아, '붉은 성'이라고도 한다. 붉은 사암의 성채와 내부의 하얀 대리석 건물이 어우러져 웅장함과 정교함을 동시에 느낄 수 있다. 무굴제국을 상징하는 아그라성은 산중턱에 지어진 요새로서 야 무나 강변에 우뚝 솟아있다.

무굴제국의 기원은 1398년 인도를 침입한 티무르까지 거슬러 올라간다. 아프가니스탄의 페르가나에서 바부르는 1483년 출생하여 1530년 죽었는데, 부계는 티무르, 모계는 징기스칸의 후예이다. 그가 세운 나라 무굴은 페르시아어로 '몽골'을 의미한다. 중앙아시아에서 여러 부족이 오랫동안 투쟁을 벌이는 동안 투르크족과 몽골족은 서로 혼혈화 되었다.

티무르의 5대손인 바부르는 어릴 때부터 그의 선조들의 땅이었던 북부인도를 회

● 적의 침략을 대비한 아그라성 해자

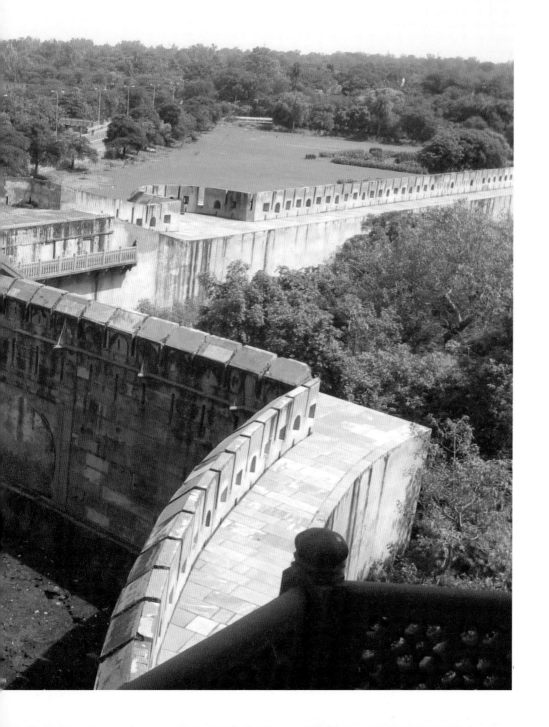

복하려는 집념에 불타기 시작했다. 몽골의 족장인 바부르는 1504년 아프가니스탄의 카불과 간다라를 점령하고 1526년 인도를 침입해 로디 왕조를 타도한 후 황제에 올랐다. 바부르의 인도 진출은 인도 역사상 여러 가지 중요한 의미를 갖는다. 그는 훌륭한 군인이며 정치인이고 동시에 예술애호가로서 시인이기도 했다. 바부르는 바쁜 업무에서 자서전을 쓸 만큼 문학도였던 것 같다. 그는 인도 역사에서 무굴 제국이라는 새 장을 탄생시켰다. 무굴 제국은 근 2백 년 남짓 외부의 침입 없이 안전하게

● 아그라 성 전경

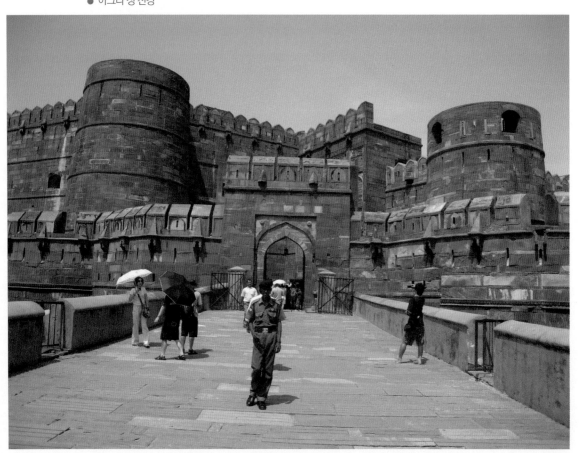

인도를 다스릴 수 있었다.

바부르의 죽음에는 당시 악성 고열 병으로 신음하던 맏아들 후마윤이 관련된 것으로 전해진다. 바부르는 후마윤의 병간호를 위해 온갖 노력을 다했지만 아들의 병세는 더욱 악화되기만 했다. 아픔으로 신음하던 아들을 곁에서 안타깝게 지켜볼 수밖에 없었던 바부르의 가슴은 찢어졌다. 바부르는 사랑하는 아들을 위해 최선을 다하지만 후마윤의 병세는 더욱 악화되기만 했다. 그는 아들 곁에 무릎을 꿇은 채 눈물을 흘리며 신에게 아들 대신 자신이 고통을 받게 해달라고 간절하게 기도했다. "신이시여, 인간에게 가장 큰 슬픔은 재물을 잃어버리는 것도, 그동안 쌓아온 명예를 송두리째 빼앗기는 것도, 숭앙받던 지위에서 쫓겨나는 것도 아닙니다. 그보다 더 큰 슬픔은 바로 사랑하는 자식을 잃어버리는 일입니다. 자식을 잃은 부모에게 더 이상의 삶의 가치가 없습니다. 사랑하는 아들이 병들어 신음하는 소리를 부모는 귀로 들을 수 없습니다. 지금이라도 아들의 고통소리를 들어야 하는 저의 귀를 차라리 막아주십시오. 아니 그보다도 아들의 괴로움을 제가 대신 받도록 해주십시오. 저의 목숨이 필요하시다면 그렇게 하시고 제발 저로 하여금 평생 가슴에 못이 박힌 아버지로 만들지 말아주십시오." 그러자 아버지의 애절한 호소가 정말로 신의 마음을 흔들리게 했는지 후마윤은 얼마 후 기적적으로 자리에서 일어나 건강을 되찾았다. 하지만 기쁨도 잠시 이번에는 바부르 자신이 중병에 걸리고 말았다. 그는 다시 일어나지 못한 채 47세의 나이로 파란만장한 일생을 마치고 말았다.

무굴제국의 발판을 마련한 사람이 바부르였다면, 이 왕조를 명실상부한 대제국의 위치로 끌어올린 사람은 악바르(1542년~1605년)이다. 악바르는 무엇보다도 뛰어난

● 이슬람 사원의 아름다운 전경

● 자한기르 궁전

● 석재로 조각된 무늬

● 아말싱 문 안쪽의 아크바리문

● 아그라성 내부 정원

● 식수를 담는 돌그릇

● 아그라성에서 바라본 타지마할

군사 책략가였다. 그는 인간적으로 다정다감했을 뿐만 아니라, 전략을 수립하고 결정하는 상황판단이 뛰어났다. 나폴레옹에 버금가는 신속한 기동력도 보유하고 있었다. 그의 지도력에 힘입어 무굴제국은 데칸과 벵골만, 아라비아해에 이르는 북인도의 전 지역을 지배하게 되었다.

한편 결혼정책이나 종족간의 타협을 통해 힌두의 여러 세력들을 무굴제국의 실질적 동반자로 흡수하려는 노력을 게을리 하지 않았다. 이슬람 뿐 아니라 모든 종교인들을 동등하게 대우했으며 그들의 종교적 믿음을 존중했다. 그의 종교적 관용 정책은 힌두교도의 자유로운 관리등용 정책과 함께 무굴 제국의 발전에 크게 기여하였다. 그리하여 악바르는 무굴제국의 전성기를 연 황제이자, 힌두 문화와 이슬람 문화의 통합에도 공헌한 훌륭한 인물이다.

악바르는 힌두교, 이슬람교, 기독교, 자이나교, 시크교, 조로아스터교, 유대교 등 인도의 종파적 다양성에 주목하면서 국가의 세속주의와 종교적 중립성의 기반을 마련했다. "누구나 종교를 이유로 간섭을 받아서는 안 되고 누구나 자신이 원하는 종교를 가질 수 있어야한다"고 강조했다. 그리고 국가가 그런 권리를 보장해 주어야 한다고 주장했다.

종교분쟁이 끊임없이 일어나는 요즘 이러한 종교적 교류는 관습에 기대기보다는 이성을 쫓는 것이 사회적 문제를 다루는 데 더 효과적이라고 생각된다. 그의 종교적 믿음이 맹목적 신앙이나 관습에서 비롯된 것이 아니라 자신의 이성과 선택에서 비롯된 것임을 알 수 있다. 종교분쟁 해결의 실마리가 보이지 않는 오늘의 세계에 시사하는 바가 크다 할 것이다.

그러나 악바르의 사후, 무굴제국은 자한기르 · 샤자한 · 아우랑제브 등을 거치는 동안 대외적으로는 힘의 균형이 깨졌다. 샤자한 뒤를 이은 아우랑제브는 1658년 왕위에 오른 후 1707년까지 약 50년간 무굴 제국을 통치했다. 불행하게도 자신의 다섯 아들들을 황궁에서 살지 못하게 했는데, 이로 인해 그 어느 아들도 국가를 통치하는 훈련을 받지 못했다. 이것은 나중에 무굴 제국의 운명에 치명적으로 작용하게 된다. 아우랑제브는 종래의 종교적 관용책을 채택하지 않고 엄격한 이슬람교 수니파에 근거하는 통치를 실시했기 때문에 각지에서 반란이 빈번하게 일어났다. 아우랑제브는 영토 확장을 통해 무굴제국의 영광을 드높인 동시에 비이슬람에 대한 차별 정책을 통하여 각지의 반란을 야기하고 그로 인해 제국이 쇠락의 길을 걷게 한 계기가 된 인물이라고 할 수 있다. 힌두교도들의 반감은 민심을 어지럽혀 결국 영국

과 프랑스 등 외국 세력이 침입해 들어오는 통로가 되었다. 1857년 영국과 세포이 Sepoy 전을 최후로 멸망하였다.

아그라성은 1564년에서 1573년에 걸쳐 건축되었다. 악바르 대제가 야무나 강에 인접한 요새지인 이곳에 성을 쌓은 것은 지형을 이용한 것이라 할 수 있다. 1648년 아우랑제브가 수도를 델리로 옮겨가기까지 아그라를 무굴 제국의 수도로 삼게 된다.

악바르 황제가 포용정책으로 힌두교인, 이슬람교인, 기독교인을 각각 부인으로 맞아 그들을 위해 내궁을 지었는데 방마다 특색 있는 구조로 하여 아름다웠다. 다른 종교에 비해 약간은 배타적인 성격을 가지고 있는 회교도임에도 불구하고 그는 힌두교, 불교를 포함한 인도 내의 모든 종교와 좋은 관계를 유지하려고 노력한 흔적이 엿보인다. 궁전 내부의 힌두교 왕비전은 흰 대리석에 화려한 무늬로 치장 하였고, 이슬람교 왕비전은 아무런 장식을 하지 않아 검소하게 보였다. 왕의 침소는 중앙에 위치하고, 그 둘레에 후궁들의 침실이 배치되어 있다.

성 꼭대기는 왕이 회의를 주재하던 장소로 이용하였다. 검은 대리석은 왕이 앉은

● 골드파빌리온과 중정

자리인데, 두껍고 넓직하였다. 나는 잠시 그곳에 왕이 된 것처럼 앉아 보았다. 반사

된 열기에 오래 앉아 있을 수는 없었지만, 이 자리에 앉기 위해 수많은 음모와 투쟁

이 있었으리라 여겨졌다. 권력 투쟁의 변화무쌍함을 잠시 생각해 보았다.

돌로 쌓은 궁전 아그라성은 장엄했다. 석재를 마치 목재를 다루듯 자유자재로 조

● 아그라 성체의 아마르 싱게이트

각한 것에 감탄이 절로 나왔다.

악바르의 체취가 강하게 남아있는 아그라 성은 샤자한 시대에 와서 증축 되었다. 건축적 감각이 남달랐던 샤자한에 의해 아그라성은 더욱 화려해 진다. 건물 내부에는 아름다운 정원이 있고, 보석으로 장식된 문양이 새겨져 있다. 지붕, 거실, 창틀 등 모든 것이 암석으로 조각되어 보는 이들로 하여금 심금을 울리게 한다.

건물 외벽에는 각 종파의 특징을 나타내는 상징물들이 조각되어 있다. 제국의 힘을 보여주는 난공불락의 철벽 성으로 주위에는 해자(垓字)가 있어 적의 침입을 막아내는 요새였다. 성벽 높이가 20m 이상이고 둘레가 2.5km에 달하는 아주 큰 성이다. 이 성은 군사적 목적으로 건설되어 100여 년간 왕궁으로 사용되었고, 1658년 제6

● 아그라성 내의 우물

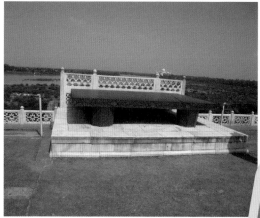

● 왕이 앉는 자리(오석)와 그 자리에
  앉아본 필자
  석재로 된 거실(아래)

대 황제 아우랑제브가 왕위를 차지하고 나서는 아버지 샤자한의 감옥이 되었다.

샤자한은 야무나 강 너머의 타지마할이 가장 잘 보이는 무삼만 버즈(포로의 성)에 8년 간 갇혀 있다가 1666년 74세 나이로 숨을 거두었다. 아들에게 배신당한 그의 심정이 어떠했을까? 권력의 무상함을 느꼈을지도 모를 일이다. 그는 멀리 타지마할을 바라보면서 너무 많이 울어 눈이 보이지 않게 되자 그의 딸이 다이아몬드를 가져와 그것을 통해 보게 하였다고 한다.

나도 샤자한이 바라 본 같은 장소에서 타지마할을 바라보았다. 야무나 강변 숲 속이 조형미를 갖춘 한 폭의 그림 같았다. 타지마할을 바라보던 샤자한의 마음을 알 것 같기도 하다. 더운 날씨임에도 불구하고 야무나 강을 타고 불어오는 한 줄기 시원한 바람은 나그네의 땀방울을 씻어주었다.

03

변화하는 카스트제도

2008년 8월 28일 오후 2시 47분, 자이푸르의 암베르 성을 보기 위해 아그라에서 전용버스를 타고 자이푸르로 출발했다. 나는 카스트제도에 대해서 어느 정도 알고는 있었지만 그래도 가이드의 견해는 어떠한지 물어보았다.

"아직도 카스트제도가 존재 하나요?"

"이미 법적으로는 폐지되었지만 완전히 없어지지는 않았어요. 시골에서는 어느 정도 남아있지만 도회지에서는 거의 유명무실한 상태입니다."

"법적으로 폐지되었음에도 불구하고 왜 아직도 시골에는 뿌리가 남아있는 걸까요?"

"아무래도 시골은 도회지와는 달리 옛날 전통적인 관습을 지켜오는 경향이 있어 쉽게 없어지지 않는 것 같아요."

● 작은 도시 시장 풍경

카스트제도는 인도의 발전을 가로막는 최대의 걸림돌이었다. 뿌리가 너무 견고하여 그들의 삶에 밀착되어 있어 이를 타파하는 것은 불가능할 것 같기도 하다. 인도의 모든 제도는 카스트 안에 있다고 해도 과언이 아닌 것 같다. 인도 속담에 "빠져나가려 해도 빠져나갈 수 없는 숙명 같은 제도"라는 말이 있듯 카스트의 엄격성은 대단하다. 카스트 제도 자체의 폐지는 아직 명문화되지 못하고 있다. 힌두교와 카스트 제도는 떼어놓을 수 없는 관계에 있기 때문에 카스트 제도에 의한 신분차별은 아직도 뿌리 깊게 남아 있다는 것이다.

다음은 2006년 9월 14일 인도 일간지 〈타임스 오브 인디아〉의 기사 내용이다.

> - 인도 국민회의당 정권이 계급 차별을 당해온 하층 계층을 위해 다른 카스트 간 결혼을 하는 가정에 5만 루피의 격려금 지급 방안을 추진하고 있다. 인도의 전통적 신분제도인 카스트하에서는 다른 카스트 간 결혼이 쉽지 않다. 인도 사회정의부(department of social justice and empowerment)는 희망하는 주 정부에 한해 카스트 간 결혼 격려금 제도를 시행하되, 연방정부와 주정부가 격려금 5만루피의 절반씩을 부담할 계획이다. -

다른 카스트와 결혼하면 격려금을 지급한다는 내용이다. 인도정부에서 오죽 답답하면 이런 제도를 시행할까. 우리나라 돈으로 1루피가 25원이니 5만 루피는 125만원이다. 인도 델리의 가정집에 고용된 가정부나 운전기사의 한달 월급이 5000루피라니 우리돈으로 125,000원 정도 되므로 결혼 장려금이 적은 액수는 아니다.

카스트의 역사는 3,000년 전 유럽계의 아리아인이 인도에 침입한 이후 토착민인

드라비다인을 지배하면서 시작되었다고 한다. 지배자와 피지배자, 승리자와 패배자의 계급구조를 제도화한 것이다. 카스트라는 단어는 인도의 토착어가 아니라 포르투갈어에서 유래되었다고 한다. 15세기경 무역을 위해 인도 서부 해안에 들어온 포르투갈인들은 자신들의 사회에는 없는 독특한 계급구조를 발견하였다. 출생과 동시에 결정되는 계급구조를 보고 포르투갈어로 가문과 혈통, 종족을 뜻하는 '카스타'라고 부르면서 시작됐다는 것이다. 카스타라는 용어가 훗날 영국인에 의해 '카스트'로 바뀌게 되었다.

카스트에서 바르나와 자티는 구분된다. 바르나는 인도어로 '색깔'을 의미한다. 고대 인도에서는 각 사회 집단의 구별을 색깔로 표시했다. 승려는 백색으로, 무사들은 적색, 평민은 황색, 그리고 노예나 천민은 흑색으로 나타냈다. 아리안 족이 인도에 침입했을 때 피부색이 지배자와 피지배자를 나타내 주었기 때문이다. 색깔로 볼 때 아리안은 흰 피부에 금발머리, 드라비다족은 갈색 피부에 검은 머리였다.

카스트를 의미하는 산스크리트어는 자티jati이다. 자티는 4개의 바르나로 구분된다. 우리가 이미 알고 있듯이 브라만(사제, 승려), 크샤트리아(왕, 귀족), 바이샤(상인, 농민), 수드라(수공업자, 노예)등 크게 4계급으로 이루어져 있다. 이중 브라만, 크샤트리아, 바이샤 등 3계급만 인간적인 대접을 받는 계층에 속한다. 이들은 힌두교의 경전 베다에 따라 성인식을 치를 수 있다. 수드라는 불완전한 인간인 셈이다. 그러나 4계급에도 속하지 못하고 수드라보다 못한 최하층인 '불가촉천민Untouchables'이 있다. 접촉해서는 안 되는 인간 이하의 계층이다. 과거에는 이들 다리에 종을 달아두기까지 했다고 한다. 접근해 오면 종소리를 듣고 피하기 위해서이다.

마하트마 간디는 남다른 애정을 가지고 이들을 '하리잔(신의 아들)'이라 불렀다.

그러나 불가촉천민들은 자신들을 '억압 받는 자'라는 뜻으로 '달리트Dalit'라 부른다. 억압에서의 해방과 투쟁을 위해서다.

힌두는 죽음의 끝에 또 다른 삶이 이어져 있고 그 삶의 끝에 또 다른 죽음이 있다고 믿는다. 죽음이 필연이듯 환생도 필연이다. 윤회란 죽음과 환생의 끝없는 순환이다. 이승에서의 삶이 다음 삶을 결정한다. 착한 일을 하는 자는 인간으로 태어나고 마음과 행실이 올바르지 못한 자들은 곤충이나 새로 태어난다. 이 것이 '카르마karma', 즉 '업業'이다. 카르마는 힌두사회의 수많은 불평등을 정당화 시키고 있다. 이전 생의 '업'으로 인해 잘못의 대가를 치룬다고 믿게끔 한다. 브라만과 부자들은 그들의 카르마를 당연한 것으로 여기고, 아프고 가난한 자들은 자신의 운명을 숙명으로 받아들인다. 그래서 그들의 '다르마darma(의무)'를 다하면 카르마가 좋아진다고 한다. 현재 그들은 삶에 최선을 다 하면 내세에 지금보다 더 나은 사람이 될 수 있다고 믿는다. 누구도 어쩔 수 없는 타고난 운명과 윤회사상에 약간의 희망을 주는 것이다. 그렇지 않다면 암흑 속에 갇혀 어찌 살아갈 수 있겠는가. 예를 들면 이발사가 아무 불평 없이 최고의 이발사가 되는 것이다. 장사꾼은 장사 이외에 다른 일에는 신경 쓰지 않고 열심히 돈을 벌면 내세에 지금보다 더 나은 직업을 가진 사람이 된다고 믿는 것이다. 그래서 힌두는 개혁이나 변화에 둔감한 것인가.

그들에게는 다음 생을 어떻게 알 수 있겠는가 하는 두려움이 있다. 최선을 다해 이번 생을 사는 것이 더 나은 카르마를 가질 수 있을지 모르는 것이다. 윤회의 사슬을 벗어나는 길은 해탈뿐이라 생각하기 때문에 인도인들은 해탈하고 구원받고 싶어 한다. 그래서 그들은 영원히 살기 위해 제도권 안에서 열심히 살아간다.

카스트는 인도인들의 계층·계급간의 이동을 엄격히 금지했다. 서로 다른 카스트

간에는 일절 결혼을 허락하지 않았다. 부모로부터 받은 직업을 바꾸지도 못하게 했다. 카스트 간에는 밥을 같이 먹지도 못하고 함께 앉는 것도 금했다. 이를 어길 경우에는 카스트 추방이나 하위신분으로 전락되기도 했다.

인도 정부는 1947년 독립 후 카스트제도의 문제점을 인식해 1950년 이를 철폐했다. 인도 헌법 제17조는 불가촉천민제도는 폐지하고 이와 관련된 모든 관행은 금지한다.

이 법에 따라 불가촉천민에게는 일정한 비율의 정부 공직과 주 의회, 연방 의회 의석이 할당되었다. 공립학교와 공립대학에도 약 20%의 불가촉천민 입학을 의무화했다. 이 법에 의해 불가촉천민들도 대학을 가고 공직에 진출할 수 있는 길이 열렸다.

그러나 이 법은 서로 좋은 대우를 받기 위하여 카스트 간 다툼이 있었다. 불가촉천민은 전체 인도인 중 약 20%를 차지한다. 상층 카스트인 브라만, 크샤트리아, 바이샤, 등 3계층이 15%를 점하고 있고, 노동자인 수드라가 50%를 차지한다. 나머지 15%는 이슬람교나, 불교, 기독교, 지나교 등 여타 종교를 믿는 사람들이다.

불가촉천민에게 혜택이 주어지자 수드라 계층이 강력하게 반발했다. 이들은 '하위 카스트OBC'들이다. 수드라들은 상층 카스트에 차별받고, 하위 계급인 불가촉천민들에게도 역차별 당하고 있다고 주장했다. 수드라들은 인구수 구성 비율 50%의 공직 진출 쿼터를 달라고 요구했다. 그러자 수천 명의 상층 카스트 학생들이 역차별이라고 주장했다. 1990년 수십 명의 학생들이 분신자살하며 극렬하게 반대 시위를 벌였다. 천민들에게 혜택을 주면 자신들의 자리가 줄어들기 때문이다. 결국 민주주의 방식에 따라 다수의 원칙을 택하였다. 수드라의 요구가 받아들여져 30% 공직 진출

쿼터가 할당되었다.

문제는 수드라들에게 공직쿼터는 주어졌지만 대학 입학 쿼터는 주지 않았다는 점이다. 인도 사회에서 지속적인 논란을 불러일으킨다. 결국 인도 정부는 2006년 초 이 문제를 정식으로 제기했다. 대학 입학정원의 약 30%를 수드라들에게 할당하겠다고 발표한 것이다. 반대하는 시위가 줄을 이었다. 말하자면 밥그릇 싸움이다. 뉴델리 국립병원 레지던트와 의사들이 들고 일어나 진료를 거부하고 단식 투쟁에 나섰다. 인도공과대학 학생들도 단식투쟁에 동참하여 사태는 악화되었다. 학생들의 주장에 언론과 지식인들도 적극 지지했다. 실력과 경쟁이 아닌 특혜에 의해 특정 계층을 유명 대학에 입학시킨다는 것은 부당하고 국제 경쟁력을 하락시키는 행위라는 것이었다. 하층 카스트들에 대한 특례로 인해 상층 카스트들이 설 자리는 약해졌다. 하층 카스트에 대한 공직 할당이 많은 곳은 70%에 이르고, 공직이나 국립대학 입학자의 과반수 이상을 하층 카스트로 먼저 채워야 하기 때문에, 남은 자리를 두고 경쟁이 더욱 치열해졌다.

이처럼 사회가 새로운 문화를 지향하는 일은 얼마나 어려운 것인가? 수천 년간 이어져온 기득권 박탈을 우려한 농촌지역 상층 카스트들은 결사적으로 저항하고 있다. 가난한 사람들이 많은 비하르 주에서는 카스트 간 폭력적 충돌로 이어진다. 농촌 지역 상층 카스트들은 사병私兵을 조직해 하층민을 공격하고 집을 불태우기도 했다. 비하르 주에서 '란비르 세나'(사병)는 달리트가 좌파정당에 동조한다는 이유로 1995년부터 5년 동안 400여 명의 달리트들을 집단학살하기도 했다. 지금도 시골에서는 카스트가 여전히 힘을 발휘하고 있다.

같은 카스트간 결혼이 일반화되어 있고, 카스트간 서로 다른 우물을 사용하고 있

● 구두 수선을
　하는 가난한
　사람들

다. 신분차별에 대한 소요는 지금도 계속되고 있으니 안타까운 일이다.

인권운동가로 활동하고 있는 우마칸트씨는 "인도에는 침묵의 음모가 흐른다. 상위 카스트 출신에게 물어보면 인도 사회에선 카스트차별이 없어졌다고 주장할 것이다. 그러나 카스트는 인도사회에 너무 깊이 뿌리박고 있어서 헌법보다도 훨씬 강력하게 사람들의 삶을 제한하고 있다. 기독교나 무슬림도 카스트의 영향을 받을 정도이다."고 말했다.

남부기독교 출신인 마누하란 사무총장은 "나는 기독교 학교에서 교육을 받아 변호사가 됐고, 부인도 공무원이다 그렇지만 우리 가족은 달리트들이 모여 사는 수백

● 가난한 인도인

235

가구 중 처음으로 교육 받았다. 뉴델리에서 변호사로 활동하는 나는 겉으로는 드러나는 심각한 차별을 받지 않지만, 농촌의 고향마을로 돌아가는 순간 다시 자동적으로 달리트가 되어 상위 카스트로부터 인간 이하의 차별을 받는다"라고 말했다.

이런 신분차별은 과거 중국이나 일본, 우리나라에서도 있었던 사항이다. 노비제도와 양반, 상민의 구별이 그것이다. 조선시대에 봉건사회 계획의 뜻을 품고 전봉준이 봉기한 것도 같은 맥락이다. 전봉준은 농민대중의 힘을 밑으로부터 결집하여 봉건제도를 타파하고, 국가의 근대화를 이룩하려고 하였다. 비록 그의 변혁 의지는 일본의 군사력 앞에서 좌절당하고 말았지만, 그가 주도한 갑오농민전쟁은 조선의 봉건제도가 종말에 이르렀음을 실증하였다. 즉 사회변혁운동과 민족해방운동의 원동력이 되었던 것이다.

인도는 1991년 경제를 개방하면서 카스트가 대도시에서는 거의 유명무실하다는 것이 일반적인 견해이다. 하층 카스트를 탄압하는 풍조는 비교적 빠른 속도로 사라지고 있다. 교육과 실력, 경제적 능력이 가장 중요한 요소로 등장했다. 아무리 높은 카스트로 태어났다 해도 교육을 못 받고 돈이 없으면 하위계층으로 전락한다. 가장 높은 카스트 계급인 브라만계층도 못 배우거나 돈이 없어 청소부나 가정부를 하는 경우가 적지 않다. 수도인 델리에 있는 공중 화장실 50개소에 일하는 청소부 모두가 브라만이라 한다. 델리 철도역 근처에서 일하는 짐꾼과 인력거를 끄는 사람들 중에도 브라만 출신이 적지 않다.

능력이 없는 상층 카스트는 하층 카스트화 하려는 움직임이 있다. 불가촉천민이 되면 교육이나 공직 진출에 많은 혜택을 받기 때문이다. 중·하위계층이 자신의 카스트를 낮춰 달라고 가끔 시위를 벌인다. 반대로 하위 카스트가 상층 카스트를 흉내

내어 신분상승하려고 노력하고 있다. 천민들의 양반모방행위라 할 수 있다.

산업화가 급속도로 이루어지면서 시대에 동떨어진 신분제도를 더 이상 유지할 수 없을 것으로 보인다. 수천 년간 유지되어온 카스트제도가 커다란 변화의 물줄기를 타고 있는 것은 분명한 일이다. 이러한 변화는 단 시간에 이루어질 사항도 아니지만 인도의 높은 경제성장률과 국민소득이 올라갈수록 시골에서도 없어지는 속도가 앞당겨지지 않을까.

인도의 최하층 천민 중에서 교육을 통해 대통령, 총리, 장관, 기업 총수 등 인도사회 최상위 계층에 올라선 사람들도 많다. 성공한 몇 사람을 소개해 볼까 한다. (오화석, 『사리속치마를 벗기다』, 매일경제신문사, 2010에서 참고하였음을 밝힌다.)

1947년 영국으로부터 독립 후 인도의 초대 법무장관을 지낸 암베드카르(Bhimrao Ramji Ambedkar)는 불가촉천민의 영웅이다. 인도에서 간디 동상 못지않게 그의 동상을 자주 볼 수 있다. 인도현대사에서 추앙을 받고 있는 위대한 인물이다. 암베드카르는 1891년 4월 14일 데칸지방 마하라슈트라주에서 불가촉천민의 아들로 태어났다. 부친은 육군에 입대, 학구열이 높아 독학으로 군대에서 교사자격을 취득하고 교장을 역임 하였다. 부친의 높은 학구열은 아들에게 크게 영향을 미쳤다. 암베드카르는 1896년 아버지의 근무지를 따라 고향을 떠나 대도시 봄베이에서 교육을 받았다. 천민인 그는 온갖 차별대우와 수모를 당해야했다. 초등학교시절 천민인 관계로 담임교사에게 공책을 직접 건넬 수 없었으며, 물을 마실 때에도 신체적 접촉을 피하기 위해 다른 사람이 입에다 부어주는 물을 받아 마셨다. 이발소에서 머리를 깎고 싶어도 이발사들이 거부해 어머니가 깎아 주곤 했다. 다행히 학교 성적이 우수하여 정부 장학금을 받아 영국, 독일에서 경제학과 법학을 공부하고, 미국 컬럼비아대학에서

철학박사 학위를 받았다.

1919년 귀국해 관리가 되었으나 부하 직원들은 언제나 그에게 거리를 두곤 했다. 심지어 고용원들까지도 '부정타는 것이 두려워서' 서류뭉치를 그의 책상 위로 집어 던지곤 했다. 출신 성분이 높은 사람들에 의해 천대를 받다가 공직을 사직한다. 그는 변호사로서 천민들의 지도자로 활동한다. 1927년 3월 '초다르 저수지' 사건은 그의 불굴의 의지가 돋보인다. 당시 불가촉천민들은 저수지 물도 마음대로 마실 수 없었다. 물을 마시면 저수지 물이 오염된다는 것이 이유였다. 암베드카르는 1만여 명의 천민들을 이끌고 마하드에서 상수원인 초다르 저수지로 행진했다. 수많은 상층계급들이 지켜보는 앞에서 저수지 물을 떠 마셨다. 그를 따라 1만여 천민들도 물을 마셨다. 천민들도 저수지 물을 마실 권리가 있음을 보여준 것이다. 그리고 불가촉천민에게도 공공식수 시설을 이용할 수 있게 법안을 통과시켰다.

1927년 말 담대한 투쟁을 벌인다. 천민들이 모인 가운데 힌두교의 성전인 마누법전을 불태운 것이다. 마누법전은 힌두교의 근간으로 힌두교가 카스트간의 불평등을 정당화한다고 생각했기 때문이다. 이 과정에서 상층 카스트들의 보복으로 천민들이 집단적으로 매를 맞거나 잡혀가는 수모를 당하기도 했다.

암베드카르의 노력은 하나씩 결실을 맺기 시작한다. 1932년 영국정부는 불가촉천민들에게도 지역의회에 대표를 선출해 파견할 권리를 부여한다. 불가촉천민들도 독자적인 의석과 선거권을 갖게 된 것이다.

이러한 논의 과정에서 간디는 천민들에게 정치적 권리를 주면 힌두교의 근간이 무너진다고 천민지위 향상에 반대했다. 암베르 카르는 간디를 카스트제도에 묶인 힌두교의 수호자이자 인도인들이 미래로 나아기기보다는 과거로 회귀하게 하는 공

238

상적 낭만주의자라고 비난했다. 독실한 힌두교인 간디는 이 문제를 힌두교의 틀 안에서 해결하고자 했으나 영국은 불가촉천민들의 정치적 지위를 인정해 주었다.

인도가 1947년 영국으로부터 독립 후 그는 초대 법무부장관에 임명됐다. 인도 헌법의 초안을 작성하여 '인도 헌법의 아버지'로 불리게 된다. 1950년 상위 카스트들의 반대에도 불구하고 불가촉천민 차별을 법적으로 공식 철폐했다. 대학입학과 공직임용에 천민들에게 일정 쿼터를 주도록 헌법에 명시하였다.

하지만 불가촉천민에 대한 법적인 철폐에도 불구하고 뿌리 깊은 차별을 계속되었다. 그는 힌두교 내에서는 차별 철폐가 불가능하다는 결론을 내렸다. 1956년 10월 14일, "나는 힌두교도로 태어났으나 힌두교인으로 죽지 않겠다."고 말하며 50만 명의 천민들과 함께 힌두교를 버리고 불교에 귀의하였다. 불교의 교리가 신분으로부터의 해방을 추구한다고 생각했기 때문이다. 이런 일이 있는 지 1개월이 지나 그는 자신의 집에서 시체로 발견된다. 타살의 여부가 논란이 됐지만, 수사는 흐지부지 됐다. 천민해방을 위해 평생을 바친 그의 투쟁은 오늘날 인도가 경제개방을 하면서 대도시를 중심으로 서서히 해결의 실마리를 찾아가고 있는데 일조했다.

암베르 카르는 당대의 뛰어난 석학 중 한 사람이다. 투쟁가이기도 했다. 내가 읽은 그의 명언집에서 한 구절이 생각난다. 가슴을 울리는 말이다.

> "힌두교의 핵심은 불공평입니다. 불가촉천민들에게는 힌두교가 합법적인 공포의 연옥입니다. '카르마'라는 냉혹한 법, 그리고 태생에 따라 신분을 결정하는 몰지각한 신분법, 이 모든 것들이 힌두교가 불가촉천민들을 구속하기 위해 만들어 놓은 합법적인 고문 도구들입니다."

코체릴 라말 나라야난Kocheril Ramal Narayanan은 불가촉천민 출신으로 최고위직 대통령에 오른 입지전적의 인물이다. 그는 1920년 인도 남부 케랄라Kerala주의 외진 시골에서 7남매 중 넷째로 태어났다. 부모는 천민에다 가난했지만 교육엔 매우 적극적이었다. 초등학교 땐 수업료도 제대로 못 낼 정도로 어려웠지만, 공부를 잘 했던 그는 중학교 때부턴 장학금을 받고 대학까지 마쳤다. 트라반코르 대학에서 학사와 석사 과정을 최우등으로 졸업하였다. 강사를 신청했으나 대학에서는 천민 출신이라는 이유로 거부했다. 대학 강사를 포기한 그는 인도의 저명 신문인 「힌두 타임스」와 「더 타임스 오브 인디아」에서 기자로 활동하였다. 이후 인도 대기업인 타타그룹의 후원으로 영국 런던 경제대학에 유학했다. 정치학을 전공하고 돌아온 그에게 네루 총리는 외교관 자리를 추천 했다. 외교관으로서 태국, 터키, 버마, 대사를 비롯해 중국 영국 미국에서 대사자리를 두루 거쳤다. 1980년 외무차관을 끝으로 정계에 투신하여 국민의회당 의원과 부통령을 역임하고,1997년 7월부터 5년간 대통령직을 수행했다. 대통령으로서 근무하는 동안 불의와 편견에 저항하고 인도 사회발전을 지향하는 자세를 견지했다. 그래서 그는 현대 인도 신분제도 청산의 상징적 인물로 꼽힌다.

여성을 한사람 꼽으라면 단연 쿠마리 마야와티Kumari Mayawati 우타프라데시UP주 총리이다. 그녀도 불가촉천민 출신으로 인도에서 '천민의 여왕'으로 불린다. 마야와티는 1956년 델리에서 태어났다. 7명의 자녀들은 모두 단칸방에서 생활했다. 아버지는 델리 주정부 정보 통신부 공무원으로 일하여 다른 천민들에 비하여 비교적 안정된 생활을 했다. 어려서부터 달리트 계급이 받는 탄압을 뼈저리게 느껴왔던 마야와티는 천대받는 자신들의 계급을 돕기 위하여 "배움이 없으면 남을 돕지 못한다"는 아버지의 충고를 따라 공부에 매진한다. 명문 델리대학교에서 법학과 교육학 학사 학위를 받았다. 대학을 졸업한 그녀는 여러 지역을 돌며 공립학교 교사로 일했다.

천민출신 정치가 칸시람이 1984년 천민을 대변하는 대중사회당을 창당하자 교사를 그만두고 불공평한 사회를 바로잡겠다는 신념으로 정치일선에 본격적으로 뛰어든다. 지역 의회선거에 몇 차례 도전하였으나 모두 실패한다. 1989년 마침내 지방의원에 당선된다. 정계에 뛰어든 지 5년 만이었다. 소수를 살찌우고 대다수를 헐벗게 만든 낡고 뿌리 깊은 사회 · 정치 질서의 타파를 표방했던 그녀의 이념은 가난한 달리트들을 규합하였다.

1995년 연립정부 하에서 UP주 최고 권력인 주 총리의 자리에 오른다. 현재까지 5차례에 걸쳐 주 총리를 역임 중이다. 2007년 UP주 의회선거에서 그녀의 당 BSP는 패배 할 것으로 전망 했으나 그녀는 혁신적 선거 전략을 채택한다. 카스트를 떠나 대 연합 전선을 편 것이다. 천민들과 함께 브라만과 무슬림 사람들에게도 의석을 주고 똑같이 우대한다는 정책이었다. 이른 바 'BMW연합'이다. 브라만과 무슬림, 사회적 약자들의 앞 자를 따 만들었다. 그동안 천민들만을 대상으로 하던 선거 전략을 대폭 수정한 것이다.

전략 변경은 크게 성공한다. 당초 예상을 뒤엎고 과반수가 넘는 대승을 거두었기 때문이다. 총 403석 가운데 206석을 확보했다. 206석 중 52석은 브라만이, 29석은 무슬림에게 돌아갔다. 천민과 브라만, 무슬림을 엮은 마야와티의 선거 전략은 중요한 의미를 지닌다. 분파적이고 카스트에 기대는 정치풍토가 만연한 인도에서 가난한 자와 부자, 천민과 브라만, 힌두와 이슬람을 결합시켜 성공한 첫 사례이기 때문이다.

이런 점에서 마야와티의 강력한 정치력과 리더십은 의문이 없는 것으로 받아들여

지고 있다. UP주는 인도 내에서 인구 1억 8천만 명으로 가장 많다. 최근 계급 연합 전략에 따라 지지층이 아주 광범해짐에 따라 마야와티를 유력한 차기 총리 주자로 보는 견해가 무리는 아닌 듯하다. 그녀가 역경 속에서 오히려 성장을 해왔다고 볼 수 있다.

그녀의 총리 설에 부정적인 견해가 적지 않다. 천민 등 특정 이익집단을 대변할 뿐 경제발전이나 개혁엔 관심이 없어 비전이 부족하다는 점, 140여 건의 부패의혹 소송에 휘말려 있는 점, 다이아몬드로 치장한 채 화려한 생일파티를 여는 지나친 사치 생활뿐만 아니라 자기 동상을 세워 개인을 우상화 하는 행위에 비난을 받고 있다. 하지만 부패와 비난 의혹에도 유권자들은 그의 잘못된 행동에 대해 결백함을 따지는 것보다 선거구와 주에 가져다 준 이익에 더 깊은 인상을 받고 있는 것 같다.

그녀는 차기 연방 총리를 넘보고 있는 유력 정치인이다. 만약 그녀가 인도 연방총리 자리에 오른다면 세계사에 커다란 획을 긋는 대사건이 될 것이다. 가장 밑바닥 출신여성이 대권을 거머쥐게 된다는 의미는 엄청나다. 인도 역사상 최초로 천민 출신의 총리가 나올지 관심거리이다.

경제계에서는 나렌드라 자드하브가 있다. 그는 1953에 태어났다. 피나는 노력 끝에 불가촉천민 출신으로서 인도 중앙은행의 수석 이코노미스트가 된 나렌드라 자드하브의 인생 역정은 눈물겹다.

불가촉천민은 전생의 죄 때문에 천하게 태어나 고행을 해야만 다음 생에서 좋은 삶을 누릴 수 있다' 고 배우며 평생 천대 속에서 살아간다. 자드하브는 '보통' 사람들과 같은 우물에서 물을 뜰 수도 없고, 화장실 청소 등을 도맡아 하고, 심지어 자신의 더러운 발자국'을 지우기 위해 허리춤에 빗자루를 매달고 다녀야 했다.

이러한 '운명'을 거부하게 한 것은 그의 아버지였다. 최하층계급인 달리트 출신이며 일자무식한 그의 아버지는 어느 날 한밤중에 몰래 가족을 이끌고 살던 마을을 맨발로 도망쳐 나와, 뭄바이의 빈민가로 숨어들었다. 그리고 전기도 화장실도 없는 그 빈민가에 살면서, 아버지는 신분을 숨기고 시청 잡역부로 일자리를 얻었다. 아버지는 교육만이 신분의 벽을 부술 수 있다고 주장하던 '달리트 권리운동(천민 인권 운동)'모임에 뛰어들었으며, 아들에게도 '감히' 교육을 시켰다.

자드하브의 원래 꿈은 '깡패'였지만, 아버지의 열정에 감화를 받아, 공부에 전념했

● 악세사리 가판대

다. 헌법상 카스트제도를 부정하고 있는 인도 정부의 천민 우대 정책의 도움으로 그는 정부 장학금을 지급 받았다. 학창시절, 어느 교사는 '정부의 수양아들'이라며 모욕을 주기도 했다.

그러나 그는 공부에 열중한 끝에 항상 최고 성적을 받았고, 최상층 카스트 계급인 브라만들의 언어인 산스크리트어 시험에서 1등을 차지하기도 했다. 미국 인디아나 대학에서 25세에 경제학 박사 학위를 받은 그는, 인도 중앙은행에 입사한 후, 승진 가도를 달려 결국 촉망받는 수석 이코노미스트 직위에 올랐다. 많은 인도 사람들은

● 문화유적지 환경미화원

자드하브가 미래에 재무부 장관이나 대통령이 될 수도 있다고 생각하고 있다. 1억6천만 명에 달하는 달리트들은 그가 만일 인도 중앙은행 총재가 된다면 지폐마다 '천민'인 그의 서명이 들어가게 될 것으로 기대하고 있다.

자드하브가 자신의 부모와 가족의 이야기를 쓴 책은 여러 나라 말로 번역되어 출판되었고, 영화로도 만들어져 2005년 10월 미국에서 개봉되었다. 그는 이렇게 말한다. "책을 읽을 전등불조차 사치품인 천민계층 아이들에게 '열심히 공부해라'는 말은 필요하지 않다. 그 아이들에겐 가장 낮은 신분이 바로 가장 강력한 동기가 된다."

2007년 대법원장에 취임한 빌라 크라슈난K.G. Balakrishnan, 중·소기업부 장관인 마하비르 프라사드Mahavir Prasad, 비하르주의 람 순데르 다스Ram Sunder Das 전 총리와 내무부장관 및 부총리를 역임한 저그 지원 람도 불가촉천민 출신이었다.

불가촉천민 출신이 성공한 경우도 더러 있지만 대부분이 가난에 허덕이고 있다. 천민으로 태어나 멸시와 차별을 이겨내고 인간승리를 할 수 있었던 것은 희망을 가지고 꾸준히 노력한 결과이다. 교육을 통해 높은 장벽을 뛰어 넘은 것이다. 교육은 신분 상승과 경제적인 능력을 가져다준다. '교육은 현대의 카스트이다'란 말을 하는 것도 이 때문이다. 그래서 교육에 필사적이다.

요즘은 금융, 정보기술(IT), 법률, 의학, 엔지니어 등 인도 업체들은 최고의 인재를 모셔오기 위해 사활을 걸고 있기 때문이다. 대도시에선 카스트 대신 교육과 실력, 경제적 능력이 가장 중요하다. 가이드인 반디 씨도 교육의 중요성을 입버릇처럼 얘기하였다. 공부를 잘 하면 출세의 길이 열려있기 때문이다. 이는 우리나라의 교육열과도 비슷하다.

오화석 인도경제연구소장은 그의 저서 『슈퍼코끼리 인도가 온다』에서 이렇게 말했다. "최근 정보기술IT붐은 이 같은 교육열에 불을 붙였다. IT기업에 취직하면 신분탈출은 물론 돈과 명예가 따라온다. 천민 출신 청소년들이 장래 IT엔지니어가 되는 꿈을 꾸는 것도 당연하다. 그래서 이들은 인도 최고의 고등 교육기관인 인도공과대학교IT나 인도경영대학원IIM 등에 입학하려 사활을 건다."

인도 카스트는 직업의 숫자만큼 많이 존재한다. 카스트(자티)는 대략 3,000여 개로 세분화된다. 각 집단의 규모는 수천만 명에서 수백 명에 이르기까지 다양하다.

자티 집단은 폐쇄적인 내혼의 단위여서, 한 자티의 성원은 자기와 같은 자티에 속한 사람과 혼인을 해야 한다. 혼인뿐 아니라 출산이나, 성인식, 장례식 등 중요한 통과의례를 치를 때도 대개 같은 자티의 성원들이 중심이 된다. 그러나 경제 개방 후직업에 대한 가치관이 바뀌고 새로운 직업의 등장으로 카스트 기반이 약화되고 있다. 과거에는 동물 가죽을 만지는 일을 천민들이 했다. 하지만 현대에는 다른 계급이가죽 관련 직업을 천하다고 피할 때, 가죽으로 구두나 가방 제품을 만들어 많은 돈을 벌었다. 높은 경제력을 바탕으로 사회에서 영향력을 행사하고 자녀들에게는 해외유학 많은 교육을 시켜 성공하게 했다. 전통적 직업관이 바뀌고 있다. 과거에는 없던 마케팅 담당자나 금융 애널리스트, 펀드매니저, 디자이너 같은 새로운 직업이 탄생했다. 직업의 분화는 수천 년간 이어온 카스트계급 체제를 변화시키고 있다.

변화한다는 것은 좋은 일이다. 관습을 우리는 흔히 답습하고 있는데 이러한 것을별 문제의식 없이 당연한 것처럼 생각한다. 시대에 맞춰 모든 것이 물 흐르듯 자연스럽게 변하는 것이 순리이다. 나는 변화에 대해서 이렇게 생각한다.

'인생에 있어서의 작은 변화에서부터 제도적인 큰 틀에서의 변화가 있다. 우리를 바꾸는 것은 일상생활의 작고 단순한 것으로부터 시작된다. 작은 변화가 쌓이고 쌓여서 큰 변화를 이룬다.'

카스트제도는 인도인들의 제도적 문제에 귀결되는 관습적 유물로 남지 않을까. 국제화 시대에서 카스트도 인도인의 힌두 정서로 보아 아주 느리기는 하겠지만, 언젠가는 사라질 것이라 본다. 국민소득이 늘고 교육수준이 높아지고, 자아의식이 높아질 때 카스트는 힘을 잃게 된다. 농촌지역에 공장을 건립하여 산업화와 도시화에 매진해야 할 것이다.

여섯째날

자이푸르의 옛 시가지

I
N
D
I
A

01

암베르성

    인도에서 유명한 관광지 중 하나로는 라자스탄 주가 꼽힌다. 이곳은 지난 10여 년 전부터 내국인 및 외국인 관광객들이 가장 방문하고 싶어하는 지역이다. 라자스탄 주에는 매년 60만 명의 외국인 관광객과 7백만 명의 내국인 관광객들의 찾는다. 델리, 아그라, 자이푸르 등 3지역으로 이루어져 있어, "황금의 삼각형golden triangle"으로 불리운다. 외국인 관광객들의 거의 60%가 이 지역을 방문한다고 한다. 우리 일행은 마지막으로 황금의 삼각형의 한 곳인 자이푸르의 암베르성과 시티펠리스를 방문했다.

    아그라에서 출발한지 5시간만인 저녁 8시 50분에 자이푸르 클락 아메르엘Clarks Amerl 호텔에 도착했다. 자이푸르에서는 특히 터번을 쓴 사람들을 많이 볼 수 있다. 호텔 '도어맨'들은 자이푸르 전통 복장에 이 터번을 쓰고 있어 호텔을 찾는 관광객들

● 호텔 식당웨이터의 터번

의 볼거리가 된다. 식당의 웨이터들도 모두 멋들어지게 터번을 쓰고 서빙을 했다. 여자들은 사리를 하고 남자들은 정장을 입고 구두를 신었는데 터번은 한복의 옷고름처럼 뒷머리에 길게 늘어뜨려 쓰니 아주 멋져 보였으며 이곳이 인도라는 것을 실감나게 했다. 시중에서 약 7m짜리 터번을 우리 돈으로 약 3,600원이면 살 수 있다.

자이푸르는 인도 연방의 15개 주 중 하나인 라자스탄주의 수도로 인도 북서부에 자리잡고 있으며 서쪽과 국경을 이룬다. 자이푸르는 도로와 철도 등 교통망이 정비된 상공업 중심지이다.

1727년 자이푸르 번왕국藩王國 왕 마하라자 자이싱 2세가 건설했으며, 자이푸르는 그의 이름 '자이JAI'에다 성곽도시라는 의미의 '푸르PUR'를 합성한 것으로 '자이의 도시'라는 뜻이라 한다. 100년 전 왕자의 방문을 환영하기 위해 시내 건물을 모두 핑크색으로 단장했는데, 지금까지도 유지되고 있다. 그래서 이를 '핑크시티'라고 한다.

옛시가는 성벽으로 둘러싸여 있고, 내부는 정연한 바둑판 모양의 넓은 거리로 구획되어 있는 계획도시이다. 옛시가 안에는 유적이 많고, 자이싱왕이 만든 천문대, 정원이 있는 유명한 고궁들과 라자스탄대학 · 박물관 · 도서관 등이 있다.

암베르성은 자이푸르에서 북쪽 11km 떨어진 구릉지대로 1037~1726년까지 카츠와하 왕조의 수도로 미나Meena왕에 의해 건축되었다. 1592년 무굴황제 악바르와 혼인동맹을 맺은 자이푸르의 라자만싱Rajr Man Singh 왕이 원래 성이 있던 곳에 새로운 성을 세웠고 18세기 중엽 스와이자이싱 왕에 의해서 자이푸르에 새로운 성을 건설하고 옮기기까지 약 700년 동안 카츠와하Kachwaha 왕조의 성이었다. 높은 산에 둘러싸여 마오다Maotha호수와 무굴양식의 정원이 내려다보이는 언덕에 위치한다.

카츠와하 왕국은 11세기에 이곳 암베르성에 도읍을 정하고, 이 지역 일대에서 세력을 뻗치며 번영을 누렸다. 그런데 16세기에 들어서, 북방에서 힘을 키운 이슬람교를 신봉하는 무굴제국이 나타난 것이다. 카츠와하 왕국은 싸우는 걸 피하고 무굴제국에 충성을 맹세한다. 그러나 굴복만 한 것이 아니라, 고도의 정치적 기술을 발휘하여 적극적으로 협력하는 길을 선택한다. 먼저 딸을 악바르대제와 혼인시켜 무굴제국과 외척관계를 맺었다. 무굴제국의 부자갈등에 휘말리지 않고 자기 자리를 지켰다. 정치적 수완을 발휘하여 무굴제국의 쇠퇴와 운명을 함께하지 않았다. 영국 통치시대에도 용병들이 영국에 맞서 봉기를 일으켰을 때, 영국편에 서서 폭동을 진압하고 그 공으로 영토를 더욱 넓혔다. 카츠와하 왕국은 용맹하기로 유명한 라지푸드족의 나라였다고 한다.

자이푸르에서 첫밤을 보낸 우리는 새벽 5시경에 일어나 서둘러 아침식사를 마치고 암베르성으로 출발했다. 자이푸르 시가지는 왕복 6차선 도로로 다른 도시에 비해

암베르성 전경

● 암베르성에서 바라 본 호수정원

잘 정비되어 있었다. 도로에는 고급승용차와 오토바이가 많이 보였고 사람들도 여유가 있어 보였다. 길거리에는 귀금속을 파는 상점과 노점상들이 진을 치고 있었다.

　암베르성을 향해 가는 도중 몇 마리의 코끼리가 보였다. 길옆으로 호수가 있는데 중앙에는 사원이 지어져 있다. 호수 한가운데 어떻게 건물을 지었는지 마치 물 위에 떠 있는 것 같았다. 물의 사원이라고 한다는데 매우 운치가 있어 보였다. 성 밑에는 코끼리 30여 마리가 미리 대기하고 있었다. 일부 여행객은 코끼리를 타고 성으로 올라가고 있었다. 옛날 이곳 왕들은 코끼리를 타고 다녔다고 한다. 우리 일행도 코끼리 한 마리에 두 사람씩 나눠 타고 장대한 성벽을 따라 암베르성이 있는 곳으로 올라갔다. '코끼리택시' 가격은 2명이 24,000원(960루피)이다. 인도 물가에 비하면 비싼 편이나 대부분의 외국관광객이 이용하고 있다. 4륜 구동의 지프차도 이용할 수 있는데 가격은 6명이 20,000원이다. 그런데 유럽 관광객들과 일본 관광객들은 많이 보

● 물의 사원

● 암베르성 내부 정원

● 돌을 조각한 창틀

● 암베르성 내부 돌로 된 창틀

● 암베르성 내부 거울모자이크

● 암배르성 내부 대리석 장식

● 거울모자이크의 화려함

● 암베르성 내부 대리석 조각

● 암베르성을 오르내
리는 지프차
암베르성을 오르는
코끼리 택시

였지만 의외로 인도인들은 많지 않았다.

성은 붉은 사암과 대리석을 이용해 힌두와 이슬람 양식이 조화를 이루었다. 성안에 있는 궁전으로 들어가니 연회장, 도서관 등이 있고, 정원과 낚시하는 큰 연못도 있다. 화려한 색채의 모자이크와 벽화들이 아름답게 내부를 장식하고 있다.

맨 위층에 여름궁전이 있고, 그 밑에 겨울궁전이 있다. 여름궁전에는 더위를 식히기 위한 2개의 물탱크가 있고 여기에 처마를 가로지르고 있는 작은 관들의 촘촘히 뚫린 구멍으로 물이 빗살처럼 흘러내리게 하여 불어오는 바람이 시원해지도록 설계되었다. 겨울궁전은 많은 거울 조각들로 벽과 천정을 장식하여 추운 겨울에 불빛이 반사되어 더 따뜻해지도록 지어져 있다.

성의 한 쪽 길 옆에는 코브라를 앞에 놓고 인도인 세 사람이 악기를 연주하며 여행객들의 동정을 구하고 있었다. 50대 중반으로 보이는 남자는 아버지인 듯 하고 두 젊은이는 20대의 아들인 것 같았다. 아버지는 피리 같은 것을 불고 아들은 방울을 흔들고 또 다른 아들은 작은 북을 치고 있었다. 대나무 광주리에 담긴 두 마리의 코브라는 목을 길게 빼고 사람들을 노려본다. 일행 중 몇 명이 돈을 주고 사진을 찍었다. 코브라는 생명을 해칠 수 있는 동물이지만 이곳 사람들은 신처럼 보호하고 있다.

뱀신에 대한 숭배는 전사침입자인 아리아인들의 베다 종교보다 이전에 존재했다고 한다. 뱀을 신으로 섬기는 이유는 사원이나 나무에 예배를 드리러 온 사람들을 보호한다고 믿기 때문이다. 뱀신을 돌에 새긴 것을 나가칼이라고 하는데 대개 마을의 나무아래나 사원의 벽을 장식하고 있다. 카르나타카의 한 사원 벽에 있는 뱀신은 반은 사람이고 반은 뱀의 형상으로 묘사되어 있다.

내려오는 길에 또 한 가족이 악기를 연주하고 있었다. 30대 중년의 두 부부와 초등학생으로 보이는 두 남매가 춤을 추고 있었다. 아버지는 조그만 건반을 누르고 아들은 북을 두드리고, 이들도 관광객들에게 동정을 구하고 있었다.

암베르성 입구에서부터는 물건을 파는 상인 20여 명이 따라다녔는데, 그 중에서 한국말을 잘하는 상인이 있었다. 한국 관광객이 자주 찾아온다는 것을 알 수 있었다. 장사를 하기 위해 한국말을 조금씩 익힌 것이다. 그는 구리로 만든 접시를 내 놓으면서 구입하라고 했다. 그는 접시를 땅바닥에 팽개치면서 찌그러지지 않는다며 얼마 주겠느냐고 익살스럽게 흥정을 유도하였다. 나는 접시 5개를 10달러에 샀고, 다른 일행도 여러 가지 물건을 구입하였다. 그 상인의 상술이 다른 사람보다 뛰어난 것 같았다. 품질에 대한 호감을 갖게 하고, 언술이 뛰어난 점도 한몫 했다. 세계에서 가장 장사를 잘 하는 사람은 유태인이라는 말이 있다. 그러나 유태인을 능가하는 사람이 아랍상인이고, 인도상인은 그 아랍상인을 뺨친다고 하는 말이 생각났다.

유적지에서는 일정한 점포에서 물건을 갖추어 놓고 파는 곳도 있으나 대부분은 영세한 노점상들이다. 20~30명씩 몰려다니며 물건을 파는 행위나 걸인들의 구걸행위는 관광객들을 귀찮게 했다. 전세버스에서 내리자마자 시작되는 판매행위는 다시

차에 타고 문을 닫을 때까지 계속되었다. 그것은 인도서민들의 생존에 대한 처절한 아우성 같았다.

나는 자이푸르의 타지마할에서 전경이 좋아 사진을 찍고 있었는데 한 인도인이 좋은 위치를 안내해주겠다 하였다. 이쪽저쪽 몇 장의 사진을 찍었는데 너무 친절한 것 같아서 다른 곳으로 가겠다고 하였더니 돈을 요구했다. 큰 돈은 아니었지만 그

● 암베르성에서 한 가족의 공연(왼쪽) / 코브라를 앞세운 공연

요구를 거절하였다. 왜냐하면 내가 도움을 원해서 청했던 상황이 아니었기 때문이다.

인도에서 보상 없는 친절은 한 번쯤 생각해 보아야한다. 과도한 친절은 보상을 암시하는 것일 수 있기 때문이다. 물론 모든 인도인이 다 그런 것은 아니다. 지금까지 호텔 등에서 만난 대부분의 사람들은 선량한 사람들이었다.

02

시티 팰리스

암베르성을 보고 난 뒤, 구획된 도시인 시티 팰리스에 들렀다. 시티 팰리스는 1728년에 자이싱왕이 건축한 궁전으로, 구시가의 4분의 1쯤 되는 공간을 차지한다. 중앙에 7층의 대리석 건물인 찬드라 마할(Chandra Mahal:달빛 궁전)이 달빛처럼 빛나고, 주위에 샘과 수풀이 우거져 있다. 시티 팰리스 바로 옆에는 1744년에 자이싱 2세가 세운 천문관측소 잔타르 만타르가 있다.

잔타르 만타르에는 계단뿐만 아니라 창문도 있고 방도 있어 일종의 주거를 위한 건축물이라고도 할 수 있다. 16개의 관측 장비를 가지고 있고, 높이가 30m나 되는 세계에서 가장 큰 해시계가 있다. 건축 재료로는 이 지역의 돌과 대리석으로 만들어졌다. 기하학적이면서도 곡선으로 이루어져 있어 추상적 형태를 띤다. 과학적으로 만들어진 근대적 건축물이다. 이런 시설물은 높은 수준의 과학발전을 보여준다.

자이싱 2세는 인도 수학에도 정통해 있었다. 그는 그리스의 논문들을 연구했으며 당시 유럽의 수학 발달상황도 잘 알고 있었다. 그는 평면과 구면의 삼각법 및 건축에 관한 유럽의 연구업적은 물론 그리스의 서적과 아랍의 천문학서적을 구하여 탐구하였다고 한다. 물론 유능한 관료와 학자들을 외국에 파견하여 알아보도록 하였다. 그는 도시계획에 관심을 갖고 당시 유럽 여러 도시의 설계도를 수집한 뒤에 자신이 직접 자이푸르시 설계도를 작성했다. 그가 수집한 유럽 도시의 설계도들이 현재 자이푸르박물관에 보존되어 있다. 자이푸르시는 아주 훌륭하고 현명하게 설계되

● 왕족이 사는 건물

어 있기 때문에 아직도 도시계획의 표본으로 여겨지고 있다.

네루는 그의 저서 『인도의 발견』에서 자이싱에 대해 이렇게 말했다.

"나의 흥미를 끄는 것은 그의 정치·군사적인 생애가 아니다. 그는 용감한 무사이며 능란한 외교관이면서도 이것을 훨씬 능가하는 그 무엇을 가지고 있다. 그는 수학자이며 천문학자인가 하면 과학자, 도시계획가였고 역사연구에도 관심이 있었다."

자이싱 2세는 사회적 관습이나 금기사항에도 굴복하지 않고 모든 일을 해냈다. 비교적 짧은 생애를 마쳤지만, 전쟁과 음모 속에서도 유능한 과학자들을 모아 많은 일을 해냈다. 그가 전형적인 봉건적 환경 속에서, 전쟁과 소란한 시기에 살면서 과학자의 군주로 일했다는 사실은 매우 의미 있는 일이다.

자이싱 2세는 우리나라 조선시대 정조와 여러 면에서 같은 점을 발견할 수 있다. 자이싱 2세는 1699년에 태어나 1744년에 죽었고 정조는 1752년에 태어나 1800년에 죽었는데 활동 한 시기가 18세기로 두 사람 모두 짧은 생을 마감했다. 자이싱 2세는 자이푸르 시티 팰리스 도시계획을 하였는데, 정조는 수원 화성을 축조하였다. 자이싱 2세는 수학에 정통하고, 천문학을 연구하여 천문대를 건설하였는데, 정조는 학술 연구 기관인 규장각을 설치하여 인재를 모아 외척의 역모와 횡포를 누르고 혁신정치를 하고자 했다. 박재가, 정약용 등 실학자들을 등용하여 당파 위주가 아닌 능력과 학식 중심의 사회분위기를 조성했다. 이런 노력은 사람들에게 삶의 길을 향상시킨다.

시티 팰리스의 일부 건물에는 지금도 왕과 왕족이 살고 있다. 왕은 상징적 존재로

서 마하라자라고 블리는데 자선사업에 참여하거나 지역발전에 기여함으로써 주민
들로부터 존경을 받고 있다고 한다. 핑크시티의 많은 집들이 아직도 그의 소유로 상
가임대료를 받고 있다. 나머지 건물들은 박물관으로 활용되고 있다. 일반 관광객은

● 곡물류판매점과
시티 팰리스의
비둘기 떼

● 영국으로 갠지스강물을 담아갔던 은항아리

● 시티팰래스의 왕의 거소

● 왕족이 살고 있는 건물

박물관 쪽 구역을 포함한 일부만 출입이 허용된다. 박물관에는 역대 마하라자(왕)의 무기와 의상 등을 전시해 놓았다. 전시된 여러 종류의 검은 인상적이었다. 그 전시품들을 통해 비록 작은 왕국이었지만 대제국 못지않은 영화를 누린 흔적을 엿볼 수 있다. 시티 팰리스 안쪽으로 들어가니 많은 비둘기가 날아다니고 있었다. 한쪽에서는 관리인이 모이를 주고 있었다. 비둘기 사육장으로 느껴진다.

박물관 밖의 정원에서 라젠드라 게이트(Rajendra Gate)로 들어가면 왕의 공식 접

● 왕들이 쓰던 건 앞에서

● 전시된 포

견실 앞에 큰 은 항아리 2개가 놓여 있다. 마호 싱 2세가 영국 왕세자였던 에드워드 7세의 대관식에 참석하기 위해 배를 타고,갠지스 강물을 담아 가는 용기로 사용했던 물통이다. 갠지스 강물을 떠가야했던 이유는 성수가 흐르는 땅을 떠나면 자신의 카스트를 잃는 다는 힌두교의 믿음 때문이었다. 이 은항아리는 무게가 345kg이며 900L의 물이 들어가는 세계에서 가장 큰 단일 은제품으로 기네스북에 올라가 있다고 한다.

03

하와마활

● 바람의 궁전. 하와마활

도로변에 있는 하와마할로 들어섰다. 하와마할은 1799년에 지어진 건물로 재래시장 맞은편에 있었다. 일명 바람의 궁전이라고 하는데 핑크색의 아름다운 건축물이었다. 일층은 점포로, 이층 이상은 주거용으로 쓰이는 상가주택 구조를 하고 있다. 돌 장벽으로 정교하게 다듬어져 있었다. 이 건물을 지은 목적은 길거리에 나설 수 없었던 여왕과 왕실부인들이 창문을 통해 시가지를 구경할 수 있도록 하기 위해서였다.

하와마할 맞은편에는 옷가지와 신발, 면제품을 판매하는 재래시장이 있다. 상인들의 호객행위가 대단했다. 재래시장을 구경하고 시장 앞을 지날 때 손으로 밥을 먹는

● 하와마할 앞 거리

사람을 보았다. 많은 사람이 오고 가는 곳이었다. 호텔에서는 식사를 할 때 포크나 숟가락으로 먹지만 많은 인도인들은 손으로 식사를 한다고 했다. 손끝으로 음식물의 촉감을 느낄 수 있고 숟가락이나 포크를 깨끗이 씻었다 하더라도 남의 입에 들어갔다 나온 숟가락보다는 내 손이 더 깨끗하다고 믿는다. 또한 그릇도 바나나 잎으로 대신하는 경우가 많은데 전염병이 돌기 쉬운 무더운 기후에 적응하기 위해서 터득한 문화라 한다.

사람들이 길거리에서 바나나 등을 먹고 다니는 모습이 가끔 보였다. 가이드에게 길거리에서 음식을 먹는 행위는 외관상으로나 위생상으로 좋지 않은 것 같다고 했더니 반디 씨도 이 부분에 대해서는 고쳐야 할 습관이라고 시인했다. 내가 어렸을 때 걸어가면서 음식을 먹지 말라는 아버지의 말씀이 어렴풋이 떠올랐다.

● 인도의 차 짜이(위)
짜이는 진흙으로 만든 일회용 잔으로 마신다.
길거리 음식 뿌리(아래)

7박 9일간의 여행이 막바지에 접어든 시점, 우리 일행이 사전에 준비해간 팩 소주는 3일 만에 동이 났기에, 애주가들은 술을 찾고 있었다. 그런데 시가지에 술집이 보이지 않았다. 나는 술을 좋아하지는 않지만 여행의 피로도 씻을 겸 이곳의 음주 문화는 어떤가 살펴볼 겸, 술을 판매하는 음식점을 찾았지만 어디에도 없었다. 알고 보니 인도인들은 종교적인 이유로 술을 즐기지 않는다고 한다. 이슬람교는 술을 금지하고 힌두교는 술을 멀리한다. 더러는 술에 찌들어 사는 사람들도 있지만 대부분의 사람들은 술이 마음을 탁하게 만든다고 믿기 때문이다. 간디의 금주운동도 술을 멀어지게 하는데 한 몫 했다고 한다.

1947년 영국으로부터 독립한 인도정부는 금주령을 발표해 일체의 주류 판매를 금지했다. 그러나 많은 주에서는 세수확보를 위해 금주법이 없으며 구자라트 같은 일부 주에서만 아직 금주법이 살아 있다. 음주를 금지하고 있는 종교는 힌두교의 일

부 종파와 이슬람교, 자인교 등이다. 주마다 다르지만 일주일에 한번은 금주의 날로 정해져 있다. 델리는 금요일, 꼴까타는 목요일이 금주의 날이라 한다. 국가 경축일에도 금주를 해야 한다. 기차나 길거리 등 공공장소에서는 음주가 금지되어 있다. 외국인도 예외가 아니라고 한다. 외국인은 국제공항 등에서 여권을 보여주면 '드링킹 라이센스'를 받아 술을 사거나 마실 수 있다고 한다. 지금도 인도정부가 술 판매를 독점하여 가격을 비싸게 받음은 물론이고 유통량을 통제하고 있다. 슈퍼마켓에서는 술을 판매하는데 줄을 서서 기다려야 한다.

인도 사람들이 주로 마시는 술은 보드카나 위스키 혹은 럼이다. 인도인들은 전통적으로 위스키와 럼과 같은 독주를 선호해 왔다. 위스키를 선호 하는 것은 위스키의 나라 영국의 식민지 시절의 영향일까. 한국과 달리 인도에서는 맥주에 비해 위스키나 럼이 더 싸다. 맥주 1병에 50루피(1,250원) 가량 하는데, 1리터짜리 위스키는 한 병에 2~300루피(5,000~7,500원)에 불과하다. 인도 술시장의 60% 이상을 위스키

● 인도의 고급 럼주 양주 / 인도의 대표 맥주 킹 피셔 / 인도의 와인

제조회사가 움직인다는 이야기도 있다. 인도가 경제 개방을 하면서 외국인들의 발길이 잦아지고 중산층이 늘어나면서 최근에는 와인을 많이 찾는다고 한다. 요즘 인도 젊은이들의 술에 대한 기호는 강한 도수의 술에서 약한 도수인 와인으로 변화중이라고 한다.

사실 나는 와인에 대해 잘 몰랐다. 가격이 몇 천원에서 몇 만 원대인 줄 알고 지냈는데 누군가 하루에 한두 잔 마시는 것이 몸에 좋다 하여 가게에서 6천 원짜리를 구입하여 하루 이틀 먹어 보았는데, 맛이 떨떠름하여 그 이후로는 먹지 않았다. 선물할 데가 있어서 인터넷에서 가격표를 보았는데, 몇 십만 원 대에서 백 만 원 대 까지 고가의 가격표를 보고 놀란 일이 있다. 한국에서도 와인이 명품으로 자리 잡고 있다는 기사를 본 적이 있다. 우리의 국민소득이 높아진 만큼 술 문화도 바뀌는 모양이다. 종전에는 도수가 높은 독한 술을 좋아하여 과실주는 술로 취급하지 않았다는 것이 사실이다. 최근에는 와인 가격이 세계평균 소매보다 2~3배 정도 비싼 가격임에도 불구하고 척척 사먹을 정도로 인기 주종이라는 것이다. 나는 아직까지 비싼 와인을 먹어보지 못해 와인이 내 입에 맞는지 맛을 잘 모른다. 향이 좋은 와인은 가격이 비싸다고들 하는데 기회가 있으면 맛을 한번 음미해 봐야겠다.

내일이면 뉴델리에서 하루 일정을 마치고 귀국하게 된다. 저녁을 먹고 난 뒤 모두들 어디 좋은 곳이 없나 하고 살피는 중이다. 가이드인 반디 씨가 눈치를 알아차리고 한 가지 제안을 하였다.

> "이곳 자이푸르에 전통 민속체험을 할 수 있는 곳이 있어요. 전통 음식도 먹을 수 있어요. 가격도 저렴합니다."

이 말에 모두들 솔깃하여 민속체험을 하러 가자고 한다.

나는 피로가 쌓여 도저히 갈수 없었다. 매일 새벽 다섯 시에 기상하여 여행을 강행한 탓으로 한 발자국도 더 내디딜 수 없을 정도로 몸이 축 쳐졌다. 나이도 내가 제일 많았지만 어느 한곳도 놓치지 않으려고 신경을 곤두세우며 계속 메모를 하느라 몸이 여간 고단한 것이 아니었다.

"나는 여기서 쉴 테니 모두들 갔다 오세요."

"전 선생님 웬만하면 같이 가시죠."

"미안합니다. 도저히 몸이 따르지 않네요. 신경 쓰지 말고 다녀오세요."

"그럼 그렇게 하시죠. 다녀오겠습니다."

그들은 두 시간이 지나 밤 11시 가까이 되어서야 돌아왔다. 전통 민속체험은 매우 인상 깊었다고 했다. 인도 민속춤, 마술, 대장장이의 쇠붙이 꺾기를 관람하고 낙타도 타보고 맛사지 체험도 하고 전통카레 음식을 먹었는데 좋은 경험을 했다고 말한다. 나뭇잎을 쪄서 만든 일회용 그릇도 보고, 일회용 질그릇 잔에 담아 마신 우유는 흙물이 배여 이색적이었다고 한다. 아쉽게도 나는 그들이 찍어온 카메라 영상을 보는 것에 만족해야만 했다.

● 마술 공연

● 도자기를 이는 곡예

● 마차 타기

● 인도 전통 카레

● 인도 전통 민속춤

● 인도 민속 불춤

일곱째날

인도의 미래

INDIA

01

자이푸르에서 뉴델리로

2008년 8월 30일 아침 7시 20분, 우리는 뉴델리로 출발하였다.

처음 며칠간은 외국인들의 입맛에 맞게 한 호텔음식이 먹을 만 하였으나 5일째부터는 카레의 향이 더 역겹게 느껴졌다. 그동안 강행군이었다. 다른 사람들은 인도 민속 체험을 하러갔으나 나는 그동안의 피로로 몸살이 나서 함께 가지 못 하였다. 오후부터 호텔방에서 푹 쉬었기 때문에 피로가 어느 정도 풀렸다.

오늘 일정은 타타 계열사 그룹, 델리대학, 인도 관광청, 인도문을 방문한 후 델리 공항으로 이동할 예정이다. 무척이나 바쁜 하루가 될 것 같았다. 인도의 도로사정을 생각하니 긴장이 될 정도이다.

자이푸르에서 델리까지는 250km로 5시간 30분 소요된다고 했다. 도로는 편도 2차선 왕복 4차선으로 일부 구간에서는 도로면이 고르지 못해 차가 심하게 흔들렸다.

10년 전에 건설되었다는 4차선 고속도로는 이제까지 인도에서 본 도로 중에 제일 좋아보였다. 그러나 인도의 고속도로는 차만 달리는 길이 아니다. 오토바이, 자전거, 낙타, 조랑말이 끄는 마차도 다니며 간선도로가 원활하지 못하여 역주행 하여 오는 차량도 간혹 있다. 고속도로지만 차는 시속 50~60km로 달렸다.

델리로 가면서 산을 볼 수 있었다. 그러나 대부분 암석으로 된 산으로 나무와 숲은 별로 없었다. 논은 보이지 않았으며 넓은 들판에는 밭작물을 재배하고 있었다. 무슨

작물인지는 모르지만 수수처럼 키가 큰 작물이 많았다. 반디 씨에게 물었으나 그도 잘 모르겠다고 했다. 지금 생각해 보면 사탕수수인 것 같다. 토지는 비옥해 보였다.

고속도로에 수십 마리의 소 떼가 가끔 출몰했다. 또 200여 마리의 소떼가 고속도로 한 차선을 메우며 지나가고 있었다. 인도에는 3억 마리의 소가 산다. 전 세계 소의 4분의 1이나 되는 숫자라니 가히 소의 천국이라 할 만하다.

또한 도로의 문제는 소뿐만이 아니다. 인도 도로의 총 연장은 약 350만km로 세

● 고속도로에 소떼가 지나간다.

계에서 세 번째라 하는데 도로의 상태는 형편 없다. 비포장도로가 많고 포장이 되어 있다해도 페인 곳이 부지기수다. 이처럼 안전하지 못한 도로 상태와 도로 위에 어슬렁거리는 소를 어떻게 할 것인지는 인도정부가 개선해야 할 과제인 것 같다.

그런데 차들이 정체되고 있었다. 버스 한대가 도로 옆 도랑에 굴러 바퀴가 하늘을 향해 뒤집어져 있다. 그 후 한 20분간은 더 달린 것 같은데 12톤 트럭이 도로에 전복되어 있었다. 큰 트럭이 도로 중앙을 가로질러 누워 있어 우리 차량은 맞은 편 하행선 도로를 이용해야 했다. 정체가 극심했다. 서로 먼저가려고 일단 차량 앞부분을 들이댄다. 우리 같으면 손가락질하고 욕설을 해댈 법도 한데 인도인들은 습관이 된 탓인지 별 불평 없이 지나간다.

우리가 탑승한 전용버스는 몇 번 바뀌었는데 언제나 운전수 옆에는 언제나 남자 조수가 탑승했다. 옆에서 좌우를 살피는 조수의 역할이 크므로 그럴 수밖에 없을 것 같다. 도로에는 차만 달리는 것이 아니라 코끼리, 소, 말, 낙타, 염소 따위의 동물이나 릭샤, 오토바이가 차보다 더 많았다. 신호등이 없는 도로가 대부분이고 차선 구분도 무용지물이어서 중앙선 침범행위가 흔하다. 인도에 거주하는 외국인들은 대부분 현지 운전수를 고용한다고 한다. 운전수 월급이 저렴하여 만 루피(약 25만 원) 정도면 고용할 수 있고, 목숨을 내놓고 직접 운전하기보다는 기사를 두는 것이 안전하기 때문이다.

38℃를 오르내리는 더운 날씨에 차창 커튼 사이로 햇빛이 작열하고 있었다. 차창 밖으로는 사리를 걸친 여인들이 다정히 이야기를 나누면서 걸어가고 있었다. 나는 반디 씨에게 언제쯤 결혼할 계획인지 물었다. 그는 사귀는 여성은 있지만 구체적인 결혼 계획은 아직 없다고 했다. 반디 씨는 남동생이 한 명 있는데 한국 여자와 결혼

을 했다고 한다. 조카가 아주 예쁘고 눈도 똘망똘망하고 말도 아주 잘 한다고 자랑했다. 인도는 대부분 중매결혼을 하고 있으나, 젊은이들은 연애결혼을 선호하고 있다고도 했다.

인도인들의 결혼은 한 남성과 한 여성의 사랑의 결합이라기보다는 가문과 가문의 선택이며, 신이 창조한 인간 존재로서의 의무를 수행하는 과정의 일부라고 한다. 개인주의적인 부분이 철저히 배제되어 있다. 나를 위해 결혼하지 않고 부모와 집안을 위해서 결혼하는 명분이 앞선다. 그래서 부모가 배필을 결정하는데 가장 큰 영향력을 행사한다. 그렇다고 여성 편에서 희생하듯이 중매결혼에 응하는 것은 아니다. 기본적으로 부모가 최상의 배필을 선택해줄 것이라는 믿음이 있다고 한다. 결혼의 절차는 처녀의 아버지가 신랑감을 찾는 데서 시작된다. 일단 신문에 광고를 내던지, 친지를 통해 수소문을 한다. 요즘은 인터넷이나 결혼상담소 등을 통해서 만나는 경우도 늘고 있다고 한다.

힌두에서의 결혼은 사촌 등 친척간의 결혼은 금지되어 있는 족외혼이다. '마누법전(기원전2세기~기원후 2세기에 걸쳐 만들어진 고대 인도의 법전)'에 의하면 같은 카스트, 같은 카스트 내의 자티 내에서 결혼할 수 있다. 같은 출신의 처만이 남편을 섬기고 남편과 함께 가정 제사에 참가할 수 있기 때문이다. 그렇지만 이 결혼의 원칙은 현재는 물론이고, 법전이 형성되던 당시에도 잘 지켜지지 않았다고 한다. 그래서 어쩔 수 없이 '마누법전'도 상층 카스트의 남성과 하층 카스트의 여성과의 결혼을 마지못해 인정하고 있다.

결혼은 '마누법전'에 '30세의 남성과 12세의 여성', '24세의 남성과 8세의 여성'과의 조합을 이상적이라고 한다. 남성은 원칙으로 20년 이상의 학습기를 거치지 않으면 안 되기 때문에 적령을 20년 이상으로 하고, 여성은 초경 이전에 시집가는 것을 원칙으로 하기 때문에 위와 같이 어린 나이로 정한 것이다. 여성의 아버지는 딸을 초경 이전에 결혼시키는 것을 종교적 의무로 삼아야 했고 그것을 지키지 못하는 아버지는 다음 생에 심한 죄의 대가를 받는 것으로 되어 있다. 이러한 불합리한 법은 1976년에는 조혼금지법이 개정되고 혼인연령은 남자 21세 이상 여자 18세 이상으로 정해졌다.

마누법전에 의하면 여자는 어리든, 젊든, 늙든 간에 집에서라도 그 어떤 일도 독립적으로 해서는 안 된다. 어려서는 아버지 집에, 젊어서는 남편 집에, 남편이 죽어서는 아들 집에 머물러야 한다. 여자는 독립해서는 안 된다고 명시되어 있다. 유가儒家의 삼종지의三從之義와 비슷한 개념으로 당시 여성의 사회적 권한이 미약했던 것으로 보인다.

1990년대에도 인도에서는 대도시 중산층의 약 20%만 연애결혼을 했다. 첫눈에 반하는 낭만적인 사랑이 있기는 하지만, 그 사랑이 결혼에 이르기까지는 난관이 너무 많다. 처녀 총각 들은 부모님이 최선의 배우자를 골라줄 것이라고 기대하고 중매결혼을 받아들인다. "서양인들은 결혼하기 전에 사랑에 빠졌다가 결혼 후에는 사랑이 식지만, 우리는 결혼 후에 사랑에 빠져 끝까지 사랑한다." 이것이 인도식의 논리다.

최근 여성의 사회진출이 점차 늘고 인터넷 보급률이 높아지면서 직장이나 온라인을 통해 만나 교제하는 커플이 늘었다. 부모 입장에서는 자녀가 누구를 만나는지 만나는 사람이 믿을만한 사람인지 알 수 없게 된 것이다. 인도에서 신부 측 부모가 사설탐정을 고용해 사윗감을 뒷조사하는 일이 유행이라고 한다. 인도 사설탐정 협회

(APDI)는 결혼 시즌일 때는 월 평균 50~100건씩 결혼관련 조사 의뢰가 들어온다는 것이다. 인도에는 전국적으로 1만 5000여개의 탐정 업체가 영업 중이다. 신부가 결혼 후 시집에서 사는 일이 일상적이므로 특히 딸을 가진 부모의 의뢰가 더 많다. 탐정들의 활동은 작은 카메라를 시계, 열쇠고리, 셔츠단추 등에 숨기고 거지, 운전사, 경비원 등으로 변장해 조사대상자에게 접근한다. 여기에 미행, 온라인검색, 인맥 등을 이용해 수집한 정보를 합해 보고서를 작성한 뒤 의뢰인에게 전달한다. 사윗감의 성격, 연애사, 가족관계 재정상태, 수입, 음주습관, 친구관계 등 의뢰인이 원하는 모든 것을 캐낸다. 조사결과에 따라 혼사가 취소되는 일도 있다고 한다.

결혼 첫 단계 때 가장 중요한 절차는 사주풀이다. 과거 한국의 분위기와 비슷하다. 일단 사주가 괜찮으면 신랑의 아버지는 신부 집에 결혼지참금을 얼마나 줄 수 있는가를 묻는다. 인도 결혼문화에는 '다우리(결혼지참금)' 문화가 있다. 여자들이 시집을 가려하면 신랑 쪽에 결혼지참금 명목으로 돈과 예물을 해 가지고 가야한다. 꼭 돈만 해당되는 것이 아니고 집, 차, 전자제품, 가구, 옷 등이다. 대도시에는 삼성과 LG의 TV, 냉장고 등의 단골메뉴가 들어있다. 결혼지참금 요구는 현실적으로 중하류층에 엄청난 경제적 부담을 주는 것 같다.

그런데 이 다우리를 넉넉하게 해가지 않아 시댁에서 학대받거나 시집살이를 견디다 못해 자살하는 경우가 적지 않다. 신부를 신랑 측에서 불에 태워 죽이는 경우도 가끔씩 발생한다고 한다.

인도정부는 이 악습을 뿌리 뽑기 위해 1961년에 다우리 반대 법안을 제정하고, 1983년부터는 다우리에 따른 폭력을 법으로 처벌하도록 하고 있다. 결혼하고 7년 이내에 신부가 사망하면 부검을 실시하도록 법적으로 규정하고 있다. 그러나 인도에서도 관습법은 실정법보다 우월하다. 수천 년 세월동안 관습이 베어 있는 시댁 식구들의 결혼 지참금 요구를 어떻게 막겠는가. 20년이 지난 지금까지도 다우리 관련 사건은 끊임없이 발생하고 있고, 처벌받은 남편이나 시댁은 드물다. 딸을 사랑하는 신부 측 부모 입장에서 딸의 결혼을 희생시켜가면서 경찰에 고발할 사람은 아무도 없다. 돈과 예물을 넉넉히 못해주어서 고민이 될 뿐이다.

우리 한국 사회에서도 결혼 혼수 때문에 가정이 파탄 난 경우가 간혹 있었으나, 인

● 휴게소에서 인도 어린이와 필자

도가 좀 더 심한 것 같다는 생각이 든다. 요즘 젊은 세대들 사이에서는 연애결혼을 선호하면서 다우리 풍습도 조금씩 사라지고 있다. 하지만 관습의 벽을 완전히 허물기 위해서는 앞으로도 많은 시간이 필요해 보인다.

전용버스로 오는 도중 휴게소에 잠시 쉬었다. 휴게소는 식당이었는데 그 앞에는 한 남자가 기타와 비슷한 악기를 들고 노래를 부르고 있었다. 인디언송이라 했다. 노랫소리가 구성지게 들렸다. 남자의 음성이 고와 보였다. 노래를 계속 부르는데 목이 아프지도 않은 모양이다. 1달러를 주고 사진을 찍었다.

휴게소 한편에는 관광객을 위한 안내 책자, 수공예품 등을 판매하고 있었다. 화장실 입구에는 남자 1명이 화장지를 들고 있었는데 소변 보고 나오는 나에게 그 화장지를 내밀며 사라고 했다. 화장실로 들어가는데 여자 화장실에서 앗! 하는 비명소리가 들렸다. 화장실 벽에는 지네와 전갈 등 각종 벌레가 기어 다니고 있었다. 볼일 보던 사람들이 놀라서 소리를 지르는 것이었다.

한참을 달리니 교복을 입은 초등학교 또래의 아이들이 지나간다. 삼삼오오 모여서 가방을 메고 간다. 그 중에 어떤 한 아이는 비닐 봉투에 책을 넣어서 들고 간다. 다들 가방을 메고 가는데 혼자서 비닐봉투에 넣고 다녀야하는 아픔이 그 아이 마음속에 자리하고 있을 텐데 안타까운 마음이다. 우리가 초등학교 다닐 때 책을 보자기에 싸서 들고 다니던 기억이 새롭다.

델리로 오는 도중 4건의 교통사고를 목격하였다. 버스가 길가에 전복된 사고, 트럭이 전복된 사고, 승용차 충돌 사고, 화물차와 승용차의 충돌 사고가 있었는데 이러한 사고들로 도로가 혼잡하고 차량이 정체되었다. 교통사고가 있을 때면 한쪽 차선을 통제하고 한쪽 차선만으로 왕복 통행을 하다 보니 많은 시간이 소요되었다. 난리

법석인 이 도로를 수습하기에는 몇 몇 경찰관으로는 역부족인 듯했다.

자이푸르에서 이곳 델리까지 오는 동안 내내 이상하다고 생각한 점이 있었다. 그것은 강물을 보지 못하였다는 것이다. 이곳 강우량은 바라나시, 아그라, 자이푸르, 델리로 이어지는 인도북부는 연간 평균 강우량이 700mm로 우리나라의 연간 평균 강우량 1,200mm에 비해 강우량이 매우 적은 편이다. 건기에는 흙먼지가 무척 심해서 마스크를 하고 다녀야할 정도라고 한다.

갠지스 강의 하류 평야지대에 위치한 벵골지방은 미얀마와 히말라야와 부탄의 거대한 산맥에 막힌 몬순의 영향으로 인해 종종 물바다가 되곤 한다. 아삼지방의 힐스테이션의 경우에는 강우량이 자그마치 2,400mm에 달하고, 몇 주 동안 연속하여 태양 빛을 보지 못할 때도 있다고 한다. 이곳에 내리는 비는 세계적으로도 유명하다. 인도의 우기인 몬순은 보통 6월 초순에 시작하여 9월 말에 끝난다. 인도에 내리는 비의 80%이상은 이 기간 중에 내린다. 1년 중 기껏해야 3분의 1동안만 지속되기 때문에 '비의 도박gamble in rains'이라고 부르기도 한다.

그러나 인도도 물이 부족한 나라에 속한다. 세계 인구의 3분의 1인 17억 인구가 물 부족에 시달리고 있다. 이러한 상황에서 기후변화로 인한 사막화는 물 부족 현상을 심화시키고 있다. 이미 가뭄이 규칙적으로 일어나는 지역에서는 가뭄의 피해가 빈번할 것으로 전망하고 있다. 중동, 아프리카 등지에서는 수리권을 둘러싸고 분쟁이 일어나고 있다. 이에 대해 UN은 2025년까지 인구증가와 기후변화, 환경오염 등을 감안할 때 약 10억 명의 사람들이 극심하거나 보통 수준 이상의 물 부족현상을 겪을 것이라고 경고하고 있다. 따라서 21세기는 물을 확보하기 위한 '물 전쟁'이 늘 것이라는 자연적인 귀결에 도달하게 된다. 생존에 필수적이면서도 물의 양은 한정

돼 있고 설상가상 지구온난화 등 기상이변에 따른 물 부족위기는 더욱 심화할 것이기 때문이다.

우리나라는 연평균 강우량이 1,200mm로 세계 평균 강우량의 거의 배에 가까우나 안심할 사항은 아니다. 여름철에 집중되어 있고 게릴라성 폭우로 물이 일시에 흘러 가버려 물 공급이 부족한 편이므로 이에 대한 대책이 필요하다.

델리 140km 지점에 이르렀을 때 트럭뿐이던 고속도로에 자가용차들이 나타나기 시작했다. 큰 공단이 들어서고 있었다. 아파트 단지와 산업시설이 보인다. 대형 쇼핑몰이 건설되고 있었다. 델리 50km 지점부터는 도로변은 상점가게로 이어졌고 부동산property 간판도 눈에 들어왔다. 인도에서 외국인은 토지소유가 허용되지 않으나 법인으로 설립하여 구입하면 가능하다고 한다. 반디 씨는 법인 설립자금이 우리나라 돈으로 10만원이라고 하였다.

델리 근처에 거의 와서 한국인이 운영하는 식당에서 김치찌개 정식을 먹었다. 오랜만에 먹어보는 한국 음식이다. 거실 대형 TV에서는 우리나라 전통공연이 방영되고 있었다. 옆자리에는 점잖고 인품이 있어 보이는 60대쯤 되어 보이는 신사가 식사를 하고 있었다.

나는 이집 주인인가 싶어 그에게 물었다.

"이 집 주인 되십니까?"

"나는 비즈니스로 이 집에 묵고 있는 홀아비요."

"이 곳 1인당 국민소득은 얼마이고 경제는 어떻습니까?"

"인도의 국민소득은 900달러 되지요. 나는 중국에서 오래 지내다가 인도로

왔는데 지금 중국은 첨단을 걷고 있지요. 인도는 아직 중국에 미치지 못하지
요."

2008년 1인당 국민소득이 중국은 3400달러 정도 되니까 인도와 4배의 차이가
난다. 한국은 2만 달러로서 인도와 22배의 차이가 나는 셈이다.

"지낼만 하십니까?"
"불편한 점이 한 두 가지가 아니지요. 이곳은 상당히 디워요. 우리 집 마누라
가 이곳에 오고 싶어 하는데 이 더운 곳에 왜 오려고 하는지 모르겠어요. 그
래서 조금 선선해지면 오라고 했지요."

몸이 비교적 뚱뚱해 보이는 그는 짜증 섞인 듯한 목소리였다. 식사를 하다말고 뭔
가 못마땅하다는 표정을 지으며 나를 지긋이 보더니 이렇게 물었다.

"어디에서 오셨수?"
"서울에서 왔습니다."
"나는 무더운 나라에서 비즈니스를 하며 외화를 벌어들이고 있는데, 선생들
은 이렇게 관광을 다니니 참 좋습니다."

듣기가 좀 거북했다. 누구는 더운 나라에서 힘들게 일하고 있는데 한 참 일하기 바
쁜 때 젊은이 10여 명이 몰려다니는 것이 그 분의 눈에는 못 마땅하게 보였나 보다.

그러나 이번 외국여행이 처음이고 우리는 아시아전문가 과정이라는 목적의식을 가지고 인도를 방문했기 때문이다. 이런 사정이야기를 할 시간도 없고 설명을 해봤자 변명만 될 것 같았다. 몸집이 비교적 커 보이는 그 분은 더운 나라 인도에서 고생하는 것이 역력했다. 저렇게 외국에서 고생하는 분들이 많으니 자원도 없는 우리나라가 발전하는가 보다.

좀 더 이야기를 나누고 싶었지만 차가 떠난다고 하여 서둘러 식당에서 나왔다. 차를 타고 오면서 고층 아파트단지와 건물이 보이는데 신도시라 하였다. 시가지에 접어들면서 상점 간판에는 삼성 판매장과 LG가전제품 판매장이 눈에 들어왔다. 인도에도 많은 한국기업들이 들어와 경쟁을 펼치고 있는 모습에 가슴 뿌듯하였다.

02

타타그룹 계열사 방문

　이번 인도여행의 주 목적은 단순한 관광이 아니라 글로벌 문화체험을 통해 다른 나라의 우수사례를 서울시정에 접목하기 위한 것이다. 따라서 우리 일행은 의무감과 부담감을 가지고 무엇인가를 찾아내고 취재하는 심정으로 여행하고 있다. 오늘 우리는 타타그룹 계열사인 자동차 전시장을 방문했다.

　원래는 타타 자동차의 생산 공장을 방문하여 국민차의 생산과정을 견학하고 국민들로부터 존경 받는 기업으로 모범적인 사업을 추진하는 과정을 알아볼 계획이었다. 그러나 본사 및 생산 공장이 봄베이에 위치하고 있어 빡빡한 일정으로는 그곳까지 갈 수가 없었다. 그래서 뉴델리에 있는 타타그룹의 계열사인 주식회사 타타 자동차를 방문하여 자동차 전시장을 둘러보았다. 전시장 직원 사무엘 조지에게 인도의 국민경제 및 우리나라 진출기업의 성공적인 경제활동에 대하여 설명을 들었다.

타타그룹은 인도의 국민기업으로 통한다. 자동차와 전자제품 등 어디에서나 쉽게 타타그룹 제품을 만날 수 있다. 타타그룹은 자동차, 철강, 수력발전소, 화학, 소비재, 정보기술 등 여러 분야 기업을 거느리고 있는 인도 대표 기업그룹 중 하나이다. 고용인원 21만여 명, 인도 국내 총생산의 2.8%를 차지하고 있는 간판기업이다.

타타그룹을 창업한 잠셋지 타타는 인도 철강산업의 아버지로 통한다. 그는 인도 서부 구자라트 나바사리에서 1839년에 태어났다. 봄베이 엘핀스톤 칼리지에서 수학한 후 극동지역과 유럽에서 아버지의 무역업에 종사했다. 우리말에 성공할 사람은 떡잎부터 알아본다는 속담이 있다. 27세 때인 1868년 그는 무역회사를 창업해 아편무역 등으로 큰돈을 번다. 그 후 방직업에 뛰어들어 19세기 나그푸르와 봄베이에 대규모 방직공장을 소유한다. 인도섬유 업계 최고 위치에 급부상하게 된다.

잠셋지 타타의 경영능력은 탁월했다. 섬유업의 불분명한 미래를 예측하고 다른 곳에 투자했다. 그의 사업수완은 미래를 내다보는 선견지명이 있었다. 철강이 중공업의 모태가 되고 수력발전으로 경제발전의 토대를 닦아야 한다고 생각했다. 그러나 1904년 자신의 꿈을 실현하지 못하고 숨을 거둔다. 그의 꿈은 두 아들에 의해 실현된다. 1907년 벵골에 타타제철이 설립되고, 1910년 타타수력발전회사, 1916년 안드라계곡 수력발전회사, 1919년 타타전력회사 등이 잇따라 설립된다.

잠셋지 타타는 직원들을 가족처럼 생각하고 복지 후생을 누구보다 앞서 실천했다. 이익금을 사회에 환원하고 빈민구제산업에도 주머니를 열었다. 타타그룹은 인도 최초로 1912년 8시간 노동제와 1920년 유급휴가제, 1934년 성과급제, 1937년 퇴직금제 등을 차례로 도입했다. 인도정부는 8시간 근로제는 36년 후, 퇴직금제는 35년 뒤에나 입법화하게 된 것을 미루어 볼 때 타타의 복지 후생제도가 얼마나 혁신적인 조치였는가를 짐작할 수 있다.

타타그룹은 1991년 인도의 경제 개방 이후 인도를 넘어 대우상용차를 인수하여 한국, 중국 등 아시아 진출을 강화하고 있다. 타타자동차는 인도시장에서 4분의 1을 점하며 마루띠자동차와 현대자동차에 이어 3위를 달리고 있다.

우리는 사무엘 조지와 인도의 경제발전에 대해 이야기를 나누었다.

질문 "요즘 인도의 경제는 어떻습니까?"

사무엘 코지 "그 동안 소프트웨어 산업 중심으로 성장해 왔지만 최근에는 하드웨어도 함께 성장하고 있습니다. 인도는 머지않아 제조업의 허브가

될 것입니다. 그리고 새 경제특구 개발로 수만 개의 일자리가 창출될
것입니다."

인도 중산층의 규모는 전체 인구에 비해 얼마나 될까? 중산층의 구매력이 경제
지표를 가늠하기 때문이다. 경제가 발전되면서 중산층이 빠른 속도로 늘어나고
있다. 인도 정부는 인도 중산층이 3억 명이라고 한다. 2005년 소득 기준은 연간
2,000~4500달러를 넘는 사람들이다. 전체인구 11억 중 30%가 중산층인 셈이다.

경제가 빠르게 성장하면서 중·상류층 인도인들이 휴대폰, 승용차, 냉장고, 컴퓨
터, 에어컨 구입에 열을 올리고 있다. 승용차가 신분의 상징으로 인식되면서 자동차
를 구입하는 사람들이 급속하게 늘어나고 있는 것이다.

2010년 미국 경제 잡지 「포브스」에 따르면, 인도는 세계 10대 억만장자 순위에
가장 많은 갑부 명단을 올려놓았다. 무려 4명이 인도인으로 미국 2명보다 많다는 것
에 놀라지 않을 수 없다. 이렇게 본다면 빈부의 격차가 심하다는 뜻도 된다. 인도국
가경제연구소는 인도에는 약 3억 명의 중산층이 있다고 발표했으나 한국 기준으로
볼 때 약 5000만 명 정도로 봐야 한다는 것이 전문가들의 분석이다. 그렇기 때문에
인도 진출시 시장규모를 과대평가하지 말고 구매력을 따져봐야 한다는 것이다.

인도를 상위 5%사회라고 말하는 이들이 많다. 인도의 가난한 서민만 보고 인도가
별것 아니라고 섣불리 판단해선 안 된다는 이야기다. 뛰어난 머리와 높은 학식을 지
닌 이들 상위 5%계층이 거대한 나라를 실질적으로 이끌어간다는 것이다. 이들은 영
어를 자유자재로 구사하며 국제금융과 세계 경제를 보는 시각도 탁월하다고 했다.

질문 "한국 기업의 진출은 어떻습니까?"

사무엘 조지 "한국 기업이 이곳에서 활발하게 활동하고 있습니다. 이미 한
국은 인도에 대한 투자국 순위에서 5위를 달리고 있고 한국산 브랜드에 대한
인지도는 매우 높습니다."

LG전자 삼성전자 현대자동차 등 한국 대기업은 1990년대 중반 이후 인도에 진출
했다. 당시 인도시장은 한국기업에는 불모지였다. 가전과 자동차시장은 인도 토종기
업과 미국 일본과 외국브랜드가 장악하고 있었다. 한국기업들은 인도시장에 제품생
산뿐만 아니라 브랜드 이미지 확보를 위해 대규모 투자를 단행하였다. 1990년대 중
후반 삼성전자, LG전자, 현대자동차 등 한국 기업은 인도에 광고비 9억 달러 정도를
투자했다. 당시로서는 많은 돈이다. 삼성전자는 델리 시내 전 지역을 삼성광고판으
로 덮어버렸다 해도 과언이 아닐 정도로 브랜드를 알리는 데 주력했다. 위험을 무릅
쓴 대담한 투자는 성공적이었다. 이들은 일본, 미국, 유럽 등 세계 각국의 기업을 물
리치고 현재 인도에 확실히 자리를 잡았다.

한국 · 인도 간 무역규모는 2011년 200억 달러로 2008년 155억 달러보다 무려
77%나 증가했다. 이 수치는 일본 · 인도 간 무역규모 126억 달러를 크게 앞지른 것
으로, 한국 · 인도 간 무역 발전이 놀라울 따름이다.

LG전자 제품은 인도 국민들 사이에 인기가 높다. 2006년도 인도시장 점유율은
가전제품 시장에서 텔레비전, 세탁기, 냉장고, 에어컨, 전자레인지 등 무려 5개 부문
선두를 차지했다. 인도 대도시 어디를 가나 LG로고가 달린 에어컨이나 냉장고, 텔
레비전 등을 쉽게 발견할 수 있다. 이러한 성공의 주요 요인으로는 철저한 현지화가

성공 열쇠이다.

LG전자 인도 법인장 김광로 사장은 "철두철미하게 현지인 중심경영을 하였다. 인도 전역에 걸쳐 있는 지점과 영업소 책임자를 전원 현지 인도사람의 책임 하에 운영하고 있다. 돈을 주고 기술과 사람을 살 수 있지만 문화는 살 수 없다. 믿고 맡기니 생산성이 오르는 것이다. 실적에 따라 보너스 지급도 성공요인의 하나라고 생각한다."라고 말했다.

LG의 가전제품과 현대, 대우의 자동차는 인도 내수시장을 휩쓸며 일본 소니나 미국 포드에 버금가는 제품으로 인식되고 있다. 인도 전체 냉장고시장의 82% 그리고 세탁기 시장의 절반을 삼성과 LG 2개사가 점유하고 있다. TV, 휴대전화, 컬러모니터, 전자레인지에서도 단연 한국 업체들이 선두이다. 현대자동차는 1998년 인도에 진출하여 2010년에는 점유율이 마루 타 다음 가는 2위를 달리고 있다.

현대자동차는 1996년 100% 단독 투자하여 인도 남부 타밀나두 주 첸나이Chennai에 자동차 생산 공장을 설립했는데 진출 2년 만에 인도 소형차 시장에서 점유율 1위를 차지하면서 확고한 기반을 구축한 것으로 평가되고 있다. 이러한 성공의 주요 요인으로는 현지화 경영을 들 수 있다. 첫째, 현대자동차는 인도 진출에 앞서 인도 환경에 대하여 철저히 분석하고 현지 상황에 맞는 경차 모델을 개발했다. 예를 들면 인도사람들이 낮은 가격을 선호하고 기온이 높다는 점을 파악한 후 뒤의 라운딩rounding을 강조하고, 부품을 단순화 했다. 나쁜 도로 사정을 감안하여 스프링을 강화하고, 물이 차오르는 도로 사정을 고려해 문을 닫으면 차가 배처럼 뜰 수 있을 정도로 방수에 정성을 들였다. 둘째, 한국 내 부품 업체를 현지 투자 진출하게 함으로써 현지조달 비율을 90%까지 확대했다.

내가 아그라에서 호텔직원에게 한국제품이 어떻습니까하고 물었을 때 미소를 지으며 엄지손가락을 치켜 올리며 최고라고 하는 것은 과장이 아니었다. 한국 제품은 호텔 어디서나 볼 수 있었고 품질에 만족한다고 했다. 이렇게 한국기업이 인도에서 성공할 수 있었던 이유는 여러 가지가 있겠지만, 다른 선진국 기업과 달리 가장 최근의 모델을 인도시장에 들고 와서 인도 국민들의 눈높이에 맞춰 주었다는 점이다. 또한 세계적인 브랜드에 현혹되어 있는 인도인들에게 엄청난 광고를 쏟아 부었으며, 철저한 현지화를 통해 인도국민에게 친근히 다가갔다. 사무실에 앉아 머리만 굴리는 마케팅이 아닌 시장과 고객을 찾아나서는 발로 뛰는 마케팅이었다. 이렇게 일부 외국기업은 성공적으로 자리 잡지만 다른 기업들은 겨우겨우 살아남는 실정이다.

1999년 6월 Business World의 기사 헤드라인은 "인도에서 성공하려면 인도처럼 생각하라. 어찌하여 인도에서 일부 다국적 기업들만이 성공하였는가."라고 적고 있다. 우리 기업들이 깊이 새겨들어야 할 말이다. 인도인처럼 생각하는 기업과 현지화 전략을 적절하게 짠 기업은 확실히 성공할 수밖에 없었다는 것은 인도에서 비즈니스 하는 것을 평가하는 분석가들이 모두 동의하는 내용이다.

인도는 1991년 경제개방이후의 꾸준한 성장 그리고 IT산업에서 급속한 성장은 세계경제에서 인도가 차지하는 비중을 점차 증가시키고 있다. 한국인들도 인도를 바라보는 시각이 변해 가고 있다. 인도가 발전함에 있어서 중국과의 비교를 피할 수는 없다. 엄청난 국가규모와 자원, 인구 등 비슷한 여건이 많기 때문이다. 인도는 중국이 발전해왔던 방향과는 조금 다르게 나아가고 있는 듯하다.

한국 기업들이 인도에 늦게 진출하였으나 최근에는 성공신화를 이룩했다고 볼 수 있다. 대기업들의 성공을 바탕으로 크고 작은 한국기업이 인도로 진출하여 현재 약 400개의 기업체가 활약하고 있다. 거대 인도시장 투자를 활성하기 위해 한국과 인도는 2009년 8월 CEPA(포괄적 경제동반자협정)를 체결하여, 2010년 1월부터 발효됐다. 두 나라는 상품양허 부문에서 2017년까지 관세 완전 철폐와 서비스부문에서는 컴퓨터 전문가와 엔지니어, 경영 컨설턴트, 기계 · 통신 기술자와 자연과학자 등 전문 인력을 활성 할 수 있는 길을 열었다. 다른 아시아 국가들 특히 중국, 일본보다 앞서 CEPA를 체결한 한국은 인도와의 관계가 더욱 발전되리라 기대해 본다.

질문 "인도와 중국과의 관계는 어떻습니까?"
사무엘 코지 "인도는 수출 규모에서 세계 31위로 세계 4위인 중국보다 처져 있는 상태입니다. 그래서 중국처럼 전국에 경제특구를 만들어 외국인직접투자를 유치하여 제조업을 발전시킬 계획입니다."

인도에는 현재 11개의 경제특구가 설립된 상태이다. 여기에 최근 인도정부는 35개의 경제특구를 추가로 건설키로 했다. 경제특구 개발자 및 거주 기업들에겐 15년간 세금 감면 혜택이 주어지며 사업상 행정적 장벽도 제거된다. 수출 절차도 60%이상 간소화 된다. 특히 인도는 중국의 부상을 경계하고 있다. 중국기업의 빠른 성장속도와 규모는 이미 인도기업을 일부 앞지르고 있다. 때문에 타타는 중국과 차별화된 방향으로 성장할 계획을 가지고 있다. 중국이 제조업에 특화된 국가라면, 인도는 서비스 부문에 경쟁력이 있다. 특히 IT 서비스 부문에서는 이미 세계 최고수준을 보유하고 있고, 향후 바이오테크놀로지 부문도 미래 성장산업으로 집중 투자할 계획이다. 일부에서는 중국과 인도의 서비스 산업을 다음과 같이 비교하기도 한다. 중국에서 제공하는 서비스의 대부분은 외국의 자본과 기술을 이용해 제공하는 것이지만 인도는 스스로 역량을 보유한 자생적 경쟁력을 완비하였다고 말한다.

인도는 많은 우수한 인력들이 있음에도 인도에서 정착하지 못하고 서구로 떠나고 있다. 타타그룹 역시 자국의 인재를 언제까지 애국심으로 잡을 수 없다는 것을 잘 알고 있다. 때문에 타타그룹은 장기적인 비전을 가지고 인도의 사회적 인프라 개선에 많은 자원을 투자하며, 교육, 의료체계 등에서 절대적 열세를 극복하고자 노력을 아끼지 않고 있다.

인도 아춘자이틀리 상공부 장관은 아시아지역 투자 설명회에서 다음과 같이 말했다.

"중국과 비교하지 말라. 인도가 오히려 중국보다 좋다. 중국은 사회주의 국가인데 반해 인도는 자본주의 국가라서 위험요소가 적은데다 중국은 중국어를 사용해야 하지만 인도는 세계 공용어인 영어를 자유롭게 사용할 수 있다. 또 중국은 취약한 금융시스템을 갖고 있는데 비해 인도는 6만 3000여 곳에 금융네트워크가 형성되어 있어 금융 인프라가 안정되어 있다." (한국일보, 「세계기업 인도로 간 까닭은」, 2003.11.6)

인도 상공부 장관은 인도가 사업하기 좋은 나라임을 강조하고 있지만, 실제 객관적인 평가는 다르게 나타나고 있다. 인도는 넓은 영토, 11억 명이 넘는 인구, 높은 경제성장률 등 여러 가지 면에서 중국과 비슷한 점이 많지만 공산당의 영향이 강력한 중국과 달리 정치적으로 다원화 되어있고, 서구식 합리주의 사고방식이 오히려 걸림돌이 될 수 있다.

인도는 기업하기 좋은 나라라는 부문에서 중국에 비해서도 크게 뒤떨어져 있으며, 사업을 착수하거나 청산하는 데도 모두 상당한 기간이 소요되는 것으로 나타나고 있다. 사업 착수에 소요되는 기간이 중국은 41일인데 비해 인도는 81일이고 사업청산에 소요되는 기간이 중국은 2.4년인데 비해 인도는 10년이나 걸린다.(주 인도대사관 참조)

2011년 중국·인도간 교역량은 750억 달러로 2008년 406억 달러보다 58% 증가했다. 양국은 국경분쟁으로 껄끄러운 관계지만 교역면에서는 서로 적극적이다.

아마티안 센은 중국과의 관계 개선을 상당히 비중 있게 다루고 있다. 그는 인도의 경제적 과제에 대하여 이렇게 말했다.

> "경제성장과 개발 과정에 관해서라면 인도는 실제로 중국에서 많은 것을 배워야 한다. 특히 중국은 국제무역의 활용 측면에서 인도에 의미 있는 교훈을 던져주었다. 무역 외에도 인도의 경제발전에 참고가 되는 매우 중요한 선례를 보여준다. 한국을 비롯한 동남아 경제의 성공에서도 비슷한 메시지를 찾을 수 있지만, 중국의 규모나 그들이 이미 경험했던 빈곤의 수준을 생각하면 인도 경제정책수립에서 다른 나라들보다 중국의 경우가 중요한 참고자료가 된다." (『살아있는 인도』, 청림출판, 2005.)

03

델리 대학에서

그 민족의 과거를 알기 위해서는 박물관이나 국보를 찾으면 되고, 그 민족의 현재를 알기 위해서는 시장에 나가보면 되며, 그 민족의 장래를 내다보고 싶으면 학교나 도서관에 가보면 된다는 말이 있다. 교육은 곧 그 민족의 미래이기 때문이다. 우리가 알고 있는 인도는 무한한 잠재력과 발전 동력을 가지고 있다.

인재육성정책 과정을 견학하기 위하여 많은 대학 가운데서 델리대학을 택했다. 델리대학으로 들어가는 길가에는 몇 그루의 고목이 서있었는데 천 조각을 이어서 나무에 감아놓았다. 인도인들은 이 세상에 존재하는 것은 모두 신성하고, 자라나는 것은 더욱 신성하게 여긴다고 한다. 이런 고목도 신격화 하는 것을 보면 우리의 토속신앙과도 유사한 느낌이다. 인더스문명에서 그 흔적이 보이는 보리수 숭배는 오늘날까지 계속 되고 있다. 가난과 부, 번영과 재앙, 병과 죽음, 결혼과 농사 등 모든 영역에서 신의 영향을 받는다고 믿기 때문이다.

학교 정문에서 오후 2시경에 도착한 우리를 교수와 학생들이 함께 맞아 주었다. 우리 일행 10명은 곧장 교실로 가서 델리대학 교수와 대학원생 10명과 함께 질문과 토론을 시작 하였다. 학생들은 모두 한국어학과 학생들이라 했다.

먼저 인사와 소개가 있었는데, 사회자는 사쉬꾸마르 미스라교수를 소개했다. 그는 연세대학교에서 1년간 공부했고 그 후 3년간 한국외국어대학교 교환교수를 역임했

● 델리 학교 입구에 있는 고목을 신처럼 섬기는가?

다고 한다. 그의 한국말은 그렇게 유창하지는 않았지만 의사소통은 가능한 정도였다. 그는 인도의 교육에 강한 자부심을 가지고 있었다. 그는 이렇게 말했다 "미국의 나사와 마이크로소프트에는 많은 인도인이 포진하고 있어 만약 그들이 없다면 문을 닫아야 합니다." 미국 IBM과 NASA의 엔지니어, 실리콘밸리 창업자 중 많은 이들이 미국 유학생 출신이 아닌 인도 대학 출신이라는 사실만으로도 그의 말은 전혀 과장된 표현이 아니다.

인도교육의 특징은 전통적으로 소수만을 선택해 키우는 엘리트 교육 방식으로 카스트 가운데 최상의 계급인 브라만 남자들만을 위한 것이었다. 18세기 영국이 인도를 점령한 후 실시한 교육도 특권 계급을 위한 교육 방식에 머물러 그간 내려오던 소수 엘리트 교육을 강화하는 수준이었다. 1947년 독립 후의 교육도 식민지 시대에 비해 초·중등 교육에 보다 역점을 두기는 했으나 엘리트 교육에 치중하였다. 소수 엘리트가 국가 발전을 선도 할 수 있다고 판단했기 때문이다. 인도 공과대학 7개 캠퍼스 중 하나인 델리 캠퍼스는 동양의 MIT라 불리는데, 인도 초대 총리 네루가 과학기술 인재를 양성하기 위해 설립한 대학이다. 이 대학의 명성은 세계적이다. 마이크로 소프트의 빌 게이츠 회장은 인도공과대학 졸업생들이 인도의 가장 뛰어난 수출 자원이라고 평가할 정도이다.

인도는 공립학교와 사립학교, 준사립학교로 나뉜다. 공립학교가 70% 이상으로 다수를 차지한다. 교육의 질은 사립에 비해 떨어진다고 한다. 교사의 숫자가 부족하고 시설이 열악하며, 교사가 있다 하더라도 수업을 빼먹거나 결근을 자주 한다고 한다. 그래서 중학교까지는 의무교육이지만 경제적으로 여유가 있는 부모들은 비싼 등록금에도 불구하고 아이들을 사립학교로 보낸다고 한다. 인도의 사립학교는 보통 유치원부터 초·중·고등학교가 함께 있는 것이 특징이다. 사립학교에는 카톨릭이나 종교재단이 운영하는 미션스쿨과 일반인이 운영하는 사립학교가 있다. 공립학교도 초등학교 때부터 영어를 기본으로 교육받지만 인도의 사립학교는 유치원 때부터 모든 수업을 영어로 진행한다. 인도 지식인 치고 영어 구사를 잘 못하는 사람은 없다. 그렇기 때문에 많은 인도의 인재들이 영어권 국가로 진출하는 것이 수월하다. 사립학교를 졸업한 엘리트들은 국내 혹은 해외 명문대학에 진학한다.

이처럼 공립학교의 교육은 열악한 실정이다. 인도 인적자원개발부에서 작성한 「교육의 도전 : 정책적 관점」에 의하면 공립학교의 약 50%의 어린이들이 1학년부터 5학년 사이에 중도 탈락하고 있다. 그리고 1학년에 등록한 100여 명의 어린이들 중 8학년까지 도달하는 어린이는 23명에 불과했다. 학교시설은 초등학교의 89%가 화장실이 없었고, 교사가 1명뿐인 학교도 많았다. 그러나 인도의 모든 어린이들 중 10%는 사립학교에 등록하고 있는데 이들 사립학교는 중도에 탈락하는 학생들이 거의 없다는 것이다. 참으로 대조적이다.

인도의 교육에 대해 아마티아 센(1933~)은 다음과 같이 말했다.

> 인도의 초등교육은 많은 문제점을 안고 있다. 우선 재정자원이 부족하다. 학교도 부족하고 그나마 있는 학교에서 실제로 사용할 수 있는 시설도 한정되어 있다. 게다가 인도의 초등학교의 대부분이 제도적 구조가 취약하며 운영방식도 비효율적이다. 더 큰 문제는 교육 혜택이 고르게 돌아가지 못한다는 점이다. 프라티치 트러스트(아마티아 센이 노벨상 상금으로 1999년에 설립한 연구기관)에서 실시한 소규모 연구를 통해 이런 문제의 표본을 얻을 기회가 있었다. 연구소에서는 서벵골의 세 개 구역을 더 추가했고 인접한 자르칸

● 오토릭샤에 탄 유치원생
유치원생의 등교 모습(왼쪽)

드의 한 구역도 대상에 포함시켰다. 상황은 매우 답답했다. 많은 수의 교사들이 출근조차 하지 않았다. 특히 지정카스트(인도에서 불가촉천민이란 호칭 대신에 쓰는 공식적인 호칭)나 지정부족 출신 아이들이 많은 학교에서 교사들의 무단결근이 심했다. 조사 대상학교의 75퍼센트가 심각한 교사 결근 문제를 안고 있었고, 낮은 계급 출신 아이들이 다니는 학교일수록 결근율이 높았다. 많은 아이들이 학교에서 받지 못한 교육을 과외로 보충했다. 돈이 없는 아이들은 과외를 받지 않았다. 더군다나 제3계급(바이샤)과 제4계급(수드라)의 학생들 가운데 과외를 받지 않는 아이들은 대부분 자기 이름조차 쓰지 못했다. 사실상 인도의 많은 지역에서 제대로 된 초등 교육을 받으려면 무료 교육을 기대하지 말아야 한다. 이는 명백한 기본 침해이다. 이 모든 사태의 배경에는 가난한 가정과 교사를 구분 해놓은 무자비한 계급 차별이 자리 잡혀 있다. (아마티아 센, 『살아있는 인도』, 청림출판, 2005.)

인도 엘리트 교육은 초등과 중등교육은 민간 사립학교가, 고등교육은 국가가 관장한다.

여기서 우리는 인도사회 곳곳에 스며있는 계급 분화가 교육제도를 퇴보시킨다는 것을 알 수 있다. "초등교육은 근본부터 행정 구조를 다시 짜야하고 인도의 공공정책을 지금보다 더 적극적인 자세로 검토하고 조정해야 한다"는 아마티아 센의 주장이 설득력 있게 들린다.

미스라 교수는 우리가 한국에서 온 것을 알고 「동방의 등불」을 노래한 타고르의 이야기를 하면서 인도에는 타고르보다 유명한 시인이 더 많다고 했다.

델리대학교는 인도 델리에 있는 국립 종합대학으로 1922년에 개교했고, 학생수는 30만 명으로 주로 영국학제를 따른다고 했다. 3만 명 안팎인 서울대학교의 학생수보다 상당히 많은 숫자이다.

인도의 대학 체계는 교육 방식에 따라 연합대학, 일반대학, 전문대학으로 나뉘는데 우선 연합대학은 여러 개의 단과대학과 대학원을 총괄하는 형태이고 인도의 많은 대학들이 이러한 연합대학의 형태를 취한다. 이 곳 델리대학은 현재 인문학부, 교육학부, 응용과학부, 법학부, 인도의학부, 자연과학부, 경영학부 등 14개 학부와 인문학과, 경제학과, 전자공학과, 동물학과, 생체의학과 등 86개 학과 및 대학원으로 구성되어 있다. 연합대학교에 가맹한 단과대학은 79개 대학에 이르며 델리 대도시권 전역에 분산되어 있다. 전문대학은 한 분야를 특화시켜 전문적인 교육을 통해 해당 분야의 전문가를 양성하는 교육기관으로 한국의 전문대학과는 다른 개념이다.

인도의 교육과정은 영국이나 미국의 학제를 따르기 때문에 12학년까지 있다. 6세에 입학하는 초등학교는 1학년부터 5학년까지, 중등학교는 6학년부터 8학년까지, 고등학교는 9학년부터 12학년까지로 구성된다. 고급 교육을 하는 대학은 기술학교와 단과대학 및 종합대학교가 포함된다. 대학원 이상의 과정은 석사, 준 박사, 박사 코스가 있다. 학부과정은 보통 3년이며, 석사 2년, 준 박사 1년에서 2년, 박사 최소 2년 반 이상으로 구성되어 있다.

미스라 교수는 인도에 한국인 유학생들이 많은데, 델리대학에는 160여 명이 공부하고 있다고 했다. 그러면서 한국 유학생의 특이한 사항을 이야기 해 주었다. 한국유학생들의 영어실력을 예로 들며 '한국외국어대학생들은 서울대학교 학생보다 영어수준이 못하다'고 말했다. 언어를 전공으로 하는 학생들이 비 언어전공 학생들보다 영어실력이 더 떨어진다는 것이다.

미스라 교수의 말은 느리면서도 조리가 있었다. 우리들이 질문을 하면 장시간 열심히 설명해 주었다. 우리는 시간이 촉박해서 그의 말이 끝나기 전에 또 다른 질문을 해야만 했다. 이에 대해 가이드인 반디 씨는 인도인들은 한번 마이크를 잡으면 잘 놓지 않으려는 습성이 있다고 했다. 즉 대화의 주도권을 놓지 않으려는 경향이 있다는 것이다. 인도인들은 많은 사람들 앞에서 자기가 아는 것을 주장 하는 데는 어느 나라 사람들에게도 뒤지지 않는 것 같다.

김도영 교수는 인도의 교육은 나서는 교육이라고 말한다. 조용히 희생하면서 성실하게 일하는 분위기보다는 자신이 알고 있는 것을 100%, 200% 발휘하도록 말하고 표현하도록 한다. 한국 학생들은 100을 알면 50을 말하고 인도 학생은 50을 알면 150을 말한다고 했다.

언어능력과 관련해서 인도 아이들의 탁월한 점은 말을 조리 있게 잘 한다는 점이다. 그래서인지 학생들의 수업방식도 프리젠테이션 방식으로 진행하는 경우가 많다. 학생들은 원하든 원하지 않든 강단에 서서 발표할 기회가 많다. 자리에 앉아 있을 때는 인사하는 것조차 수줍어하는 여학생들도 일단 강단에 서서 발표하기 시작하면 청산유수라고 한다. 중산층 이상의 인도인들은 어렸을 때부터 집에서 말하기 훈련을 거친다고 한다. 인도인들은 온 가족이 둘러앉아 저녁 식사를 하는데, 이 시간이 토론과 훈련 시간이며, 온 가족이 돌아가면서 그 날 있었던 일을 주제로 토론을 벌인다고 한다. 이처럼 말을 조리 있게 잘 하는 것은 일생을 살아가는데 있어서 큰 재산이라 할 수 있다.

델리국립대학은 국가에서 학비를 거의 지원해준다고 한다. 그래서 등록금은 1년에 우리돈으로 5만 원 정도이다. 정부가 운영하는 국립단과대학은 사립단과대학보다 10배 정도 저렴하다. 대학 복지정책에서는 우리나라보다 인도가 앞서 있다는 생각이 든다. 인도에서는 공부만 잘하면 카스트 신분에 관계없이 학교에 진학할 수 있다. 그러나 교육과정은 매우 엄격하여 입학하기도 힘들지만 졸업하기도 매우 힘들다고 한다. 많은 수의 학생들이 중도에서 탈락하고 4명중 1명 정도만이 대학과정을 성공적으로 마치고 있다고 한다.

우리가 만난 학생들은 인도 각지에서 유학 온 학생들로서 이들은 모두가 수재들이다. 한국학과 2년이라는 한 학생은 이름이 '미르'이며 한국이름은 '태양'이라고 소개했다. 한국학과 학생들은 모두가 한국 이름을 하나씩은 가지고 있다. 한국 유명 연

● 미스라 교수에게 기념품을 증정하는 필자

예인 이름을 따서 이름을 짓는 것이 일반적이라고 한다. 그들은 한국 사람들을 만나면 한국이름으로 소개를 한다고 했다.

미스라 교수에게 인도의 노벨상 수상자에 대해 물었는데 문학상 타고르, 물리학상 라만, 경제학상 아마르티아 센, 평화상 테레사 등으로 모두 4명이라 하였다. 나는 노벨상 수치가 궁금하여 인터넷을 검색해 보았다. 2006년도 통계에 의하면 1901년부터 시작된 노벨상은 현재 개인 768명, 19개의 단체가 수상했다. 수상자가 많은 국가로는 미국이 295명으로 제일 많고 두 번째로 영국이 104명, 세 번째로 독일이 77

● 델리대학 학생들의 열띤 토론

명을 차지하였다. 아시아에서는 일본이 12명으로 제일 많고, 중국은 2명이다. 우리나라는 아직 과학분야 노벨상 수상자가 나오지 않아 안타까운 심정이다.

미스라 교수와 학생들과의 토론을 마친 후 준비해간 기념품을 미스라 교수에게 증정하고 캠퍼스에서 기념촬영을 했다. 우리와 함께 사진을 찍을 때 우왕좌왕하자 태양이라는 친구가 유창한 한국말로 "나 바쁜 사람이에요, 시간 없어요, 빨리빨리 서요"라는 말에 모두들 웃음을 터뜨렸다. 그도 한국의 빨리빨리 문화를 알고 있는 모양이다. 캠퍼스 한 편에서는 백여 명의 학생이 모여 토론을 하고 있는 모습이 보였다. 나는 인도 학생들과의 토론 과정에서 인도의 미래는 밝다는 느낌을 받았다. 그들은 무척 논리적이었다.

나는 델리대학교 교정을 나오면서 인도와 인도인들의 특성을 어떻게 표현하면 좋을지 생각해보았다. 인도의 외교관이자 작가인 파반 바르마Pavan Varma는 그의 저서 『인도의 존재Being Indian』에서 "인도는 특성을 잡아내기 어려운 나라이고 인도인을 정의 내리기란 쉽지 않다. 특히 오늘날 역사의 그늘에서 세계화의 섬광 속으로 변화하는 이때에는 더더욱 그렇다. 인도가 너무 거대하고 다양하여 모든 것에 적용될 딱 하나의 답은 없기 때문이다. 모든 일반화에는 예외가 있기 마련이다. 모든 유사성에도 예외는 있기 마련이다. 모든 유사성에도 엄청난 차이가 있다"라고 말하고 있다.

이 말에 공감이 간다. 아라비아 숫자 기수법은 인도에서 발생한 것이다. 6세기 경에 출현한 인도의 십진법이 중세 유럽의 학문 부흥에 크게 기여했다고 한다. 인도가 전통적으로 수학과 같은 고도로 추상적이며 지적인 학문을 중요시해 왔다는 것은 매우 특징적이고도 중요한 사실일 것이다. 반면 엘리트 교육으로 지식인이 많은 나라지만 도심지 밖으로는 빈곤과 기초 의료시설의 부족 등 열악한 환경으로 가득하

● 여학생들

다. 힌두교에 기반을 두고 있는 카스트제도는 사회발전에 걸림돌로 작용해 왔다.

많은 학자들은 문화적으로 인도가 동양에 속하느냐 서양에 속하느냐를 놓고 논쟁을 벌였다. 결국 인도는 아시아 보다는 유럽과 미국 쪽에 가까운 것으로 결론을 내렸다. 독일 출신의 인도학 학자 막스 뮐러는 그의 저서 『What can teach us?』에서 "인도는 미래에 유럽에 속하게 될 것이고 인도-유럽 세계에 자리 잡고 있다. 인도는 우리의 역사 속에 있다"라 말했다. 이것을 뒷받침 할 수 있는 예는 인도 아리아인의 언어인 산스크리트어와 그리스어, 라틴어 그리고 앵글로색슨 언어 사이의 밀접한 연관에서 찾아볼 수 있다. 그것은 이 언어들 모두 아리안 문화를 공유하고 있다는 것이다.

기원전 1500년경 인도로 이주해 왔을 것이라 추측되는 아리아인들은 산스크리트어를 썼고, 이것이 요즘 인도에서 사용하고 있는 언어의 기초가 된 것이다. 행동영역에서도 공통점이 있다는 것이다. 예를 들어 인도인들은 공격적이고 토론하기 좋아하며 감정적이고 분석력이 강하다. 이러한 특징은 아시아에서 중시여기는 유교적 선비와 거리가 멀다.

일본의 인류학자 치에 나카네는 Logic and the smile에서 인도인을 매우 논리적이다 라고 설명했고, 그들의 사고방식은 동양 사람보다 서양 사람에 가깝다고 지적했다. (Rajesh kumar, 최동주 옮김,『인도 비즈니스 문화의 이해』, 삼성북스, 2008.) 인도에서 20년 이상 ABB매니저로 일한 사람은 인도인과 논쟁을 벌여 이기는 것은 극도로 어려운 일이라고 말했다.

이 글을 마무리하던 중에 국립중앙도서관에서 이어령 교수의 '책과 창의성과의 관계'에 대한 강의가 있다는 걸 핸드폰문자로 받았다. 마침 잘 되었다는 생각을 하고 서초동 국립중앙도서관에서 진행하는 '지식 항해도' 특별강연에 참석했다. 명성에 걸맞게 많은 사람들이 강당을 메웠는데 의자가 부족해 서 있는 사람도 있었다. 두 시간 강연이 끝나고 질문시간에 나는 교수에게 인도문화가 서양에 가깝다고 하는 학자들의 말을 어떻게 생각하느냐고 질문했다. 이에 대해 이어령 교수는 석가모니가 출가를 결심하고 집을 나설 때 아버지의 만류를 매정하게 뿌리치는 모습에서도 인정이 넘치는 동양에 비해 서양에 가까운 것 같다면서 언어적으로도 그렇고 사고방식이 합리적이며 수학개념이 발달되어 있는 점으로도 유럽 쪽에 가까운 것 같다고 답변했다.

인도가 아시아 대륙에 있으면서도 유럽에 가깝다는 것은 무엇을 의미할까? 아시아와 유럽은 자리상으로 연결되어 있다. 고대로부터 민족의 이동과 문물의 교류가 활발히 이루어졌다. 아리아인들이 인도로 유럽으로 이동해 가면서 산스크리트어를 기반으로 인도유럽어족을 형성했다는 사실은 이미 역사상식이 되었다. 그러나 인도의 불교가 동남아시아와 중국을 거쳐 우리나라와 일본으로 전파되어 인도의 문화는 극동아시아에도 큰 영향을 미쳐 왔다. 이렇게 볼 때 인도의 특성이 서양과 가까운가, 동양과 가까운가의 문제는 문화 교류의 정도의 차이에서 느껴지는 인식의 문제인 것 같다. 앞으로 글로벌 사회에서는 세계 모든 나라가 점점 더 동질화 되어갈 것이기 때문이다. 그러나 인도와 유럽, 미국문화 간에는 분명 차이점이 있다.

● 델리대학교 교수 학생들과 기념촬영 앞줄 왼쪽 두 번째 필자

04
인도관광청 방문

    뉴델리대학에서 다음 행선지는 인도관광청과 인도문을 보기로 되어 있었는데, 한 참을 가야 했다. 오후 5시가 조금 넘어 도착했다. 현지 거리는 비교적 한산한 편이다. 인도문과 대통령 관저가 저 멀리 보이기 시작했다. 날은 저물어 가고 인도관광청을 찾아가는데 무척이나 애를 먹었다. 길을 가는 행인들에게 물어봐도 도통 모른다고 하니 답답할 따름이었다. 한참 해매다 오토바이 릭샤에게 길을 물었더니 자기를 따라오라고 하였다. 그를 따라 관광청으로 향했다.

    인도관광청을 방문하여 인도의 관광정책 사례에 대하여 우리는 관계자 라마 싱 씨에게 물었다.

질문 인도의 중점 관광정책에 대하여 알고 싶습니다. 인도의 의료관광정책의 추진실적 및 향후 전망에 대하여 말씀해 주세요.

라마 싱 2006년 인도를 방문한 의료관광객은 15만 명이상을 추산하며, 매년 의료관광 산업은 25% 이상의 성장으로 예상하고 있습니다.

질문 인도 의료관광산업, 핵심역량은 무엇이라고 생각하나요?

라마 싱 우선 인도는 영어가 공용어입니다. 따라서 언어의 원활한 소통을 꼽을 수 있습니다. 그 외 18개 이상의 언어 사용으로 외국인 관광객들에게 최고의 서비스 제공할 수 있습니다. 다음은 정보 통신입니다. 알다시피 인도는 IT 강국입니다. 인터넷을 통한 온라인 홍보 강화, 의료관광 시스템 체계화 할 수 여건을 충분히 갖추고 있습니다. 다음은 인도만이 가지고 있는 다양한 고유 의술의 보유입니다. 다양한 전통의학과 대체의학이 풍부한 나라입니다. 여러분이 혹 이번 여행에서 체험하실 기회가 있었는지 모르지만 요가, 명상 또한 상당한 의학적 효과가 있다는 것은 전 세계적으로 익히 알려진 사항입니다.

● 전통요가체험

끝으로 우리 관광청을 비롯한 국가차원의 산업우호적인 지원입니다. 국가적 차원의 의료관광홍보와 더불어 의료비자의 표준화 모색 등 적극적인 정책 지원이 핵심역량이라고 할 수 있습니다.

질문 인도는 인구만 11억이라고 들었습니다. 인구의 1%만 해외여행을 한다고 하여도 1,000만 명으로 적지 않은 숫자인데 현재 인도인의 해외여행 실태는?

라마 싱 인도는 4억 명의 절대 빈곤층, 매년 1,500만 명의 인구 증가, 국내 자본의 빈약과 기간산업의 낙후 등 경제계획 수행에 큰 장애요소가 있습니다. 그러나 라지브간디 수상 집권이후 지난 10여 년간 외국인 투자 유치 증대, IT산업 발전 등 개방화 정책을 통해 괄목할 만한 경제 성장을 이루어 최근 5년간은 6% 이상의 경제성장률 기록하였습니다. 올해 들어 세계 경제의 회복과 함께 IT산업 수출 증대, 농업 생산량의 회복 등으로 높은 경제성장이 전망되어 미래는 밝다고 봅니다. 해외여행도 전진적으로 나아질 것으로 기대하고 있습니다.

질문 인도정부의 대표적인 관광정책들은 무엇인가요?

라마 싱 인도정부는 호텔 및 관광관련 산업을 외국인 투자를 위한 우선순위 산업분야에 포함시켰으며 최초 사업승인에서부터 지분소유, 수입, 관세, 외국기술, 금융지원, 세금반환, 과실송금 등 사업의 모든 단계에서 여러 특혜를 제공하고 있습니다. 실례로 호텔 및 관광산업은 외국인 직접투자 지분이 51%까지 자동 승인되며 지분이 그 이상 될 경우에도 승인이 허용됩니다. 이외 신속한 승인처리를 위해 최근 인도정부는 외국인투자위원회를 발족했습니다. 대학 등을 통해 교환학생 교류분야를 확대하여 양국 수도 간 방문교류도 마련할 계획입니다.

질문 인도 관광산업의 서비스 질 상향 정책들은 무엇인가요?

라마 싱 관광산업의 서비스 질을 높이기 위해 호텔학교를 운영 중에 있으며 한국의 호텔학과 학생들과의 인적 교류를 활성화할 계획입니다. 이미 경제 개발을 위해 25억 달러가 투자됐는데 도로여건, 관광객 편의를 개선키 위해 냉방열차가 수입되며 민간운영의 에어택시가 운행 중에 있어 교통편에 따른 불편이 완화되고 있습니다.

질문 최근 인도의 관광시장 규모를 알고 싶습니다.

라마 싱 자료를 보고 말씀드리겠습니다. 해외에서 입국자 수는 2007년도에 5,244,000명이고, 출국자는 9,780,000명으로 입국자보다 약55%정도 더 많습니다. 한국과 인도 간 관광교류는 한국에서 인도로 들어오는 관광객 수는 2007년 84,583명이고, 인도에서 한국으로 여행한 관광객 수는 68,276명으로 한국에서 인도로 여행하는 관광객 수가 약 19% 정도 많았습니다.

질문 인도의 해외여행 확대 요인은 무엇이라고 생각하십니까?

라마 싱 그것은 단연 지난 10년간 연평균 6% 성장, 가처분 소득 증대 등 높은 경제성장률이죠. 그리고 인도정부가 외환 규제에 있어 1인당 연간 해외여행 사용한도액 U$500 ⇒ U$5,000(※ 회의참가, 직업연수, 치료목적 등 경우는 연간 U$25,000)로 완화조치에 기인하지요

질문 우리나라의 직장인의 통상 연가 일수 20여일 정도인데 인도는 어떻습니까? 또한 인도인의 주요 방문국가는?

라마 싱 인도는 일반 직장인 연 30일, 공무원 연 33일간 정도의 휴가가 있습니다. 다른 나라에 비해 많은 편입니다. 그리고 인도인이 주로 찾는 국가는

● 카주라호 서쪽 사원군 관람료 안내 표지판 –내국인 10루피, 외국인 250루피

아직은 가까운 곳으로 다수 국가(싱가포르-태국-홍콩 등) 순례형 여행을 즐기는 경향이 많으며, 일부 유럽 여행 시에는 7~8개국까지 방문하기도 합니다. 1개국에 길어야 2~3일간 체류, 방문국의 대표적인 명소를 중심으로 휴양개념 보다는 답사여행 성향이 많습니다.

질문 우리나라에서 인도 여행객을 유치한다면 어떤 점을 착안할 수 있을까요?

라마 싱 인도인은 인도어 안내원, 인도 음식 등 문화적으로 친숙한 분위기를 선호하며, 특히 인도음식 제공은 휴가지 선택에 매우 중요하다고 봅니다. 인도인은 종교적인 이유로 다수가 절대 금주자, 채식주의자로 동적인 참여관광 보다 정적 유람형 관광객이 많고 오락, 도박 등에 관심이 많으나 직접 참여하는 경우는 적습니다.

질문 우리나라의 경우는 여행 성수기가 방문국의 중심보다 시간을 낼 수 있

● 아르띠 뿌자

는 방학이나 연휴기간 등인데 인도도 여행을 많이 하는 기간이 있다면 말씀

해 주세요.

라마 싱 인도는 계절별로는 연중 고르게 분포되어 있으나, 가족여행객들에

게는 한국과 마찬가지로 하계 방학기간 , 힌두교 새해를 기념하는 10월말～

11월초의 Diwali 축제기간, 크리스마스, 새해 연초에 휴가객이 몰리는 현상이

있습니다.

질문 서울시는 1200만 명의 관광객 유치를 목표로 관광산업을 활성화 시키

고자 합니다. 서울시의 관광객 유치에 도움이 될 만한 말씀을 해 주십시오.

라마 싱 우리인도정부는 왜 관광객들이 인도를 찾고자 하는지, 인도에서 무

엇을 체험하고 보고 즐기고 느끼고자 하는지 고민하고 있습니다.

인도를 찾는 많은 외국 관광객들은 그들의 나라에서 볼 수 없는 것들, 느낄

334

수 없는 것들, 체험할 수 없는 것들, 즉 인도다운 것들에 매료되고 있습니다. 인도는 미국, 오스트리아, 뉴질랜드 등 신세대 국가들과는 달리 5천년의 역사를 가지고 있는 나라입니다. 유럽 등에서는 사라진 오래된 역사와 문화를 보전하고 있습니다. 인도의 거리에는 다양한 종교가 살아 숨쉬고 있으며 과거와 현재가 공존하고 있습니다. 우리는 이러한 것들에 주목하고 있습니다. 바라나시에서는 신성한 갠지스 강에서 고통스러운 윤회의 수레에서 벗어나도록 기도드리며 목욕하는 모습을 볼 수 있고, 성스러운 화장터에서는 24시간 꺼지지 않는 불꽃이 아직도 피어오르며 삶과 죽음이 공존하고 있습니다. 이러한 모습에 외국인들은 신비로운 눈빛으로 바라보고 있습니다.

밤만 되면 신께 경배를 드리는 '뿌자'를 보기 위해 가트에 빈자리가 없을 만큼 관광객들이 넘쳐나고 있습니다. 물론, 거리에는 소들이 자동차와 오토릭샤 그리고 사람과 함께 다니고 있으며, 소똥과 걸인들이 함께 공존합니다. 비

● 인도관광청사 앞에서 앞줄 오른쪽 첫 번째가 필자

위생적으로 보일지는 몰라도 손으로 식사를 하는 모습도 흔하게 볼 수 있습니다. 이것이 바로 인도입니다. 이것이 바로 외국인들에게 인도다움으로 비춰지고 있습니다. 인도에는 외국관광객들을 위한 하루에 500불하는 최고급 호텔에서부터 1불짜리 게스트 다양한 스펙트럼의 숙박시설이 존재하고 있습니다. 외국의 유명배우들에서부터 한국에서 온 배낭여행객들까지 다양한 관광이 찾아오고 있습니다.

서울시에서도 유구한 역사와 문화가 현재와 공존하는 것으로 알고 있습니다. 이러한 한국의 역사와 문화를 외국 관광객들에게 어떻게 호소하고 매력적이게 느끼게 할 것인가가 관건이라 생각됩니다. 한국에 가야만 보고 느끼고 체험할 수 있는 것에 주목하십시오. 그리고 다양한 계층의 외국관광객이 잠을 자고 마시고 먹고 쉴 곳을 생각하십시오. 즉, 이들을 담을 다양한 스펙트럼의 숙박시설, 식당, 놀거리를 고민해 보십시오.

질문 한국에서 인도 관광객을 유치하기 위한 조언을 해주시겠습니까?

라마 싱 인도의 경제 발전과 더불어 신흥 부자들이 넘쳐나고 있습니다. 많

● 인도관광청 홍보유인물

은 부유한 인도인들이 한류의 영향을 받아 한국을 방문하길 원하고 있습니다. 인도의 많은 여행사로 한국관광이 가능한지 묻는 전화가 자주 온다고 합니다. 하지만 한국정부에서는 인도 관광객에 대한 비자를 내주고 있지 않습니다. 심지어 단체 관광객에 대한 비자도 내주지 않고 있는 실정입니다. 물론 한국정부의 입장을 이해는 합니다. 관광객을 가장한 불법 체류자가 되는 것을 막고자 하는 것 잘 알고 있습니다.

하지만 인도의 신흥부자들은 영국이나 프랑스 등 유럽 뿐 만아니라 싱가폴, 홍콩 등 세계각지를 다니며 여행을 하고 있고 많은 여행경비를 지출하고 있습니다. 제가 보기에는 한국정부에서 너무 지나치게 우려를 하고 있는 것이 아닌가라는 판단이 됩니다. 만약 불법체류가 걱정이 된다면 인도여행사에서 책임지고 불법체류를 막을 수 있도록 조치를 취하게 한다든지 일정자격의 입국기준을 만들면 될 것입니다.

질문 관광지 관람료가 자국민과 외국인과 너무 차이가 있다. 예를 들면 타지마할의 경우 내국인이 20루피인데 반하여 외국인 750루피로 32배 차이가 있고 카주라호 사원군 관람료도 위와 크게 다르지 않다. 자국 관람객을 우대하는 정책인 것은 알겠지만 그 차이가 상당히 크다고 느꼈습니다.

라마 싱 사실 외국의 문화유적 관람비용에 비하여 외국인 느끼는 절대가격은 높지 않을 것입니다. 사실 자국민에게 같은 수준의 비용을 징수하여야만 인도의 역사유적지를 유지관리 할 수 있으나 그럴 경우 많은 자국민이 역사문화 향유하지 못할 것이기 때문에 부득이 관람료의 이중가격제를 실시하는 것이니 많은 양해바랍니다.

● 호텔도어맨 의 전통복장
호텔 도어맨의 전통신발

이 글을 쓰면서 유네스코 세계유산 등록현황을 살펴보았다. 2011년 현재 187개
국이 회원으로 가입되어있고 세계유산은 936점에 이른다. 인도는 등록된 세계유산
이 28점으로 많은 유산을 보유하고 있다. 그러나 2005년도 26점으로 7.7% 증가에
그쳤다. 중국의 32% 증가에 비하면 저조하다. 세계문화유산 지정에도 관심을 가져
야 될 부분이다.

우리나라가 관광차원에서 인도를 보고 배울 것이 무엇인가. 아그라, 자이푸르에서
현대화 되어 있는 호텔이라고 할지라도 호텔 입구 문을 열어주는 도어맨과 종업원

● 아름다운 전통 복장

들이 인도의 전통 복장을 하고 있다. 머리에는 터번을 두른 전통 의상에 앞코가 들려져 있는 전통 신발까지 복장을 갖춘 것을 볼 수 있어 인도에 왔구나 하는 것을 느낀다. 우리나라의 한국관광공사 직원들과 호텔 도어맨이나 안내원이 한복을 입고 관광객을 맞이하면 어떨까.

카주라호에서 인도요가를 1시간 체험했는데 한국은 태권도 종주국으로서의 자존심이 있다. 대한태권도연맹과 국기원, 태권도 도장에서 관광객들을 상대로 태권도 체험프로그램을 운영해보면 어떨까. 서울시민안전체험관에서의 재난에 대비한 연기피난, 소화기, 지진, 심폐소생술 체험 안전프로그램을 통한 외국관광객 유치 필요성을 느꼈다.

외국인 관광객유치를 위해 전통한식, 막걸리와 같은 먹거리 체험을 관광 상품으로 개발할 필요가 있음을 느꼈다.

관광청을 뒤로 하고 인도문으로 향하였다. 저녁 7시경이 되었는데 많은 관광객이 나와서 사진을 찍고 있었다. 조명이 어둠을 밝혀 인도문을 아름답게 비추었다. 밤에 본 인도문은 조명에 반사되어 더욱 우뚝 솟은 느낌이었다. 인도문의 높이는 42m, 아치형으로 1931년에 완성된 위령비라고 한다. 이 위령비의 벽면에는 제 1차 세계 대전에서 영국군을 위해 참전했다가 전사한 9만 명의 이름이 새겨져 있다. 영국에 협력하여 참전하면 전쟁이 끝난 후 독립시켜주겠다는 합의가 있었지만, 독립은 보장되지 않았고 전쟁은 끝났다. 인도를 위해 싸운 전사자가 아니다. 인도 땅에 세워진 이 위령비는 영국 식민지의 잔재가 아닌가 생각 된다.

● 밤에 본 인도 문

인도는 식민지 지배 당시 세워진 건물들을 대부분 그대로 보존하고 있었다. 영국이 인도를 200여년 지배하였지만, 영국인을 바라보는 인도인들의 감정은 우리나라가 일본을 바라보는 감정과는 다르게 그리 나쁘지 않은 것 같다. 영국 식민지 통치가 온건해서 그럴까? 사실 그런 것만은 아닌 것 같다.

1930년대 초반 불복종 운동이 전개되면서 한꺼번에 6만 명의 시민이 투옥되었다. 영국이 발을 디딘 이후 기근이 종종 발생한다. 1943년 뱅골 지방에 대 기근이 찾아와 약 200만 명이 굶어 죽었다. 말이 그렇지 사람들이 굶어 죽는다는 것이 얼마나 끔찍한 일인가. 당시 인도 전체 곡물 상황을 보면, 절대 생산량에서 곡물이 부족하지 않았다. 얼마든지 전 국민이 먹고 살 여력이 있었다. 결국 아사자가 발생한 것은 인도의 부가 해외로 유출된 것이 주요 원인이었다. 영국은 인도를 식민지로 만들어 이득을 챙겼다. 이러한 사실이 있는데도 인도가 영국을 미워하지 않는 이유는, 영국 통치의 긍정적인 영향을 인정하기 때문이다. 영국이 도입한 의회제도, 철도부설, 교육제도를 고맙게 생각하는 모양이다. 산업 발전의 기반을 다지고, 인도의 근대에 기여했다고 보는 것이다.

다른 나라를 침략 한 적이 없는 인도인들은 총독관저, 국회의사당, 빅토리아 여왕 기념관 어느 것 하나 부수지 않았다. 유적지를 관람하면서 영국 식민지의 흔적을 그대로 보존하고 있는 것을 나는 여러 곳에서 보았다. 달고 쓴 대영제국의 잔재가 흰 두 속에 들어 있었다.

05

인도의 밝은 미래

델리 공항으로 가기 전에 우리들을 안내한 반디 씨의 집을 방문하기로 했다. 인도인의 가정을 방문하여 살아가는 모습을 보고 싶었다. 외국인들에게 자기 집을 보이는 것이 흔한 일은 아닐 것이나 인도에서는 손님이 곧 신이라고 한다. 저녁을 먹고 시장에 들러 인도 전통차를 구매했다. 그러다 보니 밤 10시가 되었다. 반디 씨 집은 뉴델리 인근에 있으나 교통이 막히면 비행기 시간이 촉박할 것 같아서 방문은 다음으로 미루었다. 매우 아쉬웠다. 반디 씨도 못내 아쉬워하는 표정이었다.

인도 어디를 가나 역사와 종교와 철학과 사상이 깃들어있다. 인도는 집마다 다른 신을 섬기는 '신들의 대지'이다. 그럼에도 그 모든 신을 포용하고, 맨발의 성자와 무소유의 걸인들과 첨단과학이 함께 존재하는 나라, 명상과 사유를 통해 삶을 추구하는 곳이다. 수많은 인도를 찾는 사람들에게 모든 것을 떨쳐버리고 머물 수 있는 안식과 무엇이든 새로 시작할 수 있는 마음의 여유를 갖게 한다.

인도인의 절대다수가 믿고 있는 힌두교, 그들은 현실의 처지를 숙명처럼 받아들이고 내세를 꿈꾼다. 남루하고 구차한 사람들이 우글거려도 담배를 피우거나 술에 찌든 사람을 볼 수 없다. 인도 어린이들의 눈은 맑다. 그들은 우리들의 시선을 피하지 않는다. 순박하고 호기심어린 눈초리는 자연스럽다. 이방인들과 사진 찍기를 좋아하는 그들은 대부분 대가를 요구한다. 생계유지를 위해서 구걸해야만 하고, 오히려 평등한 인간관계는 동정을 받는데 장애물이 된다. 연민의 정을 느낀다. 적선을 하더라도 고마워하는 모습은 보기 어렵다. 오히려 덕을 쌓을 기회를 준 것으로 보답되었다고 생각하는 그들이다.

인도사회는 복잡했다. 최근의 고속성장에도 불구하고 우상과 낡은 관습, 힌두와 이슬람 세력의 종교적 갈등이 존재하고, 엄격한 노동자 보호규정으로 기업 활동에 어려움이 있다. 도로, 항공, 철도 기반시설도 취약하다. 하루에도 몇 번씩 정전되는 전력난은 경제발전에 장애요인이 되고, 아직도 시골에 엄연히 존재하고 있는 카스트제도는 인도가 해결해야 할 과제로 남아있다. 개혁, 개방이 일관성 있게 추진되지 않고 속도도 지체되어 경제발전에 부담이 되고 있다. 인도의 관료제는 혼란과 분파적 특징을 가지는 전통적인 양식을 반영한다. 오늘 또 어딘가에서 분리 운동이 벌어지고 각 집단간의 이해가 첨예하게 대립할 것이다.

공무원, 정치인 등 공공부문에 퍼진 부정부패는 심각한 수준이다. 부분별로는 경찰, 법원, 건물등기소의 뇌물수수는 일상화되어 있다. 국제투명성기구의 2008년 국가별 부패지수 발표에 따르면 180개국 중 85위로 부패가 만연한 나라이다. 인도는 어쩌면 기능하는 무정부상태라 할까.

지금까지 함께 한 가이드는 인도의 산업의 발전에 대해 자랑삼아 이야기했다. 특히 IT산업과 영화산업은 상당한 수준에 있다는 이야기를 여러 번 했다. 그의 말은 허풍이 아니다. 인도의 IT소프트웨어 서비스 기술과 품질은 세계 최고 수준이며, 이 분야 매출과 수출은 미국에 이어 세계 2번째다. 이들 인도 IT회사 발전 상황은 경탄을 금치 못한다. 선진국 기업들이 놀랄 정도로 최첨단 기술을 가지고 있다. 또한 할리우드 영화가 맥을 못 추는 대표적인 나라가 바로 인도이다. 한 해 1천여 편의 인도 영화들이 쏟아져 할리우드 영화들이 낄 틈이 없다. '마쌀라'라고 하는 뮤지컬 형식의 인도영화 영하영력은 할리우드뿐 아니라 다른 외국 영화들도 인도에선 얼굴조차 내밀기 어렵다. 인도인들은 영화에서 환상을 보고, 현실을 위로 받고, 다른 민족을 껴안는다.

한반도 면적의 15배나 되는 광활한 영토, 인구 역시 약 15배인 11억 인구를 가진 나라. 인도는 매우 젊은 나라다. 11억 인구의 절반이 넘는 6억 명이 25세 이하의 젊은이다. 앞으로 노동인구의 비중이 갈수록 증가할 것이라는 얘기다. 이에 비해 한국, 미국이나 중국의 노동인구는 크게 감소할 예정이어서 인도는 머지않아 세계 최대의 노동력과 소비시장으로 떠오를 전망이다.

인도는 인구만큼이나 많은 성장 가능성을 갖고 있다. 삼성경제연구소는 다양한 리스크 요인과 애로사항에도 불구하고 잠재적 성장을 보유한 인도는 향후 10~15년간 연평균 6%의 성장률을 이룰 것으로 전망되고 있다.

지난 2003년 세계적 컨설팅회사인 골드만삭스는 인도가 30년 내지 50년간 세계 최고의 성장률을 지속하고, 2050년에 세계 3대 경제대국으로 자리매김할 것이라고 전망했다. 또한 21세기는 브릭스의 세기가 될 것임을 예견하고 있다. 브릭스란 브라질, 러시아, 인도, 중국의 앞 글자를 딴 약어로 영토가 넓고 자원과 인구가 많은 이들 국가가 세계를 이끄는 주도국이 될 것이라는 전망이다.

미국의 국가정보위원회에 따르면, 인도는 2015년께 이탈리아를, 2020년에는 프랑스를, 2023년에는 독일을, 2032년에는 일본의 경제규모를 추월할 것이라고 전망했다. 이에 따라 인도가 중국을 대체할 새로운 시장으로 급부상하고 있다.

2008년 세계은행에 따르면 인도의 국민총생산액GDP은 1조 2175억 달러로 미국 일본 중국에 이어 세계 12위를 기록했다. 한국은 2003년 11위를 차지하여 한때 세계 10대 경제대국 진입을 눈앞에 두었으나 세계 15위로 추락했다. 한국의 세계 경제 순위는 2004년엔 인도에, 2005년엔 브라질에, 2006년엔 러시아에 각각 추월당했다.

인도는 IT와 서비스 부문을 기반으로 성장을 거듭하고 있다. 네루의 주도로 발족된 인도공과대학교는 경영대학교의 활약과 함께 많은 인도인들에게 자신감을 주었고 해외에서도 빛나는 활약을 했다. 그러나 인도초중등 교육체계의 후진성은 여전히 해결되지 않는 문제이다. 시골의 오지와 힘없는 집단이 처한 교육 후진성은 심각한 수준이다. 기초교육을 소홀히 하는 인도의 정책 때문일까.

아직 1인당 소득이 낮은 편이지만, 11억 명의 풍부한 인력을 보유하고 있는데다 인구 증가율이 중국보다 높다. 구매력이 두텁고, 고급인력이 풍부하다. 매년 엔지니어링 전공자를 포함해 약 230만 명의 대졸자가 배출되고 있다. 이들 대부분은 영어 구사력이 뛰어나며 수학과 물리학 분야에서 높은 수준을 보유하고 있으므로 경제 협력에도 용이하다. 게다가 인건비도 저렴해 다국적기업들은 인도를 생산기지 및 미래 시장으로서 매우 중시하고 있다.

인도의 IT산업, 특히 세계적인 경쟁력을 보유한 소프트웨어 부문은 국제사회에서 소프트웨어의 공급 기지로서 주목을 받는 동시에 인도의 경제 성장을 주도하고 있다. 서구의 선진국들이 시장경제 체제의 발전 전망을 평가할 때 가장 중시하는 요인 중 하나인 민주주의가 인도 사회 전반에 걸쳐 깊이 정착되어 있다는 점이다. 다국적 기업이 가장 중요한 잠재력으로 인식하고 있는 정부의 개방과 개혁 정책도 비교적 높은 점수를 받고 있다.

2003년부터 인도의 개방 정책은 적극적인 모습이다. 인도 수상이 중국을 방문하고, 파키스탄과의 적대 관계를 개선하며, 아세안+3 회의에도 참여해 국제적 영향력을 넓혀가고 있다. 인도를 중심으로 동남아와 서남아 경제통합이 빠른 속도로 진행되고 있는데다 중국과의 관계도 밀접해지고 있다. 인도는 이제 세계경제는 물론 한국경제에 영향력을 미치는 중요한 국가로 자리매김했다.

인도에 대한 관심이 높아지는 상황에서 우리 한국 기업은 1990년대 중반부터 인도에 적극 진출해 눈부신 성과를 거두고 있다. 길거리에서 현대자동차나 LG전자, 삼성전자 제품을 자주 볼 수 있다. 우리 기업들은 인도시장에 단단히 뿌리를 내렸다는 생각이다. 고마운 일이다.

중국은 현재 과잉투자, 원자재 값 상승, 위안화 절상 등으로 어려움을 겪고 있다. 반면 인도는 중국보다 싼 노동력, 고부가가치 기술력, 영어사용국가라는 투자요건 3박자를 갖추고 있다. 한국이 21세기를 이루어가기 위해서 인도는 중국과 함께 놓칠 수 없는 주요 파트너가 아닐 수 없다.

정부와 기업의 노력으로 2010년부터 한국과 인도간 포괄적 경제 동반자협정(FTA)이 발효됐다. 아시아권의 중국과 일본보다 먼저 경제협정을 체결한 것은 의미

있는 일이다. 이를 계기로 한국과 인도간 시장이 더욱 확대되고 상호이익이 증대될 것으로 보인다.

무질서하면서도 질서를 유지해나가는 나라, 다듬어지지 않은 다이아몬드 원석 같은 아름다움과 가치를 그 속에 담은 나라, 인도는 더 이상 한 지역이 아닌 세계의 중심을 향해 뛰어가고 있다. 다양성을 바탕으로 발전해가는 인도의 모습을 보면서 꿈틀거리는 그들의 힘과 잠재력에 놀라움을 느낄 뿐이다.

이번 인도 여행은 나 자신에 대한 성찰의 기회였다. 그 동안 모르고 지내왔던 많은 것을 배웠다. 매일 새롭게 태어남으로써 새 날을 이룰 때 그 삶에는 신선한 향기가 베어난다. 앞으로도 보다 의미 있는 삶이 되도록 열심히 정진해야 되겠다.

내가 바라본 현재의 인도 모습이 20년이 지난 후에 어떻게 바뀌고 국제무대에서 어떤 영향력을 발휘하게 될지 기대된다.

참고문헌

소영일, 『인도경영전략』, 지구문화사, 2007.

이옥순, 『인도에는 카레가 없다』, 책세상, 2007.

오화석, 『사리 속치마를 벗기다』, 매경출판, 2010.

오화석, 『슈퍼코끼리 인도가 온다』, 매경출판, 2007.

아마티아센, 이경남 옮김, 『살아있는 인도』, 청림출판, 2008.

장한기, 『티벳과 인도, 네팔의 문화 산책』, 한미디어, 1995.

정수일, 『혜초의 왕오천축국전』, 학고재, 2004.

타고르, 김병익 옮김, 『키탄잘리』, 민음사, 1974.

주 인도 대사관, 인도 외국인 직접투자 유치동향, 인도의 FDI유치 확대 주요 제약요인

http://maincc.hufs.ac.kr~indo/ 잘나가는 한국기업, 인도 바로 보기

2004년 인도 시장 히트 상품들, 현대자동차 성공사례, 대인도 투자진출 성공사례, 현대 자동차, 정은정, 2006.2.9

문화일보, 〈"11억 시장을 잡아라" 인도로 간 한국 기업들〉, 현지인 중심 경영 인건비 저렴 강점, 2005.8.1

한겨레, 달리트 출신 인도 중앙은행 수석 이코노미스트 자드하브, 박민희 기자, 2005.10.12

조선일보, "신분의 벽" 무너뜨린 인도 경제학자, 신정선 기자, 2005.10.13

전세중 田世重

경북 울진군 죽변면 봉평리 출생
한양대학교 행정자치대학원 졸업
2002년 공무원 문예대전 시조 최우수상
2003년 강남소방서 구조진압과장
2004년 농민신문 신춘문예 시조 당선
2007년 공무원문예대전 동시 최우수상
2009년 안전체험프로그램을 활용한 외국 관광객 유치 증대 방안이 서울시정 우수 연구
       논문으로 선정
2010년 동시집『걸어오길 잘했어요』 발간
2011년 수필집『아름다운 도전』 발간
2006년 서울소방재난본부 광나루안전체험관장
2012년 보라매안전체험 관장
현재 서울 강동소방서 예방과장

인도여행 - 7일간의 여정

2012년 9월 10일 초판인쇄
2012년 9월 20일 초판발행

지은이 전 세 중
펴낸이 한 신 규
편 집 김 영 이
펴낸곳 도서출판 문현
주 소 138-210 서울특별시 송파구 문정동 99-10 장지빌딩 303호
전 화 Tel.02-443-0211 Fax.02-443-0212
E-mail mun2009@naver.com
등 록 2009년 2월 24일(제2009-14호)

ⓒ 전세중, 2012
ⓒ 문현, 2012, printed in Korea

ISBN 978-89-94131-72-6 03810 정가 21,000원